古典詩歌研究彙刊

第十四輯

龔鵬程　主編

第9冊

張耒研究（上）

韓　璐　著

國家圖書館出版品預行編目資料

張翥研究（上）／韓璐 著 — 初版 — 新北市：花木蘭文化出
版社，2013〔民 102〕
目 2+200 面；17×24 公分
（古典詩歌研究彙刊 第十四輯；第 9 冊）
ISBN　978-986-322-452-5（精裝）
1.（元）張翥 2. 詩詞 3. 詩評 4. 詞論
820.91　　　　　　　　　　　　　　　102014986

ISBN-978-986-322-452-5

9 789863 224525

古典詩歌研究彙刊
第十四輯　第九冊　　　　　　　　ISBN：978-986-322-452-5

張翥研究（上）

作　　者　韓璐
主　　編　龔鵬程
總 編 輯　杜潔祥
出　　版　花木蘭文化出版社
發 行 所　花木蘭文化出版社
發 行 人　高小娟
聯絡地址　235 新北市中和區中安街七二號十三樓
　　　　　電話：02-2923-1455／傳眞：02-2923-1452
網　　址　http://www.huamulan.tw 信箱 sut81518@gmail.com
印　　刷　普羅文化出版廣告事業
初　　版　2013 年 9 月
定　　價　第十四輯 17 冊（精裝）新台幣 24,000 元
　　　　　　　　　　　　　　　　版權所有・請勿翻印

張翥研究(上)

韓　璐　著

作者簡介

　　韓鑢，男，1981年生，遼寧建平人。文學博士。北京師範大學中國古典文獻學專業，師從楊鐮先生研習元代文學文獻。

　　代表論文：

1、《「老身只待承平了，攜取來書問故家——大都圍城前後詩人張翥的江南情結」》，《文史知識》，2010年第12期。

2、《〈文心雕龍・銘箴〉銘文定義辨析》，《圖書館理論與實踐》，2011年第4期。

3、《〈元史・張翥傳〉辨證二則》，《元代文獻與文化研究》，2012創刊號，中華書局。

提　　要

　　本文以元代著名詩人、詞人張翥及其作品為研究對象。分為上、下兩編。

　　上編主要論述張翥生平、交遊、思想、詩集版本、詩詞創作和在元代文壇的地位。分為五章。第一章敘述生平，其中《拒絕「草詔」事件考述》一節對《元史》本傳的相關記載提出質疑；第二章主要表現交遊者對張翥思想中存在的儒、釋、道三家成份的影響，以及對張翥仕隱抉擇的影響；第三章對張翥《蛻菴詩》版本的編輯、流傳及四卷本、五卷本兩個不同的系統進行描述；第四章分析張翥的文學思想及詩、詞的內容與風格；第五章通過張翥與南北方詩壇的聯繫，特別是在至正後期戰亂中，身在北方而心念南國，得出其「聯繫南北的大都詩壇核心」的地位。

　　下編為年譜，主要包括對張翥行年、作品繫年的考訂，同時，梳理其交遊、唱和等相關資料，力圖展現在元朝社會從較為安定轉向大動盪的背景下，張翥文學創作的變化以及在大都文壇地位的確立。年譜依張翥事蹟分成九個部份。年譜是上編立論的基礎。

　　本文主要運用了文獻學研究法、文史互證法、歷史考據法等研究方法。

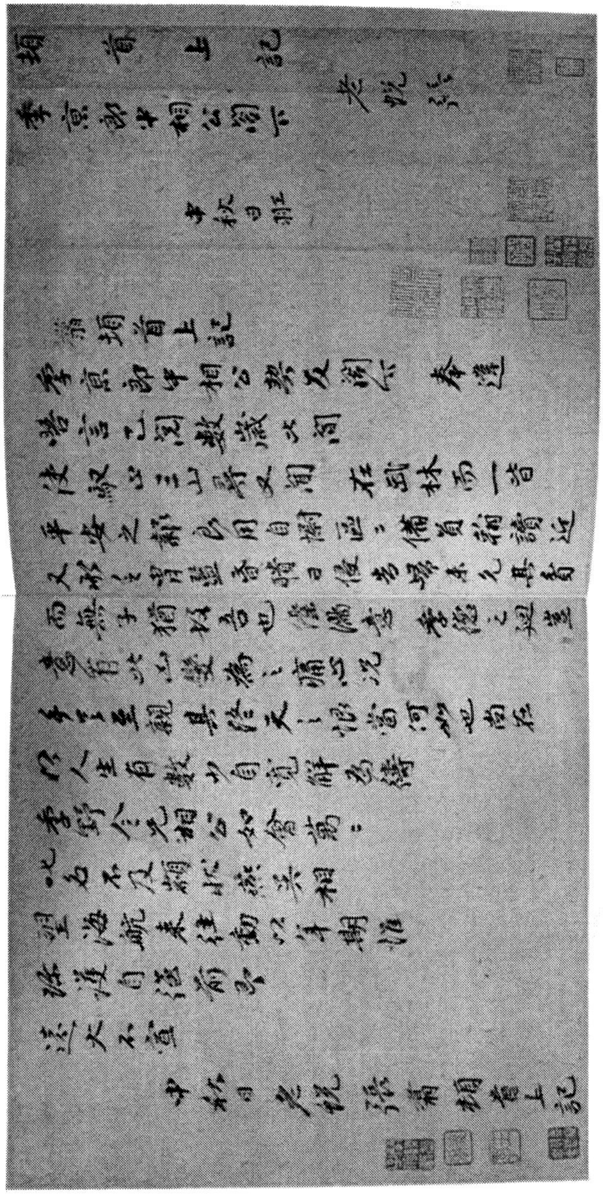

元　張翥　致季京郎中尺牘（紙本）

縱 26.5 厘米　橫 51.6 厘米

東京國立博物館藏　章益林攝影

園深上看
此畫自趙府來末
書信舊當是趙葵
南仲筆風煙蕭瑟
有不盡意河東張
蕭觀於

張翥《跋趙葵杜甫詩意圖》手跡（部分）

中國上海博物館藏（據黃山書社《歷代法書眞跡萃編》）

襄陵張氏　　　　晉張翥　　　　平陽張翥仲舉

張翥所用的印章

（據重慶出版社《元代印風》）

目
次

上編　張翥及其詩詞考論

第一章　張翥生平考述

第一節　張翥生活之時代

一、從封建一統到元廷動盪

　　元世祖忽必烈至元二十四年（1287）正月二十七，張翥出生於江西安仁縣。此時上距忽必烈以「大元」爲國號（1271）十七年，距南宋向元廷遞降表（1276）十一年，距陸秀夫抱幼主趙昺赴海（1279）八年，而距南宋抗元的名臣文天祥就義於大都（1283）僅過四年。此時的元朝已從成吉思汗統一蒙古部落，經過對西域用兵，及金、宋戰爭後，成爲橫跨亞歐的世界帝國。雖然此後數年間，尚有西北、東北、西南諸地的戰亂，但無可否認，此時的元朝已經是中國歷史上繼秦、西晉、隋之後，第四次使國家從分裂戰亂走向和平一統的封建王朝。中國封建時代的又一次大一統時代到來了。

　　大一統局面的產生，不但使傳統社會的農業生產得到恢復和發展，也大大加強了南北方的經濟及文化聯繫。宋元對峙時期的「南北對抗」狀態逐漸消除。北人南下和南人北上，成了新的關注點。南北方人士的交流互動促使詩歌、散文、遊記大量出現；與海外的交往漸漸增多，特別是在慶元路及福建沿海地區，設立了市舶司，開始了海外貿易。使臣出使安南、耽羅、眞臘等地，不但增廣了見聞，亦產生

了較爲著名的遊記與地理著作；開創的行省制度，對後世影響深遠。張翥的前半生就是在這樣較爲安定的和平環境中度過的。

始盛終衰。這是任何一個封建王朝都不可避免的周期律。自泰定帝起，便有下層人民起事發難。到元順帝即位後，尤其是至正十一年（1351）以後，劉福通、張士誠、徐壽輝、方國珍、朱元璋各種勢力接連而起，加上連年的自然災害以及朝廷的政策失誤、吏治腐敗、財政危機諸多因素，元朝最終被朱元璋領導的農民軍所打敗：元順帝於至正二十八年（1368）閏七月二十八日，開建德門北遁，退往上都，最終淹沒在蒙古草原。八月二日，明兵入大都，改大都爲北平，元朝滅亡。

就在明兵入大都的前五個月，當時已經以翰林學士承旨第二次致仕的張翥逝於大都。最後二十幾年的大都生活，使張翥目睹了元朝由盛轉衰的全過程，親身經歷了元廷的動盪，「幾乎成了元明交接『儀式』的『觀禮人』」〔註1〕。從這個意義上說，張翥幾乎與元朝共始終。

二、推行漢法與蒙古舊俗

忽必烈即位後，採取了一系列漢化措施統治大一統的國家，建立了中央集權的中原模式的官僚機構，特別是實行了一系列的文化政策，集中表現爲尊崇儒學，如擢用儒臣、學習儒家經典、興辦國子學及地方學校、定立儒戶制度、尊孔子等，其後繼者亦遵循此種政策，並設立了經筵官，沿襲前代進講制度〔註2〕。元文宗、元順帝都有漢語詩傳世〔註3〕。

重視貞孝觀念，是元朝統治者重視漢法的表現之一。元朝皇帝

〔註 1〕楊鐮《元代文學的終結：最後的大都文壇》，《文學遺產》，2004 年，第六期，第 98 頁。

〔註 2〕見陳高華、張帆、劉曉《元代文化史》，廣東教育出版社，2009 年，第 165～175 頁。

〔註 3〕見《元詩選》卷首，《元詩選》初集上，中華書局，1987 年，第 1 頁。

曾數次下令將《孝經》、《列女傳》翻譯成國字。貫雲石有《孝經直解》一書問世，為不熟悉漢語的蒙古色目人提供閱讀方便。李孝光於至正四年，亦進《孝經圖說》，使得元順帝頗為高興。因此，在元朝對孝子貞婦的讚美，便成了詩人們歌詠的題材之一。且往往由一人發起（作序），眾人同題而作。在這樣的社會環境下，張翥亦創作了數首與貞孝有關的詩歌。並言：「翥居錢塘，人為俳優，日聚觀至數百人，或千人，其傳為慈孝、為節義事者，長幼無不慷慨長歎至流涕，或慟哭不能終觀。」〔註4〕

但是推行漢法的文化政策必然會受到蒙古貴族的反對和抵制，加之所實行政策的不徹底性，如在仕進方面不為儒士提供更多的機會，而偏重吏，所以有元一朝，都是漢法與蒙古舊俗相雜。泰定帝時，「塔失帖木兒、倒剌沙請凡蒙古、色目人效漢法丁憂者除其名，從之」〔註5〕。至正後期，到蒙古大斡耳朵任儒學教授的鄭咺上書順帝：「蒙古乃國家本族，宜教以禮，而猶循本俗，不行三年之喪，又收繼庶母、叔嬸、兄嫂，恐貽笑後世，必宜改革，繩以禮法。」〔註6〕結果居然也是「不報」。

與此相關，元朝統治者漢化不深，卻避免了文字獄的出現，也不在乎「胡」、「虜」等字眼，正如陳垣先生言「避諱之繁，至宋金而極，至元則反之」〔註7〕。人們可以公開讚揚曾與元朝敵對的南宋將領，包括文天祥。張翥在《遊劉真君廟》詩中以「文天祥」為「英雄」，又在《伍牧》詩中，讚美隨文天祥抗元的將領尹玉的死節，亦曾為文天祥的詩帖作跋語〔註8〕。這種現象的產生與蒙元統治者漢法與舊俗

〔註4〕李存《雜說》，《鄱陽仲公李先生文集》卷十二，北京圖書館古籍珍本叢刊，第 92 冊，第 587 頁。

〔註5〕宋濂等《元史》卷 30，中華書局，1976 年，第 686 頁。

〔註6〕宋濂等《元史》卷 44，中華書局，1976 年，第 921 頁。案：鄭咺，可能就是《蛻菴集》中所言的「鄭喧」，咺、喧通。

〔註7〕陳垣《史諱舉例》第八十「元諱例」，《陳垣全集》第七冊，安徽大學出版社，2009 年，第 152 頁。

〔註8〕《題文丞相詩帖》，《鐵網珊瑚》卷四，文淵閣四庫全書，第 815 冊，

並存的統治政策有關。

三、科舉取士與文人雅集

隋唐以降，科舉成爲士人進身的階梯。元代依然如此，如元代一部收錄科舉考試賦的總集即名爲《青雲梯》。但元朝統治者，即使推行漢法如忽必烈者亦對科舉抱有消極態度，故雖一直有漢人不斷建議推行科舉，卻直到元仁宗皇慶二年（1313），才頒佈開科取士，連續舉辦 7 科，至元元年（1335）停科。至正元年（1341）重開科舉後，又進行 9 科，共計 16 科，加上保送的舉人，終有元一朝，錄取進士 1300 人左右〔註9〕。這個數字遠遠滿足不了讀書人的進身需要。正如許有壬所謂「倡於草昧，條於至元，議於大德，沮尼百端，而始成於延祐，亦憂憂乎其艱哉！三十年來，得人之列於庶位者，可枚指也」〔註10〕。在這種情況下，由吏入仕、徵召入仕便成了元代普通士人的入仕選擇。以上三種入仕途徑，張翥都曾嘗試過，最終在五十四歲時，在應詔下步入了仕途。

科舉考試除了是進身之階，還爲士人提供了競技的場所。在科場上，士人可以一比高下。但元朝的科舉時斷時續，士人的競技場所得不到保證，於是文人雅集彌補了這一缺憾。

明人李東陽曾指出：「元季國初，東南人士重詩社。每一有力者爲主，聘詩人爲考官，隔歲封題於諸郡之能詩者，期以明春集卷。私試開榜次名，仍刻其優者，略如科舉之法。」〔註11〕可見文人結社是與科舉不暢相關聯的。

關於科舉考試與文人雅集的關係，楊鐮先生認爲：「宋元過渡，

第 396 頁。

〔註9〕 陳高華、張帆、劉曉《元代文化史》，廣東教育出版社，2009 年，第 382 頁。

〔註10〕 許有壬《秋谷文集序》，《至正集》卷三十五，文淵閣四庫全書，第 1211 冊，第 254 頁。

〔註11〕 李東陽著，李慶立校釋《懷麓堂詩話校釋》，人民文學出版社，2009 年，第 152 頁。

對於文人來說最大的變革就是科舉興廢。這就等於將延續了數十代人的傳統出路給徹底堵死。這個改變，是元詩的普及因素之一。雖然在中期恢復，但也是時斷時續，規模、錄取幅度遠不能與其他朝代相比。在元代詩壇，詩人們就相同的題目作詩（集詠），從一開始就有競賽的意味，實際是對失去或部份失去了更大的競賽選拔場所——科舉不暢——的一種補償。」〔註12〕

　　文人雅集不是從元代開始的，但元代的文人雅集頗有影響。較為著名的有元貞書會、雪堂雅集和草堂雅集等。此外，同題集詠雖然作者未必在一地，但與文人雅集的性質相似，也應屬於此類。同題集詠的「題」很廣，其中包括法書繪畫題跋、送別贈答、上京紀行詩等諸多方面。文人雅集是同題集詠的擴展形式之一〔註13〕。

　　張翥曾兩次參加科舉，皆未中第，五十四歲以前均在江南一帶遊歷，因此文人集詠便成了其生活方式之一，這在其詩中隨處可見；入仕後，尤其是至正九年的玉山雅集，對其心靈產生了強烈的震撼。此外，張翥詩歌題目下的小序，並不單單是對詩歌創作背景的介紹，而是對詩歌本身內容的注解，這從另外一個方面證明了詩人創作詩歌已經從「自娛」向「娛人」轉變，詩歌除了是詩人主觀情感抒發的表現以外，亦是同仁們相互交流的工具。

四、佛道為主的多種宗教

　　元代的佛教影響較大的主要是藏傳佛教及禪宗的臨濟宗。

　　藏傳佛教是佛教傳入吐蕃地區後與其原來的苯教相融合，成為藏化了的佛教，又稱喇嘛教。忽必烈即位以後，藏傳佛教中的一支薩斯迦派教主八思巴被尊為「國師」，後又晉升為「帝師」，並規定以後歷代帝師，均從薩斯迦派款氏或其弟子中遴選。這樣藏傳佛教尤其是薩斯迦一派，便成了元朝的「國教」，在元朝的政治生活和宗

〔註12〕楊鐮《元詩史》，人民文學出版社，2003年，第624頁。
〔註13〕見楊鐮《元詩史》，人民文學出版社，2003年，第624～625頁。

教生活中產生了巨大影響。

在江南地區，禪宗的臨濟宗一派佔據了上風，元代有影響的禪師多出自大慧宗杲的門下。他們以深邃的禪學思想和詩文創作與世俗文人產生良好的交往，推動了臨濟宗在江南的復興。

「白蓮教」與「白雲宗」，在傳播過程中，其教義與民間信仰日趨融合，成為半世俗化的宗教，被佛家視為異端。但在相當長的一段時期內，受到了元朝的承認與保護，後雖有所限制，最終還是發生了至正十一年（1351）的白蓮教大起義，開啟了元朝滅亡的序幕。

此外，元代的佛教對外交流頗為廣泛，與高麗、日本、印度諸國均有往來，而以高麗為最。

元代的道教在北方有全真、太一、大道諸派，南方以龍虎宗為最。

北方的道教在大蒙古國和元朝初期，在兩次佛道大辯論中均敗北，地位大幅度下降。元成宗即位後，北方道教各派陸續恢復活動。江南道教中，符籙派發展最盛，其中龍虎宗與元朝統治者關係密切。龍虎宗以江西龍虎山為中心，龍虎宗正一教第 36 代天師張宗演於至元十三年（1276）覲見忽必烈後，將弟子張留孫留在大都，張留孫利用接近宮廷的便利條件與元朝統治者密切接觸，地位逐漸上升，於是形成了以張留孫為中心的道教新派 —— 玄教。此外，茅山宗在元初以蘇杭地區為勝，泰定年間，第 45 代宗師劉大彬編纂成《茅山志》15 卷，玄教宗師吳全節曾為之序。

元朝的宗教除佛、道二教外，還有基督教（信奉者稱為也里可溫）、伊斯蘭教（信奉者稱為答失蠻）、摩尼教、印度教諸教。西域人曾把儒家亦作為一種宗教，與佛、道、基督、伊斯蘭並稱為「五教」，今河南潢川「仍然存有『五教合一』的記憶」﹝註14﹞。

與張耆交往的宗教人士也以上述的重要宗派人士為主。宗杲系

﹝註14﹞楊鐮《尋找馬祖常與雍古人進出歷史的遺跡》，《文史知識》，2007年，第十一期，第 77 頁。

的釋大訢、玄教宗師吳全節、茅山道士張雨等人均與張翥保持良好的關係。張翥皈依佛門、傾心向道的思想是與這些宗教人士的交往分不開的。

五、史學與理學

與前代勝國的修史傳統一樣，元朝政府建立之初便有修前代史書的計劃，但由於對正統問題的討論，竟使官修史書一直擱置到元朝末期才開始修纂。至正三年（1343），元廷採納脫脫的意見，以宋、遼、金三朝「各與正統」，「分史置局」。至正四年三月，《遼史》修成。十一月，《金史》修成。至正五年十月，《宋史》修成。

元廷在修前朝史之前，已敕翰林國史院修本朝史，包括本朝實錄和《后妃功臣傳》，也包括著名的《經世大典》。此外還有蒙文史《脫必赤顏》（《蒙古秘史》）。

私人修史也有所發展。如胡三省《資治通鑒音注》、馬端臨的《文獻通考》及蘇天爵的《國朝名臣事略》等。

張翥便是至正三年（1343），應詔修《宋史》前往大都，並最終滯留大都不得南歸的。在大都的最後二十五年，是張翥心境痛苦最強烈的時期。

南宋以來，理學的發展主要有朱熹和陸九淵兩派。元朝是程朱理學統治地位確立的時期。元代的科舉考試，以程朱理學的有關著述爲主，無疑對朱學的傳播起到了積極的影響。與此同時，陸學雖不像朱學那樣興盛，但在南方仍有傳承，如江西的陳苑和浙東的胡長孺。

張翥所學恰是陳苑所傳之陸學。陳苑傳李存，李存傳張翥、危素等人。《元史》本傳稱張翥對「道德性命之說多所研究」〔註15〕，但有關見解，今均不存。與危素一樣，他們都以文學見長，對理學（陸學）的影響遠不及文學。

〔註15〕宋濂等《元史》卷 186，中華書局，1979 年，第 4284 頁。

六、詩文等正統文學及藝術的興盛

元代文學向以散曲、雜劇著稱，但隨著《全元文》、《全元詩》的編纂完成證明，其正統文學——詩歌、散文的創作依然很繁榮，不遜唐宋。

如前所述，封建一統的廣大地域與科舉不暢都是元代詩歌興盛的原因之一。而藝術門類的發達，更為詩歌創作提供了沃土。題畫詩是元詩的一個重要門類，這得益於元代繪畫、書法的發展。山水畫、花鳥畫、人物肖像畫……，元代幾乎在繪畫的各個門類都產生了著名的畫家與畫作，為這些畫題詠成了當時詩歌的題材之一。其中不乏大量的同題之作——眾多詩人為同一幅畫題詩，這些詩多數要題寫在原畫作上，因此又與書法、篆刻等藝術的成就密不可分。陶宗儀《書史會要》記載了元代書法家 289 人。

元代詩歌的風格，隨著政治從一統到動盪，也產生了變化。由剛剛統一時的「遺民情結」，到元朝較為安定時期的為元朝歌功頌德、粉飾太平，再到社會動盪時期的抨擊黑暗，同情百姓困苦，最後是圍城時期的忠君愛國主題，元代詩歌的風格大致經歷了這樣四種變化。其中，隱逸思想貫穿於元詩始終。

元代的文章以經世致用為主，其中序跋、政論、贈序、墓誌銘、碑文佔有絕大數量，當然也包括書畫等的散文題跋。

張翥的詩、詞中包含了大量的與題畫有關的內容，所輯佚之文幾乎均為應用之文，是這一時代詩文創作的反映。其詩文主題以隱逸為主，伴有粉飾太平、同情疾苦、忠君愛國之作。尤其是元朝滅亡前的一段時期，張翥雖然有歸隱之心，但與其他漢族知識分子一樣，一直都是站在元王朝的立場上看待形勢的變化。南宋遺民抵抗元朝「異族」統治的情緒，在元末戰爭中消失殆盡，這些漢族知識分子已經自認為是元朝的一部份了，這可以說是元朝統治中國最成功之處。

第二節　張翥生平經歷

一、行年事略

　　張翥的生平經歷依據其生活地點的變化，可以分爲以下幾個階段〔註16〕：

1、一歲～十歲，江西浪子（元世祖忽必烈至元二十四年丁亥～元成宗鐵木耳元貞二年丙申，1287～1296年）

　　公元1287年2月10日，即元世祖忽必烈至元二十四年丁亥正月戊子（二十七日），張翥出生於饒州安仁縣（今屬江西）的一個普通吏員家庭，其父爲安仁縣典史。少時放蕩不羈，後幡然悔悟，折節讀書，曾從安仁縣教諭張立仁學，與李存亦應在此時相識。

　　關於張翥的祖籍晉寧，有江蘇武進說，雲南說，山西臨汾說，學者已辨明爲元晉寧路襄陵縣故關鎮，即今山西省襄汾縣京安鎮，茲不贅述〔註17〕。

2、十一歲～二十六歲，杭州學官（元成宗鐵木耳大德元年丁酉～元仁宗愛育黎拔力八達皇慶元年壬子，1297～1312年）

　　張翥十一歲時已在杭州從仇遠學詩，蓋張父由饒州安仁縣典史調任杭州鈔庫副使故。二十餘歲時，曾在杭州任學官。

　　此一時期，與郭畀往來密切。

〔註16〕關於張翥生平的考述，以陶然《「元代詞宗」張翥生平著述考》（見陶然《金元詞通論》附錄二，上海古籍出版社，2001年，第425～440頁）一文較早且較爲系統，其以《元史》本傳及本集中可以編年的作品爲綱，初步勾勒了張翥事蹟，用力較深，但多有推斷之詞，缺乏充足的文獻依據。此後學者雖有所補充，但並未有顯著突破。故本文在大量相關文獻的基礎上，主要以其生活地點的變化爲依據，進一步明晰張翥生平行跡，使其更加詳細具體，以更好理解張翥其人與其作品。本文所敘述結論之文獻依據，詳見《張翥年譜》相關部份。

〔註17〕見方舟《元代作家張翥籍貫考》，《文教資料》，1994年，第一期；白健、殷守剛《張翥與晉寧考》，《思茅師範高等專科學校學報》，2008年，第一期。

3、二十七歲～二十九歲，臨川客居（元仁宗愛育黎拔力八達皇慶
二年癸丑～元仁宗愛育黎拔力八達延祐二年乙卯，1313～1315 年）

張翥至遲在二十七歲時返回江西，曾任撫州路學錄。遊宣城試
吏，當在此階段。此時期亦從李存學習道德性命之說。此階段初期，
張翥父母依舊居住在饒州安仁縣，至遲在 1315 年，張翥二十九歲時，
其家已遷居至浙江鄞縣（今浙江省寧波市）。1316 年春節，張翥已返
回至浙江省親。

充任教官與由吏入仕，是元代儒學生員的兩種入仕途徑。各級儒
學的教官分教授、學正、學錄、教諭等名目，只有教授才是入流的品
官。張翥所擔任的學錄並沒有品級，因此張翥遊歷宣城，或許是嘗試
入仕的另一途徑。

這一時期，張翥的詩詞創作呈現鼎盛趨勢。一方面，這是跟隨仇
遠學習音律之後，故能對所學詩詞技巧熟練加以運用；另一方面，張
翥到江西不久後，其父母家便遷往浙江，於是其總會有客居他鄉的情
緒；同時這個時期他結識了眾多好友，如孫轍、游弘道、劉岳申等人，
與他們的交往唱和、思家留別爲其詩歌創作提供契機。

4、三十歲～四十六歲，杭州遊歷（元仁宗愛育黎拔力八達延祐三年
丙辰～元文宗圖帖睦爾至順三年壬申，1316～1332 年）

三十歲的張翥回到了浙江鄞縣家中，此後三年間，一直在江浙
遊歷。公元 1320 年，三十四歲的張翥回祖籍所在地山西，參加在太
原舉行的鄉試，這表明張翥由吏入仕的道路並未走通。此行或拜謁
了襄陵祖塋。後又返回江浙，主要在杭州活動。1328 年，張翥舅父
去世，張翥暫回臨川，不久後返杭。1332 年，張翥在江浙再次參加
科舉，依舊未被錄取。

此一時期，張翥與彭大年、張一無、宋本、曹鑑、釋大訢、釋善
繼、泰不華、柯九思、劉岳申、耶律舜中諸人有交往，他們當中既有
朝廷官吏，又有僧、道等方外人士。

5、四十七歲～四十八歲，金陵博士（元順帝妥懽帖木兒元統元年 癸酉～元順帝妥懽帖木兒元統二年甲戌，1333～1334 年）

元統元年（1333）秋，張翥爲金陵監察御史辟爲博士，與李孝光、丁復、釋大訢、孫炎等人遊石頭城。翌年正月十五，張翥在蘇州與剛剛被迫南返的柯九思同飲於姚文奐家中。同年，在金陵與釋宗泐相識。

6、四十九歲～五十四歲，揚州寄居（元順帝妥懽帖木兒至元元年 乙亥～元順帝妥懽帖木兒至元六年庚辰，1335～1340 年）

此數年間，張翥在揚州。期間或前往揚州路泰州顧仲庸家。1340 年上半年，張翥致信在江西廬陵的劉岳申，請其爲自己的集子作序。這是張翥文集編輯的最早記錄。

此外，張翥與王士熙、熊夢祥等人亦相來往唱和。

7、五十四歲～五十六歲，上都助教（元順帝妥懽帖木兒至元六年 庚辰～元順帝妥懽帖木兒至正二年壬午，1340～1342 年）

至遲在 1340 年六月，張翥在中書左丞傅嚴起的推薦下，由揚州前往大都任國子助教。同時，吳師道亦任國子助教。1341 年四月，隨皇帝車駕前往上都，分教上都生員。八月返回。翌年亦如是。

從大都前往上都共 4 條路，其中輦路、西路分別專供皇帝行走。據《行次獨石驛大雨駐行廿里喜晴》、《過李陵臺》詩，張翥此行當走驛路。驛路長大約 800 里，從大都建德門出發，經居庸關，至統墓店，向北經龍門至雲州、獨石口等地，至牛群頭驛與輦路匯合，過李陵臺、桓州等地，最終到達上都〔註18〕。與其他前往上都的詩人一樣，張翥用詩歌記錄了一路上的觀感和到上京的感受。

在上都期間，張翥曾陪順帝遊幸東涼亭。

此一時期，與吳師道、成廷珪、揭傒斯、陳渭叟諸人交往，其中

〔註18〕陳高華、史衛民《元上都》，吉林教育出版社，1988 年，第 33～37 頁。

與吳師道的唱和往來最多。

8、五十六歲，淮揚隱退（元順帝妥懽帖木兒至正二年壬午，1342 年）

本年九月三日自上都返回後，張翥告謁歸南京，爲集慶路學訓導。不久因得罪御史，逃往揚州。

據張翥《九日謁告歸阻風御河齊家堰》及《至通州》詩，可知九月九日張翥告謁南歸，十二日從通州出發，經白河漕渠到直沽，南下進入御河，後改陸路至中欒旱站，沿黃河東行，進入淮河，進入淮安，轉入淮南運河，經高郵到揚州，又通過江南運河到杭州，經眞州西至南京〔註 19〕。至正三年，張翥由揚州北返大都，亦應走此路線。

9、五十七歲～五十九歲，大都修史（元順帝妥懽帖木兒至正三年癸未～元順帝妥懽帖木兒至正五年乙酉，1343～1345 年）

1343 年三月，朝廷修《宋》、《遼》、《金》三史，徵張翥於廣陵，爲翰林國史院編修官，九月至大都。1345 年十月，三史全部修成。

此一時期，與陳鎰、杜德常、汪澤民等人有來往。

10、六十歲，杭州刊史（元順帝妥懽帖木兒至正六年丙戌，1346 年）

本年，張翥遷翰林應奉（從七品）、國子學博士（正七品）。本傳失載。

張翥在杭州刊行《宋史》期間，其創作又進入一個高潮。在杭州的半年中，張翥與韓澳、李祁、楊瑀、郯韶、釋福初、釋來復、釋宗泐諸人往來，創作了若干詩文，其中包括紀行詩、詠物詩、題畫詩，及書畫題跋文字。

根據張翥《有旨翥領宋史刊於江浙次東阿站》詩，此次張翥南行的路線與還南京時走水路不同，是走陸路。從大都出發南行經良鄉至涿州，經新城等地至陵州（山東德州），又經平原、高唐、荏平、東

〔註 19〕參見黨寶海《蒙元驛站交通研究》，崑崙出版社，2006 年，第 283、311、312 頁。

阿等地至徐州，由徐州至揚州，再至杭州〔註20〕。

11、六十一歲～六十三歲，大都參與科舉（元順帝妥懽帖木兒至正七年丁亥～元順帝妥懽帖木兒至正九年己丑，1347～1349年）

此三年，張翥由杭州回京，參與大都會試，與主考黃溍在對待王詵《帝車賦》的意見上相左。此時期，與段天祐、成遵有詩歌往來。

12、六十三歲～六十四歲，代祀天妃（元順帝妥懽帖木兒至正九年己丑～元順帝妥懽帖木兒至正十年庚寅，1349～1350年）

至正九年秋，張翥奉旨往直沽（今天津市內）、平江（今江蘇蘇州）、周涇（今江蘇無錫）、興化（今福建莆田）、泉州、福州等處祭祀天妃〔註21〕。翌年初，由泉州返京。二月，至武康爲自己預置新墳。亦到四明探訪舊遊。八月至顧瑛玉山草堂。這次與顧瑛相見，對張翥的仕隱抉擇影響巨大。

據《代祀天妃廟此直沽》、《發漳州》、《中秋望亭驛對月代祀北還》、《寄題顧仲瑛玉山詩一百韻》詩及《武安塔記》文，此次行程路線當與至正二年南歸路線大體相似，以水路爲主，至杭州後，經蘭溪、玉山至福州，再由福州經興化、泉州到達漳州。返程途中，二月至杭州後，又經水路沿赤岸、嘉興，於八月十五至望亭驛，十九日到達平江〔註22〕。

又據《宴四明江中醉臥及醒舟已次車廐站》「使節重來省昔年，舊遊零落一淒然」語，可知此次張翥亦前來四明。由杭州前往寧波，

〔註20〕 參見黨寶海《蒙元驛站交通研究》，崑崙出版社，2006年，第281、282、292、293頁。

〔註21〕 《寄題顧仲瑛玉山詩一百韻序》：「中書以翥載直省舍人彰寶，徧禮祀所。」又，《元史・祭祀志》「名山大川忠臣義士之祠」條：「惟南海女神靈惠夫人，至元中，以護海運有奇應，加封天妃神號，積至十字，廟曰『靈慈』，直沽、平江、周涇、泉、福、興化等處皆有廟。皇慶以來，歲遣使齎香遍祭。」

〔註22〕 參見黨寶海《蒙元驛站交通研究》，崑崙出版社，2006年，第311～313頁。

要經紹興，從紹興經新昌、台州、黃巖、樂清可達溫州。張耒此行當亦過此，有《雨中次黃巖驛》詩。又據《劉山驛》詩可知，或在前往福州，或在由福州返回之時，曾在蘭溪經婺州、茭道、劉山到達處州。

13、六十五歲～八十二歲，大都思歸（元順帝妥懽帖木兒至正十一年辛卯～元順帝妥懽帖木兒至正二十八年戊申，1351～1368 年）

從至正十年末回到大都，一直到張耒去世，歸隱，是張耒心境的主體。此段時間，張耒歷任翰林修撰、太常博士、翰林待制、集賢學士、翰林侍讀、國子祭酒，主要負責科舉會試以及大都鄉試之事，最終以翰林學士承旨致仕，封潞國公。然「帶職仍故，朝廷典章，大事議論，獨許以聞」〔註 23〕。後因孛羅帖木兒事件，重起為河南行省平章政事，仍以翰林學士承旨致仕，給全俸終其身。

張耒入大都後，雖官階屢升，但他的生活境遇卻是「官俸常空僕馬貧」（《寄韓文珮與玉》）。張耒有一組七言絕句詩題云《予京居廿稔始置屋靈椿坊衰老畏寒始製青鼠袍且久乏馬始作一車出入皆賦詩自誌》，這組詩當作於 1363 年左右，此時張耒已經從一品致仕，從這首詩題可以看出張耒在大都二十年間，未曾置辦一套屬於自己的住宅，而此時在靈春坊所置屋的目的在於「歸時留作顧船錢」。《書所見（戊戌七月）》有「歸向妻孥說，毋嫌朝食糜」之句，說明張耒平時的飲食亦極為普通。可以說張耒在滯留大都期間，無論物質上還是心理上都是很淒涼的〔註24〕。

二、張耒的性格及形象

張耒卒於元朝滅亡前夕，位雖至公爵，並未見有碑傳及畫像流

〔註23〕《蒲菴記》附記，釋來復編《澹游集》卷下，續修四庫全書，第 1622 冊，第 278 頁。

〔註24〕明朱國禎《湧幢小品》卷一《心事記》：「元順帝時，張耒在翰林，夜夢詩二句云：『羈漢夷疆天暫醉，鳳陽君主日初明。』耒驚異，遂謝職南歸廣陵，作《心事記》記此夢。」今暫未見其他文獻有《心事記》記載，待考。

傳。張翥的形象在其詩歌中略有體現，《戊子正月連雪苦寒答段助教天祐吉甫二首》其二云：

> 三年冗博士（自謂），四海老詩人（吉甫）。
>
> 同是桑榆日，惟堪麴米春。
>
> 清羸元壽相（吉甫），骯髒任長身（自謂）。
>
> 微子誰知我，從來懶更眞。

這首詩在與段天祐的對比中描繪了自己的形象：「骯髒任長身」，骯髒指身體肥胖，長身自然是說身材高大。這一描寫與《堯山堂外紀》記載的「肢體昂藏」正好相印證。成廷珪說他「目下十行千字過，身長九尺兩眉龐」〔註25〕。孫炎云「仲舉長面而鶴身」〔註26〕。黃玠《送韓與玉入京求其師張仲舉先生》亦云：「其師爲誰子張氏，曲頰美準秀且頎。雞棲昂昂立孤鶴，羽翼已遂衝天飛。」〔註27〕「曲頰美準秀且頎」，說明張翥不但身材高大而且長得俊秀。

但張翥形象亦有缺陷，《堯山堂外紀》言：

> 仲舉肢體昂藏，行則偏竦一肩，韓介玉爲詩嘲之云：「垂柳
> 陰陰翠拂簷，倚闌紅袖玉纖纖。先生掉臂長街上，十里朱
> 樓盡下簾。」坐中皆失笑。時有相士在座。或曰：「仲舉，
> 病鶴形也。」相士曰：「不然，此雨林鶴形，雨霽則衝霄矣。」
> 後入大都，致位貴顯，果如其言。〔註28〕

張翥走路時「偏竦一肩」，被他人所嘲笑，從上引黃玠詩來看，上述相士之語並非杜撰。

張翥的性格突出表現在以下五個方面：

〔註25〕成廷珪《次張仲舉侍讀韻》，《居竹軒詩集》卷三，文淵閣四庫全書，第 1216 冊，第 322～323 頁。

〔註26〕孫炎《午溪集序》，陳鎰《午溪集》卷首，文淵閣四庫全書，第 1215冊，第 358 頁。

〔註27〕黃玠《弁山小隱吟錄》卷二，文淵閣四庫全書，第 1205 冊，第 40 頁。

〔註28〕蔣一葵《堯山堂外紀》卷七十五，續修四庫全書，第 1194 冊，第 685頁。偏竦肩膀，或許是由於幡然悔悟後，發奮讀書所導致的脊椎側彎。案：據《四部叢刊》三編張羽《靜居集》卷三《韓介玉畫爲童中州掌教題》詩注，韓介玉爲張翥門人。

　　一是正直誠實，負「大節」。李存《送張仲舉明春秋經歸試太原序》云：「仲舉，諒直君子也。」〔註29〕最爲明顯的表現便是至正末期，在元代宮廷內鬥中不爲搠思監草詔一事。張翥的不畏強權，不以自己的好惡行事，堅持「詔從天子出」的原則，眞正體現了臨危不苟的節操。正如張昱《投贈潞國公承旨學士張仲舉》詩所稱讚的「獨於社稷多艱日，復使君臣大義明」〔註30〕，這顯然來源於其正直誠實的優良品質。

　　其二豪放不羈，重義氣。《元史》本傳云：「翥少時，負其才雋，豪放不羈。」〔註31〕這段記載是在張翥從師仇遠、李存前，可見張翥確有過人的天分。直至壯年，依舊未變，劉岳申《張仲舉集序》：「余始相見豫章，愛其踈蕩有奇氣，磊落多豪舉，急義如飲食男女。……有不幸厄於時命，必多方拯拔之而後已，不然，如己負之。」〔註32〕

　　其三善於諧謔。這與豪放不羈的性格是緊密聯繫在一起的。孫炎《午溪集序》云：「仲舉……善談謔。」〔註33〕《元史》本傳云：「平日善諧謔，出談吐語輒令人失笑，一座盡傾，入其室，藹然春風中也。」〔註34〕此種性格一方面容易使人產生親近感，另一方面如果處理不當，會給自己招來麻煩，《堯山堂外紀》便記載了致禍一事：

> 至正初，仲舉爲集慶路學訓導。御史下學點視廩膳，隣齋出對云「豸冠點饌」。是日適用驢肉，仲舉戲續云「驢肉作羹」。御史聞之大怒，欲逮捕之。（御史，蓋河南人。）乘夜逃奔揚州，時揚州方全盛，眾素聞其名，皆延致之。〔註35〕

〔註29〕李存《鄱陽仲公李先生文集》卷十六，北京圖書館古籍珍本叢刊，第92冊，第601頁。

〔註30〕張昱《張光弼詩集》卷六，四部叢刊續編，第72冊。

〔註31〕宋濂等《元史》卷186，中華書局，1976年，第4284頁。

〔註32〕劉岳申《申齋集》卷二，文淵閣四庫全書，第1204冊，第197頁。

〔註33〕陳鎰《午溪集》卷首，文淵閣四庫全書，第1215冊，第358頁。

〔註34〕宋濂等《元史》卷186，中華書局，1976年，第4285頁。

〔註35〕蔣一葵《堯山堂外紀》卷七十五，續修四庫全書，第1194冊，第685

其四虛心學習，不拘泥成見。劉岳申《張仲舉集序》云：「聞上有賢者，輒以身下之。常恐其人不先己而蚤達，未嘗見其有所不臧於人。人或有短之者，終不以爲惡聲，必終譽之。……仲舉未嘗以自多。……其中心誠好義，愈益汲汲然。」〔註36〕《元史》本傳云：「有以經義請問者，必歷舉眾說爲之折衷，論辨之際雜以談笑，無不厭其所得而後已。」〔註37〕

其五善於獎勵後學。《元史》本傳亦記載，其指導弟子時折衷眾說，云：「翥勤於誘掖後進，絕去崖岸，不徒以師道自尊。用是，學者樂親炙之。」〔註38〕

以上總結張翥的五點性格，主要來源於文獻記載，現存張翥的詩文中，我們感受到的卻主要是作爲一個詩人、一位終生在充滿仕與隱矛盾抉擇中的心境孤獨的形象。

三、家人事疑

《元史》本傳及《安仁縣志》，均注明張父曾爲小吏。其母的信息未見文獻記載。通過隨《蒲菴記》所給釋來復的信中，可知其妻子卒於至正二十二年（1362），其僅有一女，生於至正十三年（1353），而在張翥辭世前先卒。

張翥所言的「今惟一女，甫十一歲」〔註39〕，與元末明初人蘇伯衡《張潞國詩集序》「公無子，一女亦先卒」〔註40〕、《元史》本傳「無丈夫子」〔註41〕記載相同。張翥詩《家居九日》亦有「螟蛉有子寧嫌祝，蛺蝶無知底用愁」之語，序云：「時余祝子類，值酒禁，丁

頁。
〔註36〕劉岳申《申齋集》卷二，文淵閣四庫全書，第1204冊，第197頁。
〔註37〕宋濂等《元史》卷186，中華書局，1976年，第4284頁。
〔註38〕宋濂等《元史》卷186，中華書局，1976年，第4284頁。
〔註39〕釋來復編《澹游集》卷下，續修四庫全書，第1622冊，第278頁。
〔註40〕蘇伯衡《張潞國詩集序》，《蘇平仲文集》卷五，文淵閣四庫全書，第1228冊，第606頁。
〔註41〕宋濂等《元史》卷186，中華書局，1976年，第4285頁。

未歲也。」這年其八十一歲，顯然在爲求子而禱告，詩以螟蛉有子的典故透露出詩人無子。張翥詩中雖數次出現「兒」之字樣，或泛指兒童，或指僮僕，顯然不是指兒子。但在《病中》詩中出現了子女的對稱，云「小兒舞袖學齋郎，大女笑看傍鼓簧」，似同時有兒、女。此說暫列此，備考。

都穆《都公譚纂》卷上：「張潞公仲舉沒至正末，無子，一女嫁民間。洪武中，其人充陝西軍，攜女自隨。潞公妻吳夫人尚在，年已八十，瞽雙目，無人供養，寄食北平軍營中，病甚。軍卒惡之，移置風簷之下，遂死，然無棺以歛。時僧道衍居北平，素與潞公友善。人或告之，衍匍匐往視，其敝篋中有詩一紙，乃潞公筆。衍曰：『此眞吳夫人也。』爲買棺葬之。（衍有和潞公詩二十首）」〔註42〕此與張翥《蒲菴記》附記及蘇伯衡《張潞國詩集序》記載相異，待考。

又，張翥字仲舉，顯然其有兄長，未見任何文獻記載。

第三節　拒絕「草詔」事件考述

孛羅帖木兒入相前後，發生了一場與皇太子、丞相搠思監、擴廓帖木兒之間的爭鬥。張翥也被捲入了這場爭鬥——草詔就是其中的原因。關於草詔一事，《新元史》與《元史》記載有異：

《元史》本傳云：

> 孛羅帖木兒之入京師也，命翥草詔，削奪擴廓帖木兒官爵，且發兵討之，翥毅然不從。左右或勸之，翥曰：「吾臂可斷，筆不能操也。」天子知其意不可奪，乃命他學士爲之。孛羅帖木兒雖知之，亦不以爲怨也。及孛羅帖木兒既誅，詔乃以翥爲河南行省平章政事。〔註43〕

《新元史》記載爲：

〔註42〕都穆撰，陸采輯《都公譚纂》卷上，四庫全書存目叢書，子部第246冊，第363頁。
〔註43〕宋濂等《元史》卷186，中華書局，1976年，第4285頁。

丞相搠思監削奪孛羅帖木兒兵權，使翥草詔，翥曰：「此大
事，非親見主上不能筆。」左右或勸之，翥曰：「吾臂可斷，
筆不能操也。」乃命危素就相府草之。及孛羅帖木兒至京
師，召素責之曰：「詔從天子出，相府豈草詔地乎？」素不
能答。孛羅帖木兒欲斬之，左右營救，始免焉。〔註44〕

二者記載的相同處在於張翥拒絕草詔，區別在於命張翥草詔又遭到拒
絕的一方截然相反：孛羅帖木兒與擴廓帖木兒長期在地方擁兵自重，
積怨已久，搠思監又是擴廓帖木兒的黨羽。故此事涉及到張翥的政治
傾向及爲人準則，因此要從事件本身及張翥此前對鬥爭雙方的態度來
說明。

一、「草詔」事件的發展過程

　　據《元史》、《新元史》、《元史類編》、《元史新編》諸書相關紀、
傳記載，至正二十二年（1362），御史大夫老的沙、知樞密院事禿監
帖木兒得罪皇太子，遂逃至孛羅帖木兒軍中。老的沙爲元順帝的舅
舅，順帝在太子和舅舅之間協調不成，便密令孛羅帖木兒將其二人隱
藏。皇太子一向認爲孛羅帖木兒擁兵跋扈，其所倚仗之擴廓帖木兒又
與孛羅帖木兒由於爭奪地盤之事積怨已久。丞相搠思監此時亦「黨於
擴廓帖木兒」，因此便見機「誣孛羅帖木兒以非罪」(並《搠思監傳》)，與
皇太子「請詔削其官」(《孛羅帖木兒傳》)，「帝因下詔削奪其（案：孛羅
帖木兒）官爵」(《搠思監傳》)。諸書均未說明何人起草詔書。至正二十
四年（1364）三月，孛羅帖木兒接到詔書後，知「非帝意」(《孛羅帖木
兒傳》)，殺使者拒命。四月，起兵犯闕，殺搠思監後，官復原職，嘗
撤兵「還大同」。五月，皇太子又徵擴廓帖木兒兵討孛羅帖木兒。於
是，孛羅帖木兒再舉發兵，七月進入京師，元順帝以其爲中書左丞相，
八月，又爲中書右丞相，節制天下軍馬。翌年（1365）七月，孛羅帖
木兒欲霸佔元順帝之寵，元順帝密令將其斬殺。至是，擴廓帖木兒與

〔註44〕柯紹忞《新元史》卷 211，上海古籍出版社影印《元史二種》，1989
　　　年，第 835 頁。

孛羅帖木兒的爭鬥徹底結束。

儘管孛羅帖木兒在《元史》中列入《逆臣》傳，但僅從這場鬥爭而論，沒有任何一方有正義可言，應該是統治集團內部爭權奪利的鬥爭。關於起草詔書削奪兵權一事，除《元史·張耆傳》外，各家元史均記載被削奪兵權的是孛羅帖木兒，而非擴廓帖木兒。因此《新元史》記載的「搠思監削奪孛羅帖木兒兵權，使耆草詔」或較爲符合事實。權衡《庚申外史》卷下亦言：

> 初，削孛羅帖木兒兵權時，搠思監召承旨張耆草詔。辭曰：
> 「此大事，非見主上不敢爲之。」乃更召參政危素就相府
> 客位草之。〔註45〕

這則材料當是《新元史》的來源。元末明初人權衡作《庚申外史》時，在《元史》修撰之前，距離事件發生之時未遠，在記述上引之語後，詳細記述了危素草詔後與郎中討論草詔是否合理的一段對話。據陳高華先生考證，《庚申外史》的作者權衡與事件的當事人之一擴廓帖木兒關係密切，「他是追隨擴廓帖木兒才由山東來到河南的」〔註46〕。因此，《庚申外史》的記載較爲可信。此外，宋濂《故翰林侍講學士中順大夫知制誥同脩國史危公新墓碑銘》記載：「孛羅帖木兒入相，出爲嶺北等處行中書省左丞。」〔註47〕顯然危素是由於爲搠思監一黨草詔之事得罪了孛羅帖木兒才被貶出大都的。

從以上分析，搠思監使張耆草詔，「削奪孛羅帖木兒兵權」，是不容質疑的。然而搠思監曾在張耆仕途上起到過「伯樂」的作用，《元史》本傳記載：「（耆）嘗奉旨詣中書，集議時政，眾論蜂起，耆獨默然。丞相搠思監曰：『張先生平日好論事，今一語不出，何耶？』耆對曰：『諸人之議皆是也。但事勢有緩急，施行有先後，在丞相所決

〔註45〕 權衡《庚申外史》卷下，四庫全書存目叢書，史部第 45 冊，第 238 頁。
〔註46〕 陳高華《〈庚申外史〉作者權衡小考》，《陳高華文集》，上海辭書出版社，2005 年，第 549 頁。
〔註47〕 宋濂《宋學士文集》卷五十九，四部叢刊初編，第 247 冊。

耳。』擩思監善之。明日，除集賢學士。」〔註48〕此事便發生在這場
爭鬥前不久，在這種情況下，張翥拒絕丞相的要求，便有更深層次的
原因。

二、張翥對事件雙方的態度

從張翥詩集中可以看出，張翥對事件雙方有明顯的愛憎傾向。
《蛻菴詩》卷二有《七月廿九日》詩：

> 此醜今方殛，京城蹀血新。也知天悔禍，誰謂國無人。
> 勝氣騰龍虎，沉機動鬼神。大庭親命詔，終夜在延春。

顧嗣立《元詩選・初集戊》言「此為孛羅帖木兒作」〔註49〕是有見地
之論。《元史・孛羅帖木兒傳》記載孛羅帖木兒被誅殺是至正二十五
年（1365）七月乙酉，據陳垣《二十史朔閏表》，此日正是七月二十
九日。這首詩直稱孛羅帖木兒為「醜」，大有「中興露布」之勢，可
見張翥本人對孛羅帖木兒的所為是強烈憎惡的。

對擴廓帖木兒一方則不同。《元史・順帝紀》：「（至正二十二年六
月）田豐及王士誠刺殺察罕帖木兒。……追封忠襄王。」〔註50〕察罕
帖木兒是擴廓帖木兒養父，就在這場爭鬥發生的兩年前，察罕帖木兒
因平叛亂，為王士誠等人所害。張翥作了《寄野菴察罕平章（時攻淄
郵）》（《元詩選》作《挽忠襄王》）一詩：

> 聖主中興大業難，元戎報國寸心丹。
> 軍中諸將驚韓信，天下蒼生望謝安。
> 露布北來兵氣盛，樓船南渡海波寒。
> 擬將舊直詞林筆，細傳成功後世看。

詩中對察罕帖木兒的軍事才能作了充分肯定，並對其掃平戰亂充滿期
待。從張翥的詩集中可以看出，張翥對「捐軀國難」之人均有讚美與
惋惜之情，無論是董鄂霄、李齊還是察罕帖木兒，均以其壯士之行為

〔註48〕宋濂等《元史》卷186，中華書局，1976年，第4284～4285頁。
〔註49〕顧嗣立《元詩選》初集，中華書局，1987年，第1351頁。
〔註50〕宋濂等《元史》卷46，中華書局，1976年，第959～960頁。

使張翥感動賦詩。愛屋及烏，張翥站在皇太子與擴廓帖木兒一邊，不僅是對朝廷的擁護，更是其一直以來的心意所致。

三、拒絕草詔的原因

張翥《自誓》詩云：

此醜行當殛，吾身敢顧危。要看奪笏處，正是結纓時。

萬古千秋在，皇天后土知。寸心三尺簡，肯愧史臣詞。

顧嗣立認爲與《七月廿九日》作於同時〔註51〕。從詩中「行當殛」來看，當作於爭鬥的初始階段，「萬古千秋在，皇天后土知」，表達了一種不爲時人普遍接受的心境，因此，此詩或爲張翥拒絕爲搠思監草詔後的內心獨白。「寸心三尺簡，肯愧史臣詞」，是張翥拒絕草詔的理由。孛羅帖木兒入京師後，責問危素草詔一事的訓斥之辭也正與此相關：「召素責之曰：『詔從天子出，相府豈草詔地乎？』素不能答。」〔註52〕張翥與危素曾同爲翰林國史院編修，張翥終生都在以「史臣」來衡量自己的立身行事，而危素卻不能。因此張翥拒絕搠思監並不是因爲認同孛羅帖木兒，否定擴廓帖木兒，而是「此大事，非見主上不敢爲之」，不肯「愧史臣詞」。

張昱《投贈潞國公承旨學士張仲舉》詩「獨於社稷多艱日，復使君臣大義明」〔註53〕所稱讚的亦是此點。明修方志亦評價他「負大節」〔註54〕。清代謝啓昆有《論元詩絕句七》，第三十首云：

病鶴昂藏帶雨深，朱簾十里晝陰陰。

不甘草詔存忠義，寸簡千秋萬古心。〔註55〕

張翥的「史臣心」在後世贏得了尊重。

〔註51〕顧嗣立《元詩選》初集中，中華書局，1987年，第1351頁。
〔註52〕權衡《庚申外史》卷下，四庫全書存目叢書，史部第45冊，齊魯書社，1997年，第238頁。
〔註53〕張昱《張光弼詩集》卷六，四部叢刊續編，第72冊。
〔註54〕《（萬曆）山西通志》卷十九，稀見中國地方志匯刊，第4冊，中國書店，1992年，第277頁。
〔註55〕謝啓昆《樹經堂詩續集》卷七，續修四庫全書，第1458冊，第255頁。

　　至於《元史》本傳所記載的孛羅帖木兒使其草詔「削奪擴廓帖木兒官爵」，未見其他任何佐證，但「毅然不從」四字，則反映出張翥對兩個集團的不同態度。

　　或許正是由於站在史官的立場上，不以個人的好惡行事，在孛羅帖木兒被誅殺之後，已經致仕二年、七十九歲的張翥重新啓用爲河南行省平章政事，不久又以翰林學士承旨致仕，給其全俸終身。

第二章　張翥出處心理兼述其交遊

　　至正六年，已經第二次應詔出仕的張翥奉旨往錢塘刊行《宋史》時，結識了方外友人釋來復，臨別時對其言：「吾此行，當乞浙省提學之除，欲營菟裘，爲歸老武康之計，期與師往來山湖間，弟未知能遂此願否？」〔註1〕即便是在歸隱的條件下提出的任江浙行省儒學提舉，仍然可以看出張翥所受儒家思想的影響，而「營菟裘」之語更出自儒家經典《左傳》〔註2〕；武康是張翥給自己設定的晚年歸隱之地，此地多道觀，亦有使張翥傾情的凌道士。張翥爲自己設定的任儒學之官、歸道士之山、交佛門之友皆體現在這聊聊數語之中，既表現了張翥離開朝廷南歸的願望，也透露了張翥思想中有儒、釋、道各家的成份。張翥兼受儒、釋、道三家影響，這不但從他的詩中可以看出，亦可以在其生平軌跡、交遊唱和中得到證明。然而三家影響在其人生的不同階段、不同境遇所處的地位並不相同。最終導致張翥在仕、隱的矛盾鬥爭中走完了「幸」與「不幸」的一生。

〔註1〕釋來復編《澹游集》卷上，續修四庫全書，第 1622 冊，第 219 頁。
　　　　江浙行省儒學提舉，從五品；副提舉，從七品，此處當爲副提舉。
〔註2〕菟裘，當爲「菟裘」之誤，《左傳·隱公十一年》：「羽父請殺桓公，
　　　　將以求大宰。公曰：『爲其少故也。吾將授之矣，使營菟裘，吾將老
　　　　焉。』」比喻告隱歸老之地。

第一節　李存的仕進鼓勵與仇遠的生活態度

　　張耒一生可以五十四歲任國子助教爲界，前期雖主要在江南遊歷講學，未曾出仕，卻一直都在爲出仕而努力，「頗願從事於當時」〔註3〕。「授業儼如承闕里，……青雲有路君高步，……看取姓名題雁塔」〔註4〕，張耒嘗試過三種步入仕途的途徑：任教官、試吏、科舉，結果雖均以失敗而告終，但對入仕三種方式的嘗試與努力，無疑受到儒家傳統的影響，這種影響來自其老師李存與仇遠。

　　據《元史》本傳可知，張耒曾跟隨李存學習道德性命之說〔註5〕。《宋元學案》卷九十三據《元史》本傳將張耒列爲「俟庵門人」。

　　李存對張耒的評價有如下數端：聰明、有才氣（《送子初饒旭序》）〔註6〕、正直、務實（《送張仲舉明春秋經歸試太原序》）、擅長詩文（《贈張仲舉遊宣城序》、《次張仲舉阻雨見寄韻》）〔註7〕、有試吏之志（《贈張仲舉遊宣城序》、《贈張舉之宣城後序》）。

　　李存對張耒之影響除了在學問上傳授陸九淵之學，使其對「道德性命之說多所研究」外，亦對張耒的前期仕進、遊歷及人格產生了重大影響。

　　《送張仲舉明春秋經歸試太原序》云：

〔註3〕李存《贈張仲舉遊宣城序》，《鄱陽仲公李先生文集》卷十六，北京圖書館古籍珍本叢刊，第 92 冊，第 603 頁。

〔註4〕馬臻《和張仲舉書齋詩韻》，《霞外詩集》卷十，文淵閣四庫全書，第 1204 冊，第 167 頁。

〔註5〕宋濂等《元史》卷 186，中華書局，1976 年，第 4284 頁。案：李存生平見於下編《張耒年譜》，後文他人生平亦如此。除《元史》記載外，李存與張耒的交往，多見於李存《鄱陽仲公李先生文集》，集中有關張耒的詩、文共計 9 篇，以贈序與書箚爲主。今存張耒詩、詞、文，均未見有關於李存之作品。據《鄱陽仲公李先生文集》卷一《次張仲舉阻雨見寄韻》，可知張耒曾有五言長律寄李存。

〔註6〕李存《鄱陽仲公李先生文集》卷十九《送子初饒旭序》：「有晉寧張先生仲舉者，絕聰明，經史百家言，過目輒成誦，發爲古詩文，一操觚可數百語不休，其才力過人有如此者。」

〔註7〕李存《次張仲舉阻雨見寄韻》：「若人妙詩才，華星麗秋天。沈鮑不足避，曹劉真欲肩。」

國家以科舉取士，士之選必由於其鄉。延祐七年春，張仲
舉將由錢塘歸，就試太原，不遠千有餘里，以書來徵余言。
〔註8〕

延祐七年，張翥三十四歲，這是其第一次參加科舉。在錢塘的張翥
到太原應試，徵求李存對其參加科舉的看法。在這篇贈序中，李存
認爲，張翥明於《春秋》，據此可以治一州一縣，進而輔佐君主治國，
而實現治理州縣國家的必由之路便是科舉。最後言：「仲舉，諒直君
子也，其必審於斯義，而非託諸空言者也。之行也，吾意其鄉之好
事者，必相與樂推先焉，而有司之明者，亦將無所失也。」〔註9〕
對張翥人品及學問作了充分肯定，並寄以良好祝願。

　　張翥前往宣城時，李存亦有贈別之言。《鄱陽仲公李先生文集》
卷十六有《贈張仲舉遊宣城序》與《贈張舉之宣城後序》〔註10〕兩篇
贈序。從《贈張仲舉遊宣城序》來看，張翥遊歷宣城有兩個目的：一
是結交公卿以仕進，一是結交朋友以相遊：

君子之於學也，上不得名公卿大夫以開之，下必取良友朋
以發之。……張子，中州人〔註11〕，有氣義，其文辭慨然
慕先秦、西漢；其詩慕晉、魏、盛唐。勤業之餘，頗願從
事於當時者也。而之行也，豈不見接於名大夫？不見接於
名大夫，亦豈不得良子弟從遊哉？亦豈不遭賢主人以相處
與哉？〔註12〕

宣城，元爲江浙行省寧國路宣城縣，今安徽省宣城市。之所以遊宣
城，在李存看來，「美哉！宣城之風也，余懷焉，未之能往」，「宣城，

〔註8〕 李存《鄱陽仲公李先生文集》卷十六，北京圖書館古籍珍本叢刊，
　　　　第92冊，第601頁。
〔註9〕 李存《鄱陽仲公李先生文集》卷十六，北京圖書館古籍珍本叢刊，
　　　　第92冊，第601頁。
〔註10〕張舉應爲張仲舉。
〔註11〕中州有二義：一爲廣義，中原地區。一爲狹義，指今之河南。此指
　　　　張翥籍貫山西。
〔註12〕李存《鄱陽仲公李先生文集》卷十六，北京圖書館古籍珍本叢刊，
　　　　第92冊，第603頁。

江東上邦也,而憲府之所會也。……其大夫來者,無不文墨論議,以降接士儒;其士子弟之遊從者,無不遜順於訓,克於有成;其主人無不時月禮致,問遭以安」。李存嚮往宣城的教化之風,故對張耒此行寄予了殷切的期望。

《後序》則以安仁尉李正卿爲榜樣,進一步激勵張耒的仕進之心:

> 國家選人之制,上焉曰儒吏兼,以爲儒不律則疎,律不儒則粗。然而今之持文墨之長者,舉曠放而過情,挾刀筆之能者,舉苛深而多害。難哉人也。余居深山之中,雖未嘗一涉千里之外,稍覽天下之俊美,而近識李君正卿焉。李君,江西人,有儒者之溫良而無其曠放,有法家之縝密而無其苛深,必欲試吏而取,則李君眞其人也。李君嘗爲廣西憲史矣,見信於其上,見愛於其下,再調而尉安仁,亦如之。李君眞可則也。孔子曰:「空言不如行事之深切著明也。」今子兼二家之長才,而有試吏之志。故吾舉李君以爲贈,則見賢思齊、擇善而從之義裕矣。尚何他說之有乎?
>
> 〔註13〕

李存認爲最適合治理國家的人應是「儒吏」,兼有儒家和法家之優長,希望張耒爭取仕進的同時「見賢思齊、擇善而從」。

這兩篇贈序,無疑給張耒江南遊歷以巨大的精神支持,在張耒仕進的理想中起到了積極的作用。同時,我們從這兩篇贈序中也清晰地看到,張耒早期有較爲強烈的入仕願望。

因此張耒青壯年時期得不到朝廷徵召,就不能不感到失落與彷徨,「卻數只驚身老大,相看聊與影棲遲」(《七月望對月》)是對自己形影相弔、老大空傷悲的描述。

元順帝至元六年(1340)的立春與春節在同一天,張耒寫下了《庚辰元日立春》一詩:

〔註13〕李存《鄱陽仲公李先生文集》卷十六,北京圖書館古籍珍本叢刊,第 92 冊,第 602～603 頁。

采燕方迎歲，蒼龍忽建辰。車書時有道，宇宙物皆春。

紅喜燈花重，青看菜甲新。屠蘇不辭後，已是白頭人。

首聯的兩個副詞「方」、「忽」，正表明時間流逝之快，「白頭人」正是張翥對自己未能成就事業的歎息。有趣的是，就在此詩作後的不到半年，張翥便被朝廷徵召爲國子助教，分教上都。張翥這個「白頭人」開始有了實現自己理想的機會。

李存亦對張翥的爲人有所教導，《次張仲舉阻雨見寄韻》詩言：

時來林下居，密竹涵清娟。戶牖鮮雲異，言談多所然。

世情有隆替，古道無陳鮮。願爲盤中漆，莫作弓上弦。

盤朽漆不落，弦枯弓自捐。〔註14〕

「盤中漆」具有獨立性，不因盤朽而落；「弓上弦」，則弓壞弦廢，不具備獨立性。李存用以比喻做人要具備獨立之人格，始終能獨立成事，不依賴外物。李存的教導與張翥的人格是一致的，由於這種性格，導致了張翥入仕途後「眾人皆醉我獨醒」的極度苦悶。

張翥入大都修史以後，李存又有兩封書箚給張翥，內容雖一般問候之意，但此時的張翥已經進入花甲，李存亦年近七旬，二人的情誼於此可見。

仇遠是張翥的另外一位老師。據張翥《題高彥敬山邨隱居圖》〔註15〕，其十一歲時已從仇遠學習音律，時仇遠已五十一歲。

《蛻菴集》中有3題4首詩是關於仇遠的，均作於仇遠卒後。張翥多次謁仇遠墓、輯存仇遠詩歌〔註16〕，其《三月六日偕楊元誠張仲川拜掃棲霞仇先生墓題絕句》，表達了對老師仇遠的景仰與懷念：

淚棲荒苔積草中，更無人跡紙煙空。

墳前惟有山茶樹，開到清明自落紅。〔註17〕

〔註14〕李存《鄱陽仲公李先生文集》卷一，北京圖書館古籍珍本叢刊，第92冊，第549頁。

〔註15〕明郁逢慶《續書畫題跋記》卷九，文淵閣四庫全書，第816冊，第911頁。

〔註16〕《蛻菴集》卷二《輯山村先生詩卷二首（舊多今不存）》詩。

〔註17〕此詩見於凌雲翰《謁仇山村墓追和張仲舉詩韻序》，《柘軒集》卷一，

仇遠對張翥的影響主要在生活態度上。《蛻巖詞》卷下有《最高樓》
（爲山村仇先生壽）詞，是張翥於仇遠七十四歲生日時所作：

> 方寸地，七十四年春。世事幾浮雲。躬行齋內蒲團穩，耆
> 英社裏酒杯頻。日追遊，時嘯詠，任天眞。　喜女嫁、男
> 婚今已畢。便束帛、安車那肯出。無一事、掛閒身。西湖
> 鷗鷺長爲侶，北山猿鶴莫移文。願年年，湯餅會，樂情親。

張翥作此詞時三十四歲。在詞中，張翥描繪了仇遠晚年辭官退隱後瀟
灑自得、適意天眞的生活，同時也流露出了自己的羨慕之情。

在《清明日遊東山謁棲霞嶺仇先生墓》詩中，張翥也特別提到仇
遠的詩名及晚年的閒適生活：

> 前輩凋零盡，南陽有古阡。詩應傳四海，酒不到重泉。
> 槐國眞成夢，桃源亦是仙。松根一匊淚，慘淡墮風煙。

由以上一詩一詞可以看出，仇遠固然沒有像李存那樣，在人格與仕進
上給予張翥直接的教導，卻以其自己辭官歸隱的行爲以及由此帶來的
閒適心情與生活，給了張翥另外一種仕進的思考。張翥進入仕途後，
兩位老師給予他的兩種完全不同的仕進態度，始終激烈地發生著碰
撞。

第二節　與釋子交往產生的歸隱心境

張翥與釋子的交往較早，其交往的僧人達三十五人之多，其中包
括一位蒙古僧和一位高麗僧人。與他們的交往中，無疑會受到佛家的
影響。其中與張翥來往較爲密切的是釋來復、釋大梓、釋克新、釋大
訢、釋大同、釋懷渭、釋契了、釋至寬、釋宗泐等。在與他們的交往
唱和中，張翥表現出了對皈依佛門的嚮往。釋來復和張翥《詩二十韻
奉寄行中禪師並柬仲銘雲海寶林天衣定水諸公同一印可》詩云：

> 白髮河東叟，虛遊興未涯。才名當世重，功業後人誇。
> 戀闕馳阿閣，看山夢若耶。……學仙身已蛻，入佛語無華。

文淵閣四庫全書，第 1227 冊，第 771 頁。

……何時留玉帶，乞與佛袈裟。〔註18〕

在這首詩中，來復對張翥的心態與思想描述得十分清晰，亦將張翥思想裏同時存在的儒、釋、道三種成份作了概括，這說明張翥對釋家的嚮往經歷了一個動態的過程，也並不以出家為結局，而是與其信奉道家一樣，他只是嚮往釋家清靜無為，遠離塵囂，「興懷湖山」的境界。正如其所言：「予性澹夷，樂山林水石之勝，故喜與禪僧道人遊，至其館輒如歸，人亦弗我厭也。」〔註19〕

張翥最早受佛家思想的影響在三十七歲之前，在《懷天目山處士張一無二首》詩中云「清除億劫想，吾欲問僧伽」，但是「未得拋塵網，相從出死關」，張翥在「塵網」與「僧伽」之間的選擇並不堅定。這種既已產生依佛門之願，又並未能完全割捨紅塵之念的思想，在《遊金山東即休了公》詩中已有表達：「此生終擬依蓮社，猶苦塵緣未破除。」然而與釋子交往中產生的皈依佛門之想隨著年齡的增長並沒有減弱。三十九歲時，張翥的厭世情緒開始生長：「蕭然世味，前生恐是出家兒。」（《水調歌頭‧乙丑初度是歲閏正月戲以自壽》）如果說此時是「戲言」的話，那麼三年後給其方外友人釋大訢的詩則云「此生已悟空無住，欲就莎房借鹿車」（《寄龍翔訢公長老》），無疑在入仕屢遭挫折，儒家「達則兼濟天下」而不能的情況下，張翥開始領悟並逐漸接受佛家思想。

張翥與釋子們的交往唱和之作可分成三類：一為題詠應酬；一為贈別相思；一為表現嚮往佛家的歸隱之情。其中第三類最具代表性，如「何時近一牛鳴地，老去山中伴夜禪」、「一枝得箇邛州竹，拄到雲居不擬回」、「懷師燕坐處，吾道在滄洲」、「身雖縻塵累，是心了然存。睠彼中林社，遲暮或往論。期師法檀度，此道非空言」均表明了對塵世的厭倦及對佛家的嚮往。因此依佛門，是張翥設定

〔註18〕釋來復編《澹游集》卷上，續修四庫全書，第1622冊，第260～261頁。

〔註19〕張翥《蒲菴記》，釋來復編《澹游集》卷下，續修四庫全書，第1622冊，第277頁。

的歸隱方式之一。

與張翥關係最好，交往最密切的釋子是釋來復〔註20〕。

至正十一年或稍後，張翥代釋來復請歐陽玄為《蒲菴集》作序。《善本書室藏書志》引歐陽玄序云：「翰林修撰張翥橐示豫章見心復公所為文一巨帙，且屬為序。靜閱數過，啓沃老懷。見心以敏悟之資，超卓之才，於禪學之暇發於文辭，其敘事簡而明，其造理深而奧，其吐辭博而贍，其寓意幽而婉。」〔註21〕序中讚賞釋來復的禪學造詣，無疑這種禪學思想會在交往中潛移默化地傳遞給張翥。

從今所見文獻來看，張翥與釋來復交往當始於至正六年張翥奉旨往錢塘刊《宋史》之時，時張翥六十歲，釋來復二十八歲。《澹游集》卷上《教墨至辱示以佳製五章展玩欽挹輒次高韻首章以僕元韻而置之其四章錄似印可老蜕張翥上蒲菴禪師靜侍》詩釋來復至正二十三年附記：

> 先生往年嘗奉旨刊《遼》、《金》、《宋》三史，留錢塘。一日詣上竺北峯行香，會僕靈隱，煮茶冷泉亭上，讀歐陽承旨贈僕之文。……繼與僕同登蓮花峯，訪舊所題名處，且為賦《豫章山房》詩，竟日乃還。〔註22〕

根據來復所記，《天竺北峰行香汎舟湖山堂》（《澹游集》卷上作《上竺北峰行香府簡見心上人》）詩作於此時：

> 肩輿直過上湖西，泱漭晨光遠欲迷。

〔註20〕《蜕菴集》中有與釋來復的詩 5 首（均見於《澹游集》卷上）；此外《澹游集》保存了張翥與釋來復的 3 篇書箚、《蒲菴記》文，《詩二十韻奉寄行中禪師並東仲銘雲海寶林天衣定水諸公同一印可》、《寄題寬雲海愛松軒二首》、《野望》3 詩及釋來復和張翥詩 2 題 6首。《御定佩文齋詠物詩選》卷二百三十三另有釋來復和張詩《次韻張仲舉承旨題盧楞伽過海羅漢圖》1 首。

〔註21〕丁丙《善本書室藏書志》卷三十五，續修四庫全書，第 927 冊，第586 頁。

〔註22〕釋來復編《澹游集》卷上，續修四庫全書，第 1622 冊，第 218～219頁。案：冷泉亭、蓮花峰，均為靈隱山之名勝，李孝光《五峰集》卷五有《靈隱十詠》詩。

　　　風起澗松清不暑，雨乾石路淨無泥。

　　　泉分絕壑流邊續，雲到高峰盡處低。

　　　投老寧能數來往，把杯洞口聽猿啼。

湖山堂，在西湖「南新路第二橋西」〔註23〕，「投老寧能數來住，把
杯洞口聽猿啼」，表達了張翥辭官南歸的嚮往。

　　這與臨別時，與釋來復所言「歸老武康之計」是一致的：張翥確
實在修成三史以後有南歸的想法，但此時仍有「浙省提學之除」之念。

　　至正十五年或稍後，釋來復爲慈谿定水寺住持。在他的住持下，
定水寺天香室成爲至正後期南方詩人的精神歸宿。張翥則作爲大都文
壇的關鍵人物，與來復聯繫，也就代表著戰亂中的南北方文人依舊沒
有被隔斷。

　　慈谿定水寺，在今浙江寧波。寧波，古稱四明，是張翥中青年時
的遊歷地之一，其父母亦曾遷居於此。此時張翥有《天香室爲四明定
水復見心禪師賦》(《澹游集》卷上作《奉題見心禪師天香室》)詩云：「吾聞佛
家別有眾香國，我亦三生學禪客，若爲一洗六根空，從子歸來分半席。」

　　至正二十二年、二十三年間，張翥與釋來復各創作了一組詩，通
過廉子祐、逎賢等人的傳遞，互訴心境。組詩的緣起是張翥在戰亂中
得知來復轉往定水寺後，寄詩問候，即《寄四明定水見心復禪師》(《澹
游集》卷上作《奉寄定水見心禪師方丈》)詩，「笑我在前圖作佛，只今投老欲
依僧」、「會拂塵衣上方去，天香樹底乞花蒸」，此時的張翥已經近七
十歲。在詩中，詩人反復表明的就是「依僧」。

　　釋來復在和《寄四明定水見心復禪師》詩後，又另外作了 4 詩，
這四首詩，才是對張翥寄詩的回應：「老去乞身思故里，閒來隨意宿
禪關。茗花溪水春如酒，何日誅茅傍碧灣」(其一)、「綺語紅塵忘結習，
黃麻紫誥被恩榮」(其二)、「太平補袞須公等，老我山中薜荔裳」(其三)，
一方面釋來復以仕途的恩榮對張翥「依僧」歸隱而不得的願望進行勸

_____

〔註23〕《(咸淳) 臨安志》卷三十二，文淵閣四庫全書，第 490 冊，第 359
　　　　頁。

慰，另一方面又期待著與張翥在江南的相見。尤其是其四云：

> 靈鷲峯前憶共遊，天香滿樹桂花秋。
> 磨厓每讀新題字，買地曾爲舊隱謀。
> 薜荔涼雲依古寺，夫容明月放行舟。
> 湖山會有重來約，白石青松老一丘。〔註24〕

釋來復不但回憶了他們初次相見於杭，興遊湖山的情景，更瞭解張翥「買地曾爲舊隱謀」的心願，因此「湖山會有重來約，白石青松老一丘」的期待不但成爲二人的共同心願，亦對滯留大都的張翥可以起到寬慰之用。

張翥隨即和釋來復後四首的詩，即《寄見心上人次韻》、《答復見心見寄（時居定水天香室）》2 題 4 首（《澹游集》卷上此四首題作《教墨至辱示以佳製五章展玩挹輒次高韻首章以僕元韻而置之其四章錄以印可老蛻張翥上蒲菴禪師靜侍》），「青山只憶招提境，白首初辭供奉班。馬爲空臺猶躊躇，鳥能求友自關關。終期一舸相尋去，知在姚溪第幾灣」，「沃洲勝會還容續，即擬山中隱計成」，「甚欲相期石橋路，更須同訪羽人丘」，以及其後所作的「我亦三生學環者，定從佳處結禪龕」，主題只有一個，依然是表現南歸的心願與南歸不得的急切心情。

從以上分析可以看出，張翥在與釋來復的交往唱和中，表達最多的便是對塵世的厭倦，對出世的嚮往。

第三節　前身的醒悟與對計籌山的依戀

據張翥《四月護三喪渡江之宴塢》之「新喜仙翁與釋子」句可知，張翥接觸佛、道二家思想大致同時。但直到至正四年（1344），張翥在《鵲橋仙‧予生丁亥歲戊子日今戊戌歲初度亦戊子日偶作》詞中云「從來不解學神仙，怎會得、長生不死」，說明在張翥五十八歲時，尚未對道家有所接受。眞正使張翥對道家傾心的是至正九年（1349）

〔註24〕五詩均見釋來復編《澹游集》卷上，續修四庫全書，第 1622 冊，第 218 頁。

奉旨代祀天妃至福建時。

　　明鎦績《霏雪錄》云：

　　　　張潞公翥一日至武夷，凡所歷，悉如舊遊，心竊怪之。繼
　　　　至一石室，見道人坐化其中，形體如生，因竄其爲前身，慟
　　　　哭而返，故自號爲「蛻菴」云。〔註25〕

清董天工《武夷山志》卷十九引明江騰鱓（仲魚）《武夷志》記載此
事相同，惟字句異，首句爲「張潞公翥嘗奉使經武夷」〔註26〕，故此
事發生在至正九年（1349），張翥奉旨代祭天妃時。《四庫全書總目》
評價《霏雪錄》：「辨核詩文疑義，頗有根據。又及與元末諸遺老遊，
故雜述舊聞，亦多有淵源。然每紀夢幻、詼諧之事，頗雜小說家言。」
〔註27〕顯然四庫館臣對此書的文獻價值有所保留。但上引之事，並非
小說家言，《蛻菴詩》卷五《成居竹有書報甥傅君亮至揚州言其家與
外表舅吳仲益及婦家二叔學生韓與玉全家無恙喜甚有懷》「前身本道
士，不是戀山林」之語恰好可與此事相印證。《蛻菴詩》卷一《雜詩》
其二亦云：

　　　　叔子鄰家兒，探環記前身。次律永師後，一悟了宿因。
　　　　我亦清源洞，蛻骨巖下人。誤墮聲利區，驅馳喪其眞。
　　　　所以付樽酒，都忘賤與貧。惜無還丹術，高舉遺世塵。
　　　　悠悠笙鶴期，曠望三山津。

此詩用晉朝羊祜、唐朝房琯的前身典故，與自己「我亦清源洞，蛻骨
巖下人」的前身相類比。據《（弘治）八閩通志》卷七：「清源洞，在
泉山，有上、下二洞，上洞名純陽，在山巔，乃東甌王避漢兵處。後
有石室，宋裴道人仙蛻之所，號蛻骨岩。」〔註28〕《（嘉慶）大清一

〔註25〕鎦績《霏雪錄》，明弘治刻本，首都圖書館藏。

〔註26〕清董天工《武夷山志》卷十九，續修四庫全書，第 724 冊，第 562
　　　　頁。

〔註27〕《四庫全書總目》上冊，中華書局，1965 年，第 1052 頁。案，此段
　　　　文字與文淵閣四庫全書本書前提要文字不同。

〔註28〕明黃仲昭《（弘治）八閩通志》卷七，北京圖書館古籍珍本叢刊，第
　　　　33 冊，第 96 頁。

統志》卷四二八：「（宋）裴道人，不知何許人，講音似江東。紹興中來泉，頭戴通草花，行歌於市曰：『好酒喫三杯，好花插一枝，思量今古事，安樂是便宜。』後數載，坐化於清源洞石嵌中，郡人泥軀祀之，號爲蛻巖。」〔註29〕

從《霏雪錄》及《雜詩》中可以證明張翥「蛻菴」之號及《蛻菴集》、《蛻巖詞》命名的由來，更可以確知，在代祀天妃經武夷山至泉州的所歷之地，道家已經開始影響其生活態度。在某種程度上，在此時六十三歲的張翥思想中，道家對其發生的作用超過了儒、釋二家〔註30〕。

張翥所接觸的道家人物很多，早年結識的「宗契」張雨與至正初年結識的玄教宗師吳全節，實際對張翥的入道思想並未帶來實質的影響，他們之間的交往唱和體現的是朋友之間的深厚情誼。而計籌山通眞館的淩雲峰純一高士卻是對其道家思想產生重要影響的人。

計籌山是張翥選擇的退隱之地，這裏有其爲自己預置的新墳。張翥選擇計籌山作爲終老之地的原因，可以從其生平及詩文中看到些端倪：

首先，計籌山是張翥的第二故鄉。據《（萬曆）湖州府志》卷二，計籌山在武康「縣東南三十五里，……與臨安縣接界，又名界頭山。山有嶭，甚奇秀，下有計村，多計姓。有匾曰『白雲洞天』」〔註31〕。元時臨安縣屬杭州路，張翥祖籍山西，雖生在江西，但在杭州遊歷的時間較長，其父又曾爲杭州鈔庫副使，選擇計籌山作爲歸葬之地，顯然有其「狐死首丘」、「落葉歸根」的打算，同時亦或

〔註29〕《（嘉慶）大清一統志》卷四二八，四部叢刊續編，第 40 冊。案，清源洞位於今福建省泉州清源山景區，今清源洞口亦有「蛻巖」二字。

〔註30〕武夷山亦有「蛻巖」，《（弘治）八閩通志》卷六：「（武夷山）大王峰，一名天柱峰，昔有張眞人坐逝於此，亦號仙蛻岩。」

〔註31〕明栗祁等《（萬曆）湖州府志》卷二，四庫全書存目叢書，史部第 191 冊，第 40 頁。

有其父的志願。

　　其次，計籌山的地理條件、秀美景色、人文氣息可以滿足張羽悠然自適的心理。戴表元《計籌山昇元報德觀記》：

　　　　有計籌之山，當餘英之東南，古禹氏國之要衝，崇峰秀壑，峭立天外，而棟宇雄嚴，與其地稱，竊欣慕之。問山之所由得名，則《地志》以爲越大夫計然嘗登此山，籌度面勢以營隱居，久之道成，躡山巔危石，乘雲而去。至漢而葛玄煉丹其上，故常有云物騰騰然護其丹穴。天朗夜清，吳人候望金丸之光，以占豐年。問棟宇之所以盛，則初也有壇尋丈，以行鄉民崇祀。〔註32〕

從這段敘述可以看出，計籌山不但地理優越，而且環境秀美。春秋時越國大夫計然在此山隱居，葛洪在此煉丹，直至宋末元初，許多詩人都來過計籌山，並留下了詩篇。這種自然環境與人文薈萃相統一的地域，無疑會滿足張羽適意天眞的心理。

　　第三，更爲重要的是，計籌山上的宮觀與道士是張羽傾心的對象，這裏的「眞境」充滿了「佳趣」。這點在其詩中屢有表達。

　　張羽有《四月護三喪渡江之宴塢》詩云：「文章爛熳工何補，膽氣崢嶸老未降。新喜仙翁與釋子，買山容作讀書窗。」宴塢在計籌山下，詩歌的尾聯透露出張羽「買山晏塢」是與「仙翁釋子」有關聯的。《遊武康禹山留宿昇元宮》詩云：

　　　　白石西邊山更青，杖藜塵外得經行。
　　　　鳥翻夕照落空翠，人逆松風聞澗聲。
　　　　道士煮茶留夜話，田家燒草起春耕。
　　　　也知眞境多佳趣，擬約衡茅寄此生。

禹山，在武康縣東南三十里，距離計籌山五里，昇元宮即戴表元所言之昇元報德觀。無疑，計籌山的「眞境」與「佳趣」是吸引張羽的重要因素。

─────────────

〔註32〕李軍、辛夢霞校點《戴表元集》，吉林文史出版社，2008 年，第 72 頁。

　　「真境」之外，還有「真人」，亦即張翥詩中所提到的凌雲峰。
凌雲峰，應號純一，曾往釋恕中處訪求「無生」之理。其生平除張翥
在詩中有所介紹外，僅見於《宋元詩會》卷一百釋恕中《贈道士凌雲
峰》詩。可以與《七憶》相提並論的《憶山中》詩說：

　　買山晏塢近天根，遙憶春深正灌園。
　　一樹爛紅櫻著子，滿林鮮碧竹生孫。
　　少陵只擬還韋曲，安石端宜得謝墩。
　　歸老會尋凌道士，採芝燒藥了晨昏。

少陵、安石句，意在說明無論是像杜甫那樣有憂國之心始終得不到重
用之人，還是像王安石這樣官位顯赫勇於革新之人，他們的志向最終
都未實現，不得不告別朝廷，過著寂寞的生活。這是張翥在仕與隱的
激烈鬥爭後，給自己的寬慰之辭。這首詩顯然是張翥晚年在大都所
作，詩歌描繪了計籌山的自然景色，表達歸隱尋訪凌道士的期待。因
此這個凌道士亦應是張翥歸老計籌山的原因之一。

　　另一首悼念凌道士的《懷計籌山通真館純一雲峰高士》詩更為直
接地流露了張翥與凌道士之間的深情：

　　彫年短髮苦駸駸，只益孤懷歎惋深。
　　老比師丹渾忘事，死無鍾子絕知音。
　　哀猿易下三聲淚，獨鶴長存萬里心。
　　漫憶雲峰凌羽士，故山無夢可相尋。

這首詩寫得極其悲愴。「死無鍾子絕知音」，二人之間的感情可見一
斑。「漫憶雲峰凌羽士，故山無夢可相尋」，凌道士故去後，詩人在
「計籌山」已經「無夢」可尋，達到了絕望的邊緣，這也證明張翥
歸老計籌山與這位凌道士是有關聯的。凌雲峰當為張翥心中道教的
一個代表人物，因此，張翥歸老武康計籌山亦有其接受道家思想的
一方面原因。

　　張翥晚年傾向道家思想很可能與其多病有關，其《病店》詩云：

　　肉黃皮皺髮毛枯，一病支離困壯夫。
　　痛要小奴搥臂膝，冷尋破帽聚頭顱。

　　　　隣翁教誦禳災呪，道士來書禁瘧符。

　　　　車轍馬蹄勞客問，藥囊糜盌乏吾須。

此詩透露出張翥的多病與道士的關係。此外，《食粥》詩亦言：「病齒
入冬便食粥，瓦瓶煮豆絡晨庖。隣人新酒賒來醉，道士奇方借得抄。」
在代祀天妃，以「蛻菴」爲號的大致同時，張翥「臥疾度歲」於泉南，
返京途中直至玉山時仍然「疾病」(《寄題顧仲瑛玉山詩一百韻》)。從以上這
些線索我們或可以推斷出多病是張翥傾心道家的原因之一。

第四節　草堂雅集與仕隱抉擇

　　如前文所述，以五十四歲任國子助教爲界，前期雖有用世之意，
但更多的是志意不得的苦悶；後期雖逐漸位高名顯，但又有南歸不得
的苦悶，直至去世。因此，仕與隱是張翥一生都在痛苦地思考與抉擇
的問題。直至至正十年到達顧瑛的玉山草堂後，才有了堅定的結論：
歸隱。

一、適意天眞的本性與紛紛奔競的仕途 —— 張翥入仕後的矛盾心理

　　張翥青年時所說的歸隱及皈依佛門，不過是遭遇打擊後的一種
逃避現實的情緒，因此會有「此生終擬依蓮社，猶恐塵緣未破除」
的矛盾心理。而「三十餘年觀國願」(《早發潞陽驛》)、「下臣有幸逢熙
事」(《庚辰十月朔奉迎明宗冊寶至石佛寺明日壬辰迎至太廟清祀禮成賦以紀事》)以及
至正三年張翥應詔修史再次來到元廷的經歷說明，和古代的讀書人
一樣，張翥有著強烈的經世理想，建功、立言的決心未曾泯滅過。
之所以經歷入仕 —— 辭官 —— 再仕 —— 急切歸隱這樣的人生軌
跡，主要是因爲其適意天眞的本性與官場現實的衝突。

　　張翥「性澹夷，樂山林水石之勝」〔註33〕。吳師道亦言：「張公

〔註33〕張翥《蒲菴記》，見釋來復編《澹游集》卷下，續修四庫全書，第1622
　　　　冊，第277頁。

夙有山林趣，爲愛西原隱居處。……故鄉樂土不可忘，一笑歸來未遲暮。」〔註34〕至正三年重詔爲國史院編修官，可以使得其「立言」的志向得以實現，「君恩忘險阻」《至通州》，這次的入仕的原因很明確，來自儒家「忠君」的思想。在史館，張翥度過了一段快樂的時光，而這段時光之所以快樂，便是他保持了適意天真的本性。這從作於修史第二年正月生日的《鵲橋仙·予生丁亥歲戊子日今戊戌歲初度亦戊子日偶作》詞中可以得到證明：

> 生朝戊子。今朝戊子。五十八年還是。頭童齒豁可憐人，
> 也召入、詞林脩史。　前生偶爾。今生偶爾。但喜心頭無
> 事。從來不解學神仙，怎會得、長生不死。

心頭無事，以至於不去羨慕長生不死的神仙，張翥的喜悅溢於言表。

在此基礎上，張翥形成了「諒直」之情。張翥在詩中多次提到對高潔人格的嚮往，《堂堂》詩「勿以不遇故，棄捐經與史。勿以勢利故，棄捐廉與恥。勿以行役故，棄捐山與水」，表明了張翥不與俗合流，始終要保持自己純潔人格的一面；作於至正初年張翥至上都分教國子生員時的《暴疾臥視草堂余再歲分院矣》云「最嫌薑桂絕，無處乞諸鄰」，薑桂，從表面上指生薑和肉桂兩種藥材，亦以其比喻孤高介直的人格。即便是在「紛紜眼前事，憔悴病中身」——人事與身體都不如願的情況下，張翥依然要保持人格的獨立與高潔。

人格的高潔，來自自身的修養。《古鏡》詩所言「洞徹天地」之明心，便是高潔之人格，其既非外物強加，又非天生而來，乃是自身不斷修養的世上人自然而然獲得的。

《浮雲道院（在吉安）》云：

> 百年身世與雲俱，日看紛紛變態殊。
> 江雨欲來龍氣黑，天風忽散翠聲孤。
> 行藏與道同舒卷，富貴何心較有無。

〔註34〕吳師道《題張仲舉爲鄉人作西原隱居記後》，邱居里、邢新欣點校
《吳師道集》，吉林文史出版社，2008年，第79頁。

此意高人還盡解，數椽營在楚山隅。

「行藏與道同舒卷，富貴何心較有無」，張耒認爲無論是仕進或是隱居，其衡量標準應是「道」，並不能攀比富貴。張耒志意在「道」，因此便輕視那些只重視聲色享受的行爲，這是深受《論語‧里仁》「士志於道，而恥惡衣惡食者，未足與議也」的影響。《江南賈客詞》描述了江南的一位商人費盡時間、錢財與精力，準備建築一座新奇、壯麗的住所，可是這樣的房屋建築所需要的時間之長，以致房屋還未建成，主人已經逝去。這首詩用民間歌謠的形式，對一位追求享樂的人進行了諷刺，又像是一首寓言，表明了張耒的生活態度。

但現實並非如此，一方面「干時嗟暮齒，從事厭勞形」（《有旨耒領〈宋史〉刊於江浙次東阿站》），適意天眞的本性與案牘之勞形的矛盾凸顯。另一方面，更爲重要的是，「功名利達，任紛紛奔競。縱使得來也僥倖」（《洞仙歌》）的官場對其高潔的志向形成強烈地衝擊，以致「匡時志願乖」（《乙巳初度日自壽》）。

《奉答新仲銘禪師》云：

吳楓初冷雁連天，夢在江南野水邊。
詞客欲歸嗟老大，美人不嫁惜嬋娟。
豺狼正爾當官道，龍象於今護法筵。
我識新公老禪衲，一燈蒲室是眞傳。

「豺狼正爾當官道」便是張耒南歸的原因，而「美人不嫁惜嬋娟」，則是中國古代詩歌以夫婦比喻君臣之傳統，美人不嫁，就是臣不願事君，與「詞客欲歸」完全一致。張耒與其他人的不同之處，便在於在骯髒污穢、「豺狼當官道」的環境中仍能保持自己純結的「初心」，亦即屈原所稱謂之「初服」：「勿以勢利故，棄捐廉與恥」（《堂堂》）、「人生信淹速，那敢易初心」（《九日謁告歸阻風御河齊家堰》）。

正是因爲張耒品行的高潔，與世人的低俗形成了強烈的反差，因此在現實社會中，就不得不出現「眾人皆醉我獨醒」的感受，這種孤獨感只能通過自我寬慰的方式來排遣，「在山則種楡，在隰則種蒲。

馬牛必維婁，舟航必需袽。富貴富貴友，貧賤貧賤徒」諸語，又表明
張翥人格軟弱的一面，即隨遇而安，不可強求的心理。在此過程中，
使他對世事及自身產生了動搖與懷疑：

> 湖山不見暮雲渾，楊柳風寒早閉門。
> 情在舊遊花歷歷，酒淹殘睡雨昏昏。
> 種桃道士今何處，採若騷人不返魂。
> 欲識傷春無限意，杜鵑枝上有啼痕。(《送春答何高士》)

種桃道士，典出劉禹錫詩，以其比喻姦佞擅權的小人。採若騷人，指
屈原，是忠君愛國之臣。但在張翥此詩中，對二者命運的描述卻沒有
什麼區別，無論是姦佞，抑或是忠臣，最終都落得煙消雲散，無處可
尋的境地，頗有杜甫「孔丘盜跖俱塵埃」之意。從中可以看出張翥對
自己的選擇與行為方式有過動搖、失落和不自信，這也反映了張翥在
追求人格的高潔和處於現實的庸俗之間艱難的心理鬥爭。於是「身榮
心苦焦」(《獨酌謠》) 之中，產生了仕與隱的矛盾心理。

張翥的歸隱情結，還包括對父母的懷念。三史修成後，張翥升職
為應奉翰林文字，在《初度日既拜三綺表裏之賜復升應奉感愧有作》
詩中云「百年報主心難盡，三釜懷親淚有餘」，元順帝知遇之恩使張
翥立言的願望得以實現，張翥在有「報主心」的同時又有「懷親」的
矛盾。這無疑亦給他增加了心理上的負重。

二、草堂雅集帶給張翥的心靈慰藉

玉山，地處今江蘇蘇州。玉山雅集，是元末規模最大、參與人數
最廣的文人集會，在江南一帶產生了重要影響。雅集的主持者顧瑛
（1310～1369），原名顧阿瑛，又名德輝，字仲瑛，號玉山，又號金
粟道人，平江崑山（今江蘇蘇州）人。四十歲時（1349），以家產付
其子，築玉山草堂，有亭館 36 處，四方名士皆往來於草堂，與其置
酒賦詩。玉山雅集，始於至正八年（1348）。至正九年（1349）的集
會中，始見玉山名勝亭臺之名稱，則張翥至正十年（1350）到來時，

正逢玉山各處亭臺剛剛建成不久〔註35〕。

　　崑山的自然環境優勝怡人，顧瑛營建的玉山名勝，更堪比鬼斧神工，這種自然風物與人工雕琢的結合首先便引起了張翥的興趣：

> 聞君占形勝，築室恣徜徉。鐵笛留嚴客，青錢乞泰娘。
> 杏轆紅叱撥，蘭柱繡鴛鴦。闢徑通佳處，栽桃帶柳塘。
> 脩梧羽葆蓋，美竹碧琳琅。列岫濃螺色，澄湖淨鏡光。
> 鳥邊嵐漠漠，魚外水泱泱。鶴駐遊仙館，鸞鳴種玉岡。
> 投竿釣月檻，隱几讀書牀。雲結芝英秀，花圍桂樹蒼。
> 舫齋青篠箔，漁舍綠苔牆。棟宇環相屬，園池鬱在望。
> 直疑金谷墅，還似輞川莊。（《寄題顧仲瑛玉山詩一百韻》）

〔註36〕

張翥在玉山的主要活動地點是玉山草堂，但在詩中把「玉山佳處」、「柳塘春」、「碧梧翠竹堂」、「湖光山色樓」、「小蓬萊」、「種玉亭」、「釣月軒」、「讀書舍」、「芝雲堂」、「可詩齋」、「書畫舫」、「漁莊」12 處名勝比作晉代石崇之金谷園，唐代王維的輞川別墅，可見張翥對玉山別墅景物的喜愛。

　　「未獲窺詩境，相邀到草堂」，張翥原本只是慕名而至，目的是要領略草堂的詩人詩作。在草堂，受到了顧瑛的熱情款待：

> 開樽羅綺饌，侑席出紅妝。婉態隨歌板，齊容綴舞行。
> 新聲綠水曲，穠豔大隄倡。宛轉纏頭錦，淋漓蘸甲觴。
> 弦鬆調寶柱，笙咽爇銀簧。倚策驂聯轡，鈎簾燭遠廊。
> 樊僮供紫蟹，庖吏進黃麞。卜晝寧辭醉，留歡正未央。

筵席有美食、佳人、樂舞、銀箏，更有不夜之遊。席間十二人在座，對酒當歌，半酣之時，座中九人能詩者，當即選玉山名勝之一處，分題賦詩。

〔註35〕現存張翥作品中，與顧瑛及玉山名勝有關的作品 13 篇，其中詩 12 首，文 1 篇。

〔註36〕本節下文所引詩句除特殊標明外，均引自《寄題顧仲瑛玉山詩一百韻》。

「匆匆把袂別，眷眷賦河梁」，短暫的停留，給了詩人十八年的精神慰藉。「永契欣依託，衰縱頓激昂」，一個「頓」字，使詩人沉悶的心靈間雲時蕩起了波瀾。玉山草堂之所以對張煮觸動如此之大，不僅僅是因為崑山之秀麗，草堂之富庶，名勝之華美，更重要的在於對詩人心靈的感動：

首先是顧瑛的為人——重友誼，豪爽有俠氣：「既篤朋情重，仍持雅道昌。披襟視肝膽，刻琰播文章。」「披襟視肝膽」，便已見顧瑛豪爽的氣概，在《送陳景初漕史還平江各賦一詩寄吳下諸友》其四贈顧瑛的詩中，張煮更明言「近報崑岡亦被兵，知君撫劍氣崢嶸」，「撫劍氣崢嶸」純為寫詩想像之詞，但足見張煮對顧瑛豪俠之氣的印象之深。此外，鄭元祐之灑脫、于立之俊逸，無一例外地給張煮留下了深刻的印象〔註37〕；

其次，顧瑛所營造的玉山名勝，為文人競技提供了場所，即張煮所說的「仍持雅道昌」，雅道即詩道。在元代科舉時行時斷的背景下，玉山草堂的確給了一般的文人實現價值的機會。張煮雖然已是朝廷從六品官〔註38〕，但「薄宦秪率率，孤蹤易感傷」，輕率入仕而感到孤單的張煮屢次欲棄官南還，然「竟作觸藩羊」，張煮在仕隱之間總是處於兩難的選擇。此時的他遭逢「疾病」與「家難」，又一次產生了「歸休」之念，玉山草堂在給一般文人精神家園的同時，無疑也給了張煮精神上的慰藉；

第三，玉山草堂聚集一批有才華的詩人，張煮以文會友，與他們交往得十分愉快。在宴會中，張煮作《分題詩引》：張煮題釣月軒、釋良琦題碧梧翠竹堂、顧瑛題金粟影、于立題芝雲堂、郯韶題柳塘春、鄭元祐題湖光山色樓、華煮題玉山佳處、李元珪題玉山草堂、

〔註37〕見《蛻菴集》卷四《送陳景初漕史還平江各賦一詩寄吳下諸友》詩。
〔註38〕張煮於至正九年（1349）已任翰林修撰（從六品）。案：影元刊本《草堂雅集》張煮小傳云「官至翰林待制」（《草堂雅集》卷六，楊鐮等整理，中華書局，2008年），不見《元史》記載，亦非張煮過草堂時之官職，當是後來追加。翰林待制，正五品。

釋福初題漁莊〔註 39〕。此外邢臺張玉似乎也在座而屬未有詩之三人之一〔註 40〕。

張翥還題詠了芝雲堂〔註 41〕；將自己的詩集《蛻菴詩》三卷留給顧瑛〔註 42〕；與顧瑛觀畫並題詩，包括《子昂〈墨竹〉爲玉山題》、《題吳性存所藏〈趙仲穆竹枝雙蝶〉與玉山同賦》、《〈桃園春曉圖〉爲玉山題》、《李息齋〈竹〉爲玉山題》、《題玉山所藏〈唐人呈馬圖〉》、《題玉山所藏〈魏國夫人趙管墨竹〉》、《子昂〈蘭梅〉爲玉山題》諸篇〔註 43〕。臨別時相約欲重遊玉山〔註 44〕。離開草堂後的第二天夜裏，在毗陵舟中，張翥又追題釣月軒詩一首，寄給草堂主人〔註 45〕。

在分題成詩的九人中，鄭元祐、于立、釋良琦、郯韶、李元珪各有所善長：「鄭老經術富，于仙詞翰長。琦初燈並照，郯華驥同驤。璧也賤豪健。」在分題賦詩之時，他們「拈題爭點筆，得句倏盈箱。勁敵千鈞彀，精逾百鍊鋼。語奇凌鮑謝，體變失盧楊」。自己也是「自鄙冥搜拙，徒令屬對忙。端如享敝帚，何異貯奚囊。談笑聊堪接，賡酬曷足當」。無論詩歌是溢美、自謙抑或是事實，張翥在唱和吟詩中的喜悅躍然而出，這是張翥詩中所不多見的。

〔註 39〕詩俱見楊鐮、葉愛欣整理《玉山名勝集》卷上，中華書局，2008 年，第 70～76 頁。

〔註 40〕《寄題顧仲瑛玉山詩一百韻》有「老我張承吉，新知顧辟疆」之語，顧辟疆爲晉人，有名園，見《世說新語》，這裏指代顧瑛。張承吉乃唐朝詩人張祜，邢臺人，張玉亦邢臺人，故此張承吉或指此人。

〔註 41〕楊鐮、葉愛欣整理《玉山名勝集》卷上，中華書局，2008 年，第 99 頁。

〔註 42〕楊鐮、祁學明、張頤青整理《草堂雅集》卷六張翥小傳，中華書局，2008 年，第 481 頁。

〔註 43〕俱見楊鐮、祁學明、張頤青整理《草堂雅集》卷六，中華書局，2008 年。

〔註 44〕《寄題顧仲瑛玉山詩一百韻》序：「他日或遊崑墅，當爲一亭一館賦之也。」《釣月軒詩》序：「他日過玉山，當爲一亭一館賦之。」

〔註 45〕張翥《釣月軒詩序》，楊鐮、葉愛欣整理《玉山名勝集》卷上，中華書局，2008 年，第 91 頁。

　　第四，最重要的是在顧瑛提供的場所中，與這些有才華的詩人交往，張翥的心靈得到了暫時的安置：「苦吟忘卻魚與我，但覺兩袖風颯颯。……不知今昔草堂醉，笑領洛神張水嬉。」〔註46〕「夫君豈釣者，樂與在濠同。予懷寄遐賞，清吟殊未終。」〔註47〕濠上之典出於《莊子・秋水》：「莊子與惠子遊於濠梁之上。莊子曰：『鯈魚出游從容，是魚樂也。』惠子曰：『子非魚，安知魚之樂？』莊子曰：『子非我，安知我不知魚之樂？』」〔註48〕張翥在詩中兩用此典，正是因為這裏滿足了張翥所期望的悠然自得的境界。

　　《寄題顧仲瑛玉山詩一百韻》表現了張翥對玉山草堂人、事、物的羨慕與嚮往，也對其入仕後的心路做了反省：「僕本中林士，久陪東觀郎」、「薄宦秪牽率，孤蹤易感傷」，張翥認為本應該在林野之中隱居的他卻輕率地進入了仕途，在梁鴻山、讓王城外，他羨慕古代隱居不仕的高士：「邐迤晞高士，遺風挹讓王」，正是因為入仕的草率，才使其「瓠落渾無用，艱難實備嘗」，不但美志不遂，而且受盡了艱難。本來他入仕時「擬為軿駕馬」，決定用一生的精力為元朝效力，入仕後也實踐了諾言「筋力頻馳騖」，但卻是「竟作觸藩羊」、「功名幾慨慷」，如今的張翥只有感歎功名之不易得，處於仕與隱的兩難境地。恰在此時又有了歸隱的機會，「疾病家多難，歸休歲亦陽」，張翥在泉南臥疾度歲，此時似未痊愈。而書寫詩之時恰逢十月，與《詩經・采薇》中所言的「曰歸曰歸，歲亦陽止」相合。張翥下定了決心，應該與八年前辭官南還一樣，依舊保持自己的「初服」：「苦心甘寂寞，短髮任蒼浪。漏屋愁荷蓋，塵衣惜蕙纕。」這是張翥在代祀天妃，特別是武康卜山、草堂留別後思考清楚的問題。因此張翥言到：

　　　　不嫌成晚合，深幸際時康。邂逅因斯會，睽違又一方。

〔註46〕張翥《題釣月軒》，楊鐮、葉愛欣整理《玉山名勝集》卷上，中華書局，2008年，第71頁。

〔註47〕張翥《釣月軒詩》，楊鐮、葉愛欣整理《玉山名勝集》卷上，中華書局，2008年，第92頁。

〔註48〕郭慶藩《莊子集釋》中冊，中華書局，1961年，第606～607頁。

　　匆匆把別袂，眷眷賦河梁。鴻雁清秋日，蒹葭昨夜霜。

　　關山凝朔氣，星斗麗寒芒。疾病家多難，歸休歲亦陽。

　　苦心甘寂寞，短髮任蒼浪。漏屋愁荷蓋，塵衣惜蕙纕。

　　杜陵非固懶，賀監豈眞狂。迴首長追憶，緘詩遠寄將。

　　乾坤浩今古，此意詎能忘。

他由分別想到了歸隱，亦即只有歸隱才能重獲在崑山的感受，只有歸隱才能找回自己適意天眞的性情。

　　在到達玉山草堂前，張翥特地前往浙江武康計籌山爲父母下葬。在詩中亦有反映：

　　思親彌切切，行役更遑遑。狐死嗟袤首，龜占喜允臧。

　　封崇宴塢內，木拱計峰旁。薄宦秪牽牽，孤蹤易感傷。

　　暫爲江左客，誰灑墓頭漿。逝矣川塗阻，淒其涕淚滂。

在計籌山之宴塢，張翥也爲自己預置了墳墓〔註49〕。「憶汎苕華溪上船，故人爲我重留連。半山塔寺藏雲樹，繞郭樓臺住水天。白榜載歌明月裏，青帘沽酒畫橋邊。計籌山下先塋在，欲往澆松定幾年。」(《七憶》其六《憶吳興》) 張翥不止一次地在詩歌中提出要歸老計籌山，始終將計籌山作爲自己最後的歸宿，然而最終也僅僅是張翥的精神歸宿。

三、歸隱行爲的延宕與草堂友人的相思

　　張翥回到大都後，在年末所作的《蘇武慢》(歲晚江空) 中云：「名韁利鎖，絆殺英雄，都付醉鄉之外。惟不能忘，一舸吳淞，鱸鱠豉羹蒓菜。」第二年 (至正十一年，1351)，陞翰林修撰、太常博士後，張翥雖曾有「芻言忻見采，拭目望新條」(《乙未元日》)、「載筆紀王春」(《歲除日》) 的心境，但始終發出的是「欲求何地拖吾廬」(《遣興》)、「思歸無路欲如何」(《聞歸集賢遠引奉簡一章》) 這樣的感歎，亦即張翥雖在思想上作了歸隱的抉擇，但行動上並未能實現，造成這一結果的重要原因之一就是元末戰亂。

〔註49〕《寄題顧仲瑛玉山詩一百韻》：「仲春至杭，卜山於武康，克襄先藏。塢在計籌山下，即子新墳。」

從至正十一年開始，南方各地起事發難者不斷。天災人禍，給元朝統治者帶來前所未有的危機。至正二十年末，七十四歲的張翥寫下了《蛻菴歲晏百憂熏心排遣以詩乃作五首》，詩歌回顧了入仕以來的感受：「世路正如棘，吾生猶繫匏」，與十年前，在《寄顧仲瑛玉山詩一百韻》中所言「瓠落渾無用，艱難實備嘗」之語完全相同。「蟄多深坯戶，冥鴻巧避矰」，固然可能是冬季實景，然而也未必沒有詩人久居仕途後悟得的道理的寫照，在《雜詩》其二中張翥就說「誤墮聲利區，驅馳喪其眞」。更重要的是「開歲七十五，故園猶未歸」、「山林徒在眼，難覓一枝巢」、「看從今以後，知復是邪非」，張翥對自己的行爲產生了懷疑的同時，仍強烈地表達了自己的歸隱決心並設定了時間表：

> 書舍如僧舍，心閒與靜宜。寫多禿兔穎，藏久蚌貂皮。
>
> 宦蹟年勞見，生涯日曆知。未應同與俊，肯負沃洲期。
>
> 久悟無生法，從容與化遷。機忘樽俯仰，道悟蜜中邊。
>
> 宇縣猶多壘，干戈已十年。吾惟待其定，歸種故山田。

此年元日，張翥在《庚子元日早朝大明殿小飲自述》中說：「老身只待承平了，攜取來書問故家。」在《范寬山水》中也說：「時平會乞閒身歸，一壑得專吾事畢。」此年，即至正二十年開始，張翥已經爲自己南歸設定了時間：戰亂平息。

然而戰亂終未平息，張翥最後竟官至翰林學士承旨，階榮祿大夫，從一品。「百年原上土，自有一抔埋」，他努力地將南歸不得的痛苦通過自我排遣的方式減輕。在其去世前的二年裏，年老無子的張翥也只有回憶年少時在江浙一帶遊歷的生活，才能給他帶來些許的安慰：「卻笑江湖舊詩客，淒涼猶憶少年遊。」詩客，是張翥最終給自己的定位。

晚年在大都的張翥依舊惦念著在崑山的鄭元祐、于立、顧瑛，借陳景初押糧由京師返回平江（今江蘇蘇州）之機，寄三人以詩，即《送陳景初漕史還平江各賦一詩寄吳下諸友》，詩的末尾言：「草堂無恙玉

山好，我欲南轅尋舊盟。」舊盟，這個當年的諾言，如今已即將變成無法實現的期待了。從離開草堂至卒於京師，十八年中，張翥經歷痛苦鬥爭作出的歸隱抉擇並沒有實現。

第五節　其他交遊者

以上四節從張翥思想、仕隱心態的角度對張翥有重要影響的交遊作了考述，本節主要述及未明確表現出對張翥思想的影響，但交情至深的友人。

一、張　雨〔註50〕

張雨《贈姜彥翁秀才》詩序云：

> 若晉寧張仲舉氏，與予同師仇仁近先生。爲童子師，至金陵、京師，遷揚州，終始授徒爲業，四十載不緣科第，不涉貢吏。一日姓名上聞，置之玉堂之署，編修、應奉，如取券納物，其進未可量。日來置史局，爲吏服者方俛首虞箠笞之不暇，稽古之力，儒者小試之，效已如此。古今曷有異途，在所存何如耳。〔註51〕

張雨與張翥同師於仇遠，二者身份雖不同，一儒一道，然張雨「雖託迹老氏，而著書必本於仁義」〔註52〕，二人之關係可謂張翥所言之「宗

〔註50〕《蛻菴集》中有關張雨的詩8題，集外亦有《賦勾曲芹塘》、《和張外史山居雪齋》2詩；張雨亦有《寄京師吳養浩修撰薛玄卿法師兼懷張仲舉右謁因寄》（《句曲外史貞居先生詩集》卷五作《寄薛玄卿時張仲舉有作同附》）、《寄題陳渭叟紫雲編用張仲舉韻》、《題彭大年禱雨詩卷和仲舉韻延祐己未開玄道院作》、《贈姜彥翁秀才（並序）》（以上《句曲外史集》卷中）；《次韻張仲舉題宋周漢國公主甲第圖》（《元詩選》卷六十六）、《次韻張仲舉見懷》（四部叢刊《句曲外史貞居先生文集》）、《吳山清暉亭與坦之仲舉聯句》（《乾坤清氣》卷十四）諸詩。《貞居詞》有《摸魚兒》（雙蓮一榦爲人折去仲舉邀予賦之）、《賀新郎》（戲次仲舉韻）。

〔註51〕張雨《句曲外史集》卷中，文淵閣四庫全書，第1216冊，第384頁。

〔註52〕陳旅《菌閣石記》，《安雅堂集》卷七，文淵閣四庫全書，第1213冊，

契」，同爲張姓，同出仇門，故曰宗；秉性相投，故曰契。

張叡《輓張伯雨宗契》其三云「童稚相親到白紛」，張叡十一歲時即隨仇遠左右，蓋二人相識於彼時。張雨大部份時間都在江南度過，故二人在江南時交往最多，這一時期的唱和頗多。張雨《題彭大年禱雨詩卷和仲舉韻延祐己未開玄道院作》是二人有確切紀年的唱和之作。延祐己未（1319），張叡三十三歲，張雨三十七歲。張叡《中秋張外史招賞月失約賦以謝之》、《贈別句曲外史張伯雨》，張雨《次韻張仲舉題宋周漢國公主甲第圖》以及《吳山清暉亭與坦之仲舉聯句》諸詩亦應作於張叡北赴大都之前。

張叡北上大都以後，在江南的張雨時刻想念著張叡，在《贈姜彥翁秀才》詩序中高度評價了張叡的才幹〔註53〕。至正七年，張雨再次來到京師，見到翰林國史院的張叡等人，作《史局先生示以季境京師贈行卷輒題一絕卷錦》。張叡也同樣想念張雨，寄信問候，張雨回應云：

> 十年京國總忘憂，詩酒風流共貴遊。
> 溪月夜遊鴟鵲觀，灤雲曉濕鸕鶿裘。
> 書來慰我臨池上，秋去思君到水頭。
> 更憶何人張仲舉，於今江海爲誰留。（《寄京師吳養浩修撰薛玄卿法師兼懷張仲舉右謁因寄》其三）〔註54〕

十年京國，則張雨此詩當作於至正十年，亦即去世前不久。

至正十年七月，張雨卒於開元宮，六十四歲的張叡正在代祀天妃返京之途中，作《輓張伯雨宗契》，詩云：

> 一夕星壇蛻羽衣，山林何許散靈輝。
> 書留《眞誥》陶弘景，名在丹臺馬子微。
> 海上青蠃應遠去，鑪中白兔想潛飛。
> 風篁後夜還成韻，猶似簫聲月下歸。

第95頁。

〔註53〕此序提到張叡爲翰林應奉，則應作於至正六年左右。

〔註54〕張雨《句曲外史集》卷中，文淵閣四庫全書，第1216冊，第374頁。

鹿巾曾入紫宸朝，歸向名山駐綠軺。

龜脫生筒無俗累，鶴存瘦骨有仙標。

三元飯飯杯猶在，五色香煙火已消。

應復神遊易遷館，人間楚夢若為招。

童稚情親到白紛，真香幾向鵲爐焚。

丹成自浣天壇天，劍解空埋月礥魂。

山友分將石刻帖，門人唱得錦飛裠。

他時會續君前傳，刊作青瓊板上文。（月礥，壟所。）

在這組詩中張翥回憶了張雨的平生、功績及二人的交往。劉基《句曲外史張伯雨墓誌銘》：「年三十，……明年（案：元仁宗皇慶二年，1313）開元宮王真人入覲京師，引外史自副。時清江范德機……自詣外史，結交而去。由是外史名震京城，一時賢士大夫，若浦城楊仲宏、四明袁伯長、蜀郡虞伯生，皆爭與為友，願留之京師。外史雖為道士，恒以親老為憂，乃固辭，歸錢唐，璽書賜號『清容玄一文度法師』，住持西湖福真觀。」〔註55〕又虞集《崇壽觀碑》：「（雨）嘗從開元王君壽衍入朝，被璽書，賜驛傳，顯受教門擢任，非其志也，即自誓不希榮進，因從三茅之招，追奉任君而下五君，為文而告之，願畢力茲宇。」〔註56〕張雨雖有機會仕進，卻固辭不受，歸向茅山為道士，這便是詩中「鹿巾曾入紫宸朝，歸向名山駐綠軺」的來歷；而「書留《真誥》陶弘景，名在丹臺馬子微」則說明張雨不但有司馬承禎之名，亦有陶弘景著述之實：據劉基《墓誌銘》，張雨著有《幽文》、《玄史》、《道德經注》諸書；「應復神遊易遷館，人間楚夢若為招」是張翥對張雨的思念，二人自童年從仇遠學，自花甲之年，情誼篤厚；「山友分將石刻帖，門人唱得錦飛裙。他時會續君前傳，刊作青瓊板上文」也便成了對張雨最好的紀念。

〔註55〕朱存理《珊瑚木難》卷五，文淵閣四庫全書，第 815 冊，第 143～144頁。

〔註56〕虞集《道園學古錄》卷四十八，四部叢刊初編，第 236 冊。

二、成廷珪〔註57〕

張翥與成廷珪的交往當始於張翥在揚州之時。張翥《居竹軒詩集序》:「余在廣陵,時嘗與周遊乎山僧野士之寓,或臨大江眺羣峰,或升蜀岡坐茂樹,未嘗不詩是作也;其或風日之朝,燈火之夕,樽俎前而几杖後,未嘗不詩是談也;方其索句,雖與之論說應答,而中實注思揣練,有得則躍躍以喜。一字或聱,必帖乃已。信乎深致其功也如此。」〔註58〕《與勃海孟苪景章守歲成居竹宅》、《秋日偕成竹居秦景桓遊蜀岡萬花園》、《瓜州與成居竹王克純登江風山月亭》、《沁園春》(廣陵九日與劉士幹成元璋泛舟邗溝)皆當為張翥在江南遊歷與成廷珪交往時作。

至正元年,張翥出任國子助教,成廷珪有《張仲舉助教》詩。此後近三十年間,張翥與成廷珪二人聯繫不斷,一方面在與成廷珪的來往之詩中,表達自己厭倦仕途、南還歸隱之意,另一方面成廷珪實際上充當了張翥的信使,是張翥瞭解江南友人消息的重要來源。

至正十一年,張翥任太常博士。成廷珪有《和張仲舉博士見寄至日詩》:「衡門風雪人稀到,一箇幽軒竹四圍。半子送年將舊酒,諸孫迎歲索新衣。驚鴻此日猶南去,老鶴何年共北飛。卻憶太常張博士,天香攜袖早朝歸。」《張仲舉博士書來言其老健能夜書小字仍飲量不減喜而賦此詩錄上》:「一秋兩得平安報,讀罷寒暄喜不勝。花底振衣清似鶴,燈前書字小如蠅。蛻仙道骨無人識,博士官銜此日升。江上蓴鱸好時節,豈無清夢到吳興。」二人互相惦念之情滲透在詩行間。

約在至正十九年,張翥任翰林侍讀。成廷珪有《次張仲舉侍讀韻》:「詞源浩浩倒岷江,直筆如公世少雙。目下十行千字過,身長九尺兩眉厖。世間忠烈應知感,地下姦諛豈豎降。老客中吳最蕭索,白

〔註57〕 《蛻菴集》中有關成廷珪的詩 8 首,《蛻嚴詞》中有《沁園春》(廣陵九日與劉士幹成元璋泛舟邗溝) 1 首;成廷珪《居竹軒詩集》亦有9 首有關二人交往之詩。

〔註58〕 成廷珪《居竹軒詩集》卷首,文淵閣四庫全書,第 1216 冊,第 278頁。

頭猶爾讀書恖。」

至正二十一年左右，元朝的戰亂已經發生十年了，由南而北，不斷蔓延。張翥作了《寄成居竹黃舜臣》（其一）詩：

> 歲月崢嶸春又來，歸心遙在故園梅。
> 十年厭見風塵惡，萬事徒增耳目哀。
> 大漠平鋪沙雪去，遠山直枕海雲開。
> 近懷欲報成夫子，強起題詩對酒杯。

「十年厭見風塵惡，萬事徒增耳目哀」，正是張翥在硝煙四起的動盪環境中對仕途的感受。他一心嚮往的歸隱南還，仍然沒能實現。《寄成居竹隱君》詩云：

> 青袍朝士困京華，此老蕭閒竹滿家。
> 山壓窮愁詩強項，海枯渴盱酒槎牙。
> 商巖未採芝如草，彭澤將歸菊有花。
> 孤負江頭理漁事，短篷春雨夢漚沙。

這個「困京華」「將歸」的「青袍道士」，此時也就只能以詩的方式向成廷珪訴說心境，聊以自慰：

> 歸隱山林歎未能，強支世故力難勝。
> 少狂欲作追風驥，老退還如被凍蠅。
> 賦客有愁逾萬斛，兵廚無酒可三升。
> 與君會結東家社，珍重衰年護寢興。（《成居竹有詩見寄因郊九成行用韻答之》）

二人在詩中，亦表達對時事的關心與憂念。在江南的成廷珪《感時傷事寄張仲舉博士》〔註59〕詩云：

> 邊報紛紛日轉頻，彭城猶未息風塵。
> 中原白骨多新鬼，浮世黃金少故人。
> 阮籍一生唯縱酒，季鷹今日定思蓴。
> 河東鶴叟應相憶，落日悲笳淚滿巾。

至正十五年，張翥亦在《寄成居竹（時張寇已受詔，而陰襲揚州）》詩中表達了憂時傷世的感慨：

〔註59〕孫原理《元音》卷十一題作《徐寇未平感時傷事寄張仲舉》。

戰骨塡溝塵滿城，尚書歸説使人驚。

方期渤海民沾化，豈意平涼賊畔盟。

何日皇天知悔禍，中原故老望休兵。

傷心揚子洲邊月，忍聽江流是哭聲。

在張耑人生經歷的每一個重要時期，在元朝局勢變化的每一個關鍵階段，我們總能看到二人有書信相慰，有詩相和。二人一北一南，一仕一隱，共同注視著動態的局勢，共同惦念著遠方的友人，共同用詩寫心，用詩寫史……

三、釋宗泐

張耑與釋宗泐的交往，據釋宗泐《潞國張公詩集跋》：「當元統甲戌間，余識潞公於金陵，後會於燕都、於錢塘，蓋三十餘年，固非一日之好。」始於 1334 年張耑在金陵之時。

《蛻菴集》中有《送泐季潭遊天台並送淵侍者歸天台二首》即是在金陵所作：

來從石城寺，去訪石橋僧。錫杖空山路，禪龕獨夜燈。

道知文暢得，詩許皎然能。到日西巖下，應吟瀑布冰。

此時的宗泐欲同淵侍者自南京往天台，張耑作詩送別。「道知文暢得，詩許皎然能」，是宗泐給張耑的印象。文暢是中唐時期僧人，與韓愈、柳宗元等均有交往。柳宗元《送文暢上人登五臺遂遊河朔序》：「方今有釋文暢者，道源生知，善根宿植。」皎然為中唐詩僧，為謝靈運十世孫，有詩名，著有《詩式》。從這兩句詩中，可知宗泐既有文暢之慧根，又有皎然之詩才。此時張耑四十八歲，宗泐十七歲。

幾年以後，至正初年，釋宗泐北遊大都，與張耑再見。臨別時，張耑亦有贈詩《用丁仲容韻送季潭泐公歸龍翔》：

南歸還掛舊攜藤，古寺東邊是蔣陵。

齋罷江山延晚眺，禪餘鐘鼓報晨興。

將詩卻訪天台客，別偈長留日本僧。

歲晚雲房會相見，一杯春茗煮溪冰。

此時的張翥應是在史館修三史之際，「歲晚雲房會相見，一杯春茗煮溪冰」，在和詩之中，含蓄地提出要隱遁依佛的願望。

此後，據釋宗泐所言，張翥與其又會面於錢塘。張翥北來大都以後，往錢塘有兩次，一為至正六年刊《宋史》之時，一為至正九年、十年代祀天妃之時，於錢塘見面應在此數年間。此前釋宗泐的師傅釋大訢已於至正四年（1344）圓寂。釋大訢（1284～1344），字笑隱，俗姓陳。天曆元年（1328），元文宗自金陵入繼大統，選大訢主持集慶寺，授中大夫。亦能詩。生平事蹟見黃溍《龍翔集慶寺笑隱禪師塔銘》。其與張翥相識於南京。張翥《送泐季潭還龍翔（時笑隱已化）》之詩或作於與釋宗泐在錢塘見面之時：

> 曾將《小品》問支公，真是人間學道雄。
> 弟子不須悲滅度，禪師久已證圓通。
> 長懷石上三生舊，無復溪頭一笑同。
> 想見西岡歸禮塔，神光時遶夜壇紅。

表達了對釋大訢才能的稱賞和對其圓寂的懷念。

據釋宗泐記載，張翥與其僅見過此三面，三次均有贈詩，可見張翥對釋宗泐的感情非同一般。這種感情又是與釋大訢聯繫在一起的。

五、釋大梓〔註60〕

張翥與釋大梓的詩，並不像給來復等僧人的詩那樣以出世為主題，風格較為明快。如《歲晚苦寒偶成四章錄似北山老禪易之編修》：

> 風暴寒逾急，星回歲欲周。缺牙便食粥，瘦骨怯重裘。
> 節物殊牢落，前圖益謬悠。蝸窩真類蟄，長日火鑪頭。
> 清眠夢屢覺，霜氣轉淒淒。春近雁北向，月明烏夜啼。

〔註60〕《蛻菴集》中有贈釋大梓詩 7 題：《衡山福嚴寺二十三題為梓上人賦》、《北山誦藏經三旬畢詩以調之》、《用北山韻答之》、《歲晚苦寒偶成四章錄似北山老禪易之編修》、《北山以雪窗〈墨蘭竹石〉求題次韻》、《冰雪菴為衡嶽北山上人賦》、《九日書似北山上人（先夜雷雨）》。

爐香留墨篆，燭淚聚銀泥。少釋幽憂疾，尋君一杖藜。

鼠劣翻書冊，貓馴伴坐氈。吟懷忻雪夜，疾目畏風天。

惟酒能消日，無方可引年。我詩猶偈子，一問北山禪。

短景促殘歲，窮陰連大荒。狙三隨所賦，龜六可深藏。

未了惟文債，堪歸祇醉鄉。絕裘有餘暖，翻喜夜天長。

這組詩是張翥京居嚴冬之日寫給大梓的，雖然詩人的內心並非特別歡快，但詩的最後還是流露出一絲明快。《用北山韻答之》更表現了歡快的心情：

吾衰年冉冉，師樂日閒閒。師以詩娛意，吾將酒駐顏。

看雲知幻滅，見月喜明還。莫問誰家曲，相酬笑語間。

張翥與大梓的詩之所以呈現出與寄來復詩的不同特色，是因爲張翥並未把大梓當作僧人，而是把他看作了一個詩友。「我詩猶偈子，一問北山禪」、「師以詩娛意，吾將酒駐顏」、「明當喜圓滿，一月廢吟詩」，均將大梓的詩才放在首位。這在《九日書似北山上人（先夜雷雨）》詩中表達得較爲明確：

老年尤惜過芳時，籬下黃花值閏遲。

夜雨有愁如濕絮，秋風無髮可吹絲。

勞魂數數還鄉夢，往事茫茫感興詩。

滿腹精神渾減盡，一杯誰與共襟期。

釋大梓便是與張翥共襟期的詩人。

　　至正二十四年，張翥代釋大梓請釋來復作《衡山福嚴寺二十詠》，釋來復承命，詩見《澹游集》卷上。至正二十六年春，釋大梓取張翥手稿欲選次刊行，並請釋來復作序。張翥詩集之流傳至今，全賴釋大梓之力。至正二十八年，張翥卒後，釋大梓爲其經營葬事，卜地燕京城南而安厝之。

　　由於大梓所留資料稀少，張翥與其交往情況暫未能清晰考述。然釋大梓在元末，至少對三個著名詩人起到了重大的影響，除張翥外，迺賢之葬事、危素之投井未遂均與釋大梓關係密切，從這個角度說，大梓保護了元代文壇最後的詩人與詩歌。

第三章　《蛻菴集》版本考

第一節　《蛻菴集》詩歌的改定、結集及相關文獻著錄

一、《蛻菴集》的結集

　　據劉岳申《張仲舉集序》:「至順壬申,……今又八年矣,書來廬陵,留滯維陽,猶江湄也,獨求余序其集端。」〔註1〕可知元順帝至順壬申(1332)之後八年,即後至元六年庚辰(1340),張翥請劉岳申為其集作序,故此時張翥當為自己的作品編集,名《張仲舉集》,這是最早關於張翥集的記載,此僅有序流傳,版本概況未知。雖未見著錄於任何書目,但據《永樂大典》所引稱出自「張仲舉集」之作品,可知《張仲舉集》詩、詞均收。

　　至正十年(1350),張翥代祀天妃廟北歸,過玉山草堂,曾示顧瑛以詩集。據武進陶湘涉園刻本《草堂雅集》張翥小傳其「以《蛻菴詩》三卷出示」〔註2〕。成書於至正後期的《澹游集》卷上張翥小傳云「有《蛻餘集》行於世」〔註3〕,則張翥集亦有「蛻餘」之名。又

〔註 1〕劉岳申《申齋集》卷二,文淵閣四庫全書,第 1204 冊,第 197 頁。
〔註 2〕楊鐮、祁學明、張頤青整理《草堂雅集》卷六張翥小傳,中華書局,2008 年,第 481 頁。
〔註 3〕釋來復編《澹游集》卷上,續修四庫全書,第 1622 冊,第 217 頁。

《澹游集》成書至遲在至正二十五年（1365），釋大梓取翥之手稿是在至正二十六年（1366），因此《蛻菴詩》、《蛻餘集》或是在劉岳申所序之本的基礎上重編而成〔註4〕。

關於《蛻餘集》的記載，還見於以下書目：《文淵閣書目》卷十「詩詞類」「張仲舉蛻餘集一部一冊完全」〔註5〕；焦竑《國史經籍志》卷五「張翥蛻餘集二卷」〔註6〕；錢溥《秘閣書目》「詩辭類」「張仲舉蛻餘集一」〔註7〕；金門詔《補三史藝文志》集部別集類「張翥蛻餘集二卷」〔註8〕。

至正二十六年（1366）春，張翥方外友人釋大梓取張翥手稿選次刊行，這些手稿當爲今所見《蛻菴集》的祖本。釋大梓曾手抄五卷本，有洪武四年題識，後爲朱彝尊所藏，乾隆時進呈四庫館〔註9〕。朱彝尊亦藏有明洪武三年郎成抄本《蛻菴集》四卷〔註10〕。明弘治、正德年間曾刻有《蛻菴詩》三卷，「每半葉十行，行十九字。……視五卷本有刪節，又前後共闕八葉」，後經天一閣藏〔註11〕。

成書於明代早期的《永樂大典》與《詩淵》也收錄了較多張翥作

〔註4〕 從第二章第三節可知，張翥以「蛻菴」爲號在1349年，此時有將《張仲舉集》以「蛻菴」「蛻餘」重編、重名之可能。

〔註5〕 馮惠民《明代書目題跋叢刊》，書目文獻出版社，1994年，第110頁。

〔註6〕 馮惠民《明代書目題跋叢刊》，書目文獻出版社，1994年，第417頁。

〔註7〕 馮惠民《明代書目題跋叢刊》，書目文獻出版社，1994年，第670頁。

〔註8〕 《二十五史補編》，中華書局，1955年，第8531頁。

〔註9〕 《四庫全書·蛻菴集》提要：「此本乃朱彝尊所藏，明初釋大梓手抄本，前後有來復、宗泐二人序跋。」故此本爲五卷本。又，《欽定續文獻通考》卷195：「張翥蛻菴集五卷。……今本爲朱彝尊所藏明初釋大梓鈔本，有來復、宗泐二人序跋。」又，國家圖書館藏清勞權校補本《蛻菴集》二卷，有識云：「四明周屺公所錄嘉興朱竹垞藏本，乃是明初僧大梓手抄，有洪武四年題識。」

〔註10〕 見朱彝尊《潛采堂宋金元人集目》，叢書集成續編，第71冊，上海書店，1989年，第496頁。

〔註11〕 王國維《傳書堂藏善本書志》下「金元別集」，《王國維全集》第十卷，浙江教育出版社、廣東教育出版社，2009年，第345頁。案，今檢上海古籍出版社2010年版范邦甸《天一閣書目》，未見著錄此本。

品。據欒貴明《永樂大典索引》，《永樂大典》所引稱之張翥詩署名爲
「張仲舉詩」、「張仲舉集」、「張仲舉蛻菴詩」、「張仲舉蛻菴集」、「張
翥詩」、「張翥蛻庵集」、「蛻庵張仲舉詩」7 種。從題下所收的篇目來
看，「張仲舉集」、「張仲舉蛻菴集」爲詩詞均收。「張仲舉集」或是劉
岳申所序之本。而「張仲舉詩」「張翥詩」「蛻庵張仲舉詩」「張仲舉
蛻菴詩」「張翥蛻庵集」應是詩別集〔註12〕。據劉卓英《詩淵索引》，
《詩淵》所引稱之張翥詩署名爲「元張蛻庵詩」「元張蛻庵」「元張蛻」
3 種。「元張蛻庵詩」〔註13〕應爲詩集名稱，而其他兩種，僅僅表明
作者。

　　經過對《永樂大典》、《詩淵》所收詩歌校勘後，發現其文字多與
《四部叢刊》本同，《詩淵》並未有《四部叢刊》本（明刻本）以外
之詩，故其來源很可能爲明初刻本。而《永樂大典》僅殘卷又有 9 首
不見載於今流傳各本，其中 1 首題作「張仲舉蛻菴集」；3 首題爲「張
翥詩」；4 首題作「張翥蛻庵集」；1 首轉引《茅山續志》。故《永樂大
典》本所見之《蛻菴集》、《蛻庵集》均不爲今天流傳之本。3 首題作
「張翥詩」的或據《張翥詩集》所錄，亦有可能爲《永樂大典》所據
之本集也不載，從其他書中抄錄而成，僅題作者名。

　　以上所述各本僅見於序跋、小傳所引稱，原本皆未見。今所見之
本無論四卷、五卷均爲釋大梓所編次。

二、張翥作詩與改詩

　　將《蛻菴集》各版本與元末明初總集所選錄的張翥詩對比，會發
現有的詩句全句不同，顯然不是傳抄者或刊刻者的錯誤。詩句的不
同，只能說明張翥詩歌的創作有一個不斷修改的過程。最明顯的例子

〔註12〕清傅維鱗《明書》卷七十七著錄「張仲舉詩集」，見四庫全書存目叢書，
　　　　史部第 39 冊，第 44 頁。《文淵閣書目》卷十「詩詞類」著錄「張仲舉
　　　　詩一部一冊缺」；金門詔《補三史藝文志》集部別集類著錄「張翥詩集
　　　　三卷」。可見，《張仲舉詩》、《張翥詩集》確實是存在過的一個版本。
〔註13〕明祁承㸁《澹生堂書目》著錄有「張蛻菴詩集一卷」。

是《乙亥初度是歲仍改至元》詩，據《元史》，元順帝改至元是在元統三年（乙亥）十一月，顯然在張翥「乙亥初度」（正月二十七日）時，並未改至元年號，《蛻菴集》又是流傳有序的詩集，不存在出現僞作的可能，因此只能證明，張翥在元統三年正月時寫了一首《乙亥初度》的詩，而十一月，改元統三年爲至元元年後，對此詩加以修改時，將詩題補充「是歲仍改至元」六字，同時將原詩首句亦改爲「此生重見至元年」，雖然此句原文尚未發現，但排除僞作後，這是一種對詩與史實矛盾的合理解釋。

又如，《送述古彭大年眞人》詩云：「袖有神方煉紫荷，幾年璃籙著功多。仙人海上騎黃鶴，道士山中認白騾。棗木斗盤藏霹靂，楊枝瓶水灑天河。只應小閣開皇劫，一劍秋空處處過。」其中「幾年璃籙著功多」一句，《草堂雅集》本作「暫封丹檢出煙羅」。這可以證明張翥作詩後有改動。恰恰張雨《句曲外史集》卷中《題彭大年禱雨詩卷和仲舉韻延祐己未開玄道院作》有詩：「羽衣秋薄裊湘荷，茅屋山宮補綠蘿。白石資方青飢飯，洪崖借乘雪精騾。松雲暖憶春遊嶽，冰草寒憐曉渡河。使節南歸如見念，峯頭笙鶴好相過。」由張雨詩題可知，張雨之詩爲和張翥之詩韻，則首聯的「幾年璃籙著功多」，本應爲「暫封丹檢出煙羅」﹝註14﹞，「幾年璃籙著功多」是張翥的後改之作，故我們不能根據張雨的和詩而將此句改回，那樣顯然違背了詩人的原意。此外，《讀瀛海喜其絕句清遠因口號數詩示九成皆實意也》其八云：「杖履尋花虎丘寺，壺觴按曲館娃臺。阿成殺受吳中樂，請入風沙海浪來。」「臺」、「來」二字，金本、補遺本、汪本（屬五卷本系統）均分別作「宮」、「中」，《四部叢刊》本、陸本（四卷本）則分別作「臺」、「來」。此詩亦有顧瑛和詩，即《張仲舉待制以京中海上口號十絕附郊九成見寄瑛以吳下時事復韻答之》云：「築得吳城易得摧，年年風雨繞蘇臺。農家盡患時行病，總

﹝註14﹞張雨和詩以「蘿」爲韻腳，「羅」、「蘿」亦不同，或仍有改動。

爲修城染帶來。」〔註15〕因此，「臺」、「來」爲張翥原韻。

一般說來，《蛻菴集》中所收之詩均當爲詩人改定之作，而明初總集、類書所收詩句與《蛻菴集》有較大差別者，均當爲詩人之原作。

第二節　四卷本與五卷本之關係

據《居易錄》卷四：「元張翥《蛻菴集》四卷，衡山釋大杍北山編集，洪武三年錫山郎成鈔本。成，不知何許人。書法妍妙，逼眞佛遺教經，亦古物之可寶惜者。」〔註16〕洪武三年的郎成抄本是今已知《蛻菴集》最早的四卷本，最早的五卷本據《四庫全書總目》爲明初釋大梓抄本。由此可知，無論四卷本還是五卷本，都爲釋大梓編輯。編輯時間大略相同。

釋來復《潞國公張蛻菴詩集序》：「至正丙午春，其方外友廬陵北山杍禪師以公手藁選次而刊行之，來徵言爲序。」〔註17〕釋宗泐洪武十年跋：「未幾，天兵北伐，燕都不守，北山取其遺藁歸江南，凡選得九百首，將刊板以行於世。」〔註18〕蘇伯衡《張潞國詩集序》：「故元翰林學士承旨、嶺北行省平章政事致仕、潞國張公，既薨之十一年，其方外友北山上人，橐其詩來南京，屬前靈隱住山見心復禪師類次之，將刻以傳。會伯衡自金華召至，乃請爲之序。……公平生寓情詩酒，所作至多，而不自惜，掇其遺尙五百餘篇，皆可垂憲來學者。」〔註19〕蘇伯衡序所作時間雖缺失，但據「潞國張公，既薨之十一年」所述，亦當與宗泐跋所作時間不遠，即洪武十一年左右。

從以上三文，我們可以知道釋大梓取走張翥詩稿後至刊刻的大致情況：至正丙午（1366），釋大梓取得張翥手稿後，欲選次刊行，便

〔註15〕楊鐮整理《玉山璞稿》，中華書局，2008年，第4頁。
〔註16〕王士禎《居易錄》卷四，文淵閣四庫全書，第869冊，第352頁。
〔註17〕《張蛻庵詩集》卷首，四部叢刊續編，第72冊。
〔註18〕《張蛻庵詩集》卷末，四部叢刊續編，第72冊。
〔註19〕蘇伯衡《蘇平仲文集》卷五，文淵閣四庫全書，第1228冊，第605
　　　～606頁。

請來復作序，而元明興替，洪武十年左右，釋大梓將手稿帶回江南，並請宗泐作跋，此時的詩稿似乎還未編好，因此只稱「若干卷」，而宗泐作跋時所依據的是釋大梓所帶回金陵的 900 首詩，或許就是張羽手稿。約在稍後，蘇伯衡恰恰由金華至金陵，便應大梓之請，爲之序，蘇伯衡所見的詩稿與宗泐所見不同，其所稱的五百餘首，應是釋大梓編次好的詩歌。明刊本《張蛻庵詩集》存詩 471 題 594 首，在數量上與蘇伯衡所稱接近，或許正是蘇伯衡所見之本。五卷本實收詩 529 題 668 首，900 首詩歌今不得見。

從數量上看，五卷本《蛻菴集》比四卷本（明刻本）多 74 首，但實際五卷本並不能覆蓋四卷本，即四卷本中亦有五卷本不載之詩：

見於五卷本而四卷本不載者有：五言古詩 4 題 8 首，七言古詩 11 題 12 首，五言律詩 8 題 8 首，七言律詩 44 題 51 首（其中四卷本所載之《懷清源洞舊遊》與不載之《七憶》之七重複，故此詩當爲四五卷本均有，應減去），五言長體 4 題 4 首，七言絕句 2 題 10 首，共計 73 題 93 首；

見於四卷本而五卷本不載的有：五言律詩 3 題 6 首，七言律詩 11 題 13 首（其中《重寄水西新公道場渭公三塔寬公》五卷本收 2 首，明刻本 3 首，多 1 首；《寄見心上人次韻》亦同補 1 首；《送崑山強仲賢照磨之南海元帥府》題不見五卷本，而詩同五卷本《壽許集賢可用》詩第二首），共計 14 題 19 首。

從詩體和詩題的排列順序看，四卷本與五卷本亦有差別：五卷本排列次序爲五言古詩、七言古詩、五言律詩、七言律詩、五言長體、七言絕句；四卷本的排列次序爲五言古詩、五言長律、五言律詩、七言古詩、七言律詩、七言絕句。五卷本的次序以體裁爲主，次爲字數；四卷本次序以字數爲主，輔以詩體。此外，四卷本、五卷本均收錄的詩歌排列順序亦不一致。

五卷本一直以抄本形式流傳，四卷本則於明朝初年刊刻。四、五卷本大約同時產生，四卷本、五卷本亦非簡單地在對方的基礎上刪

減、增加而成。尤其是刻本四卷本要比五卷本晚出六年之久，對於五卷本已經選入的 73 題 93 首詩歌並未選進四卷本，從這 93 首詩在五卷本的位置來看，除《七憶》詩外，均在每一體裁詩歌的最開始數首和末尾數首〔註20〕。

第三節　汪氏摛藻堂鈔本（四卷、集外詩一卷）與金侃鈔本（五卷）比較

通過對各本的校勘比對，我們發現汪氏摛藻堂鈔本（四卷、集外詩一卷）與金侃鈔本（五卷）雖然屬於兩個系統，但是在詩歌數量、文字以及缺字等方面有很多相似之處，而汪本的四卷與其他四卷本所收詩歌卻有較大的不同。故將汪氏摛藻堂鈔本（四卷、集外詩一卷）與金侃鈔本（五卷）比較如下：

一、詩題異同

卷數		汪　本　詩　題	金　本　詩　題	他　　本
汪本	金本			
1	1	安童都事字鼎新號太虛徵余賦之集賢院	安童都事字鼎新號太虛徵余賦之集賢院	集賢院 3 字小
		送客齋化門東門馬山口號	送客齊化門東馬上口號	齊
	5	送劉貞廷□總管之嘉禾	送劉貞廷□總管之嘉禾	幹
	2	題林德清竹雪齋	題林德清竹雪齋	敘
		蛻菴歲宴百幽熏心排遣以詩乃作五首	蛻菴歲宴百幽熏心排遣以詩乃作五首	得
		吳下客懷秋答湛淵白先生廷玉	吳下客懷秋荅湛困白先生廷玉	和
		乙巳初度	乙巳初度	日自壽

〔註20〕四卷本未錄《七憶》與《寄題顧仲瑛玉山詩一百韻》詩的原因，楊鐮先生在授課中認爲，二詩均有反映元末戰亂的描寫，在明初當避諱。

		歲晚苦寒偶成四章錄似北山	歲晚苦寒偶成四章錄似北山	老禪易之編脩
		西內應制即	西內應制即事	事
		暴疾臥□□堂余再歲	暴疾臥□□堂余再歲	視草；分院矣
		九日謁告歸阻風御河齊	九日謁告歸阻風御河齊	家堰
		四月望觀帝師發思拔影堂	四月望觀帝師發思跋影堂	慶讚立碑
		送蒲空敘本中往住長蘆寺	送蒲空敘本中往住長蘆寺	室殺
		金山橋上聞苑池荷香	金山橋上聞苑池荷香	水
2	1	城南	城南	（闕題）
3	3	辛巳二月朔登閔忠閣	辛巳二月朔登憫忠閣	憫
		北山苦雨待程繼先舟行	北山苦雨待程繼先舟行	行
		不繫舟漁者陳子上自號	不繫舟漁者陳子上自號	尚
		壺隱為涂州徐仁則賦	壺隱為滁州徐仁則賦	滏
		闕題	闕題	病疽
		癸酉初度真率會分韻	癸酉初度真率會分韻	得□□
4	4	圓丘禮成改直翰林勑書告廟祝板	圓丘禮成改直翰林勑書告廟祝板	圓
		懷清源洞遊	懷清源洞遊	洞舊遊
		次倪元鎮張伯雨錫山倡和之什	次倪元鎮張伯雨錫山倡和之什	唱；作
		寄題睢陽張文照存齋	寄題睢陽張文照存齋	昭
		題括士朱集方□五松	題括士朱集方□五松	火
		長至後一日小築張氏小軒留題	長至後一日小集張氏小軒留題	集
		十月望夜食既	十月望夜食既	夜月食
	5	七月廿七日書所見	七月廿七日書所見	九
		七月望日徐勉自武林來得兩音訃	七月望日徐勉自武林來得兩音訃	訃音
		幼闇宗師以詩招賞海棠文申有詩見約次韻	幼闇宗師以詩招賞海棠文申有詩見約次韻	幻

注：「他本」指明刻本、清初曹溶看本、陸溙家鈔本。

二、詩歌文字缺字異同

卷數		詩　　題	汪　　本	金　　本
汪本	金本			
1	1	獨酌謠	杯盡當□□□□須重調	杯盡當再酌歌闋須重調
			□□□□樵	□□□□樵
			□□花長開	但願花長開
		古鏡	此□非內有	此明非內有
		安同都事字鼎新號太虛徵余賦之	至理□□□	至理□□□
			不受□□□	不受□□□
			仰□□□彎	仰□□□彎
			□□□洞觀	□□□洞觀
1	2	止南僚	缺最後五字	缺最後五字
		題桐廬鳳山寺僧道大鷺雪軒	禪□忘機地	禪客忘機地
		送鄭喧宣伯赴赤那思山大斡尔朵儒學教授四首之四	缺最後 15 字	缺最後 15 字
		自顧	酒後詩□夢	酒後詩□夢
		陳伯將作北山梓公岳居圖余題其上	禪心□□著	禪心無住著
		十月一日	□爐火乍紅	□爐火乍紅
		暴疾臥□□堂餘再歲	惟將□□親	惟將□□親
		剡中清風嶺王節婦沉江處有血書石上	留在□□□	留在□□□
		留宿洪洞慶雲觀劉山甫方丈	蠟花燒竹□	蠟花燒竹□
		輯山村先生詩卷第二首	□仙歸化鶴	□仙歸化鶴
2	1	題長孫皇后諫獵圖	豈爲禽荒將按□	豈爲禽荒將按□

3	3	春日遊王公量南墅	種樹還鈔□勝書	種樹還鈔□勝書
		重寄水西新公道場渭公三塔寬公	第一首侍者通□自關蛇	侍者通□自關蛇
			第二首缺最後八字；缺第三首	第二首缺最後八字；缺第三首
		正一沖和宮楊弘道以虞學士詩求和第一首	丹砂□□仙公術	丹砂□□仙公術
4	4	寄副樞董摶霄孟起	趙人□欲用廉頗	趙人□欲用廉頗
		中秋雨明日晴明玩月有作	故人別有蕉□約	故人別有蕉□約
	5	夕次楊村	繫纜沙□已夜過	繫纜沙邊已夜過
		送林崇高還武夷山之二	神君一去奈□何	神君一去奈□何
		大年小景	思見□牙石上青	思見□牙石上青

注：以上二表所列與金本對比之處，均爲汪本與其他四卷本不同之處。

三、詩題與詩歌對應之異同及其形成原因探微

1. 他本卷一題作《次韻莫景行夏夜望雨》之詩，汪本作《次韻莫景行春雨喜晴》，而缺刻本、陸本《次莫景行春雨喜晴》1 首。金本題作《次韻莫景行秋雨喜晴》，仍缺刻本、陸本《次莫景行春雨喜晴》1 首。

2. 他本卷一題作《北山以著色蘭贈西昌堯如淵求題》1 首，汪本題作《大風時送友南城》，金本同。

3. 陸本、清初本卷一作《次韻題大雷山桃源汪氏桃隱》，後接《大風》，後接《七月旦立秋風雨夜寒》……《北山以雪窗墨蘭竹石求題》，後接《鑑堂上人招余遊慧山行舟不成往因寄》1 首，後接《清溪濯足圖》。汪本作《次韻題大雷山桃源汪氏桃隱》，後接《鑑堂上人招余遊慧山行舟不成往因寄》2 首，其中第二首內容同他本《大風》，後接《七月旦立秋風雨夜寒》。金本作《次韻題大雷山桃源汪氏桃隱》，後接《鑑堂上人招余遊慧山行舟不成往因寄》1 首，後接《大風》1 首，後接《七月旦立秋風雨夜寒》。

4. 他本卷四《壽許集賢可用》1首、《病瘡少癒睹桃樹含葇少遣春思》1首、《院和御史李起巖明舉韻》2首、《次韻劉希曾師魯避兵病懷》1首、《送四明道士陳士元敬止歸玄妙觀》1首、《崔行之爲求豐道士余剛中作林泉釣艇圖求題》1首、《送崑山強仲賢照磨之南海元帥府》1首。汪本此處作《壽許集賢可用》2首，經覈對，第二首爲他本《送崑山強仲賢照磨之南海元帥府》詩。金本同。

原因探微：通過他本比勘，形成汪本《壽許集賢可用》存在 2首的原因是汪本脫落了《病瘡少癒睹桃樹含葇少遣春思》1首、《院和御史李起巖明舉韻》2首、《次韻劉希曾師魯避兵病懷》1首、《送四明道士陳士元敬止歸玄妙觀》1首、《崔行之爲求豐道士余剛中作林泉釣艇圖求題》1首以及《送崑山強仲賢照磨之南海元帥府》的詩題，故將原本屬於《送崑山》的詩歌納入《壽許集賢可用》的第二首。金本與汪本同。

四、汪本《蛻庵集外詩》與金本收詩之比較

汪本《蛻庵集外詩》計收汪本四卷未收之詩82首，其中《悠然閣爲歙鄭處士作》1首、《次柱德常僉院韻》1首、《聞董孟起副樞乃弟鄂脊院判凶訃哭之二首》、《寄見心上人次韻》2首、《十二月廿七日雪寒奉旨賜宴史局》1首、《招韓伯清泛湖》2首，共9首詩爲四卷刻本所有，其餘73首均爲四卷本所無而金本所有之詩。汪本四卷加集外詩一卷與金本相比，尚少《堂堂》1首、《門有車馬客行》5首、《古促促辭》1首、《北風行》1首、《發古城鋪》1首、《悲寒風》1首、《小遊仙詞》8首，共18首。金本與汪本比，尚少《北歸渡河》、《拜襄陵祖塋》2首。

通過以上分析，可以看出：

在詩題部分，汪氏摛藻堂鈔本（四卷、集外詩一卷）與金侃鈔本（五卷），除了《送客齋化門東門馬山口號》之齋、齊；《西內應制即》之是否有「事」字；《辛巳二月朔登閔忠閣》之閔、憫三者不同外，

其餘詩題二本均一致，而與其他四卷本異。

詩歌文字缺字部分：金本「杯盡當再酌歌闋須重調」、「但願花長開」、「此明非內有」、「禪客忘機地」、「禪心無住著」、「繫纜沙邊已夜過」6 處較汪本完整，金本的這 6 處，除「禪客」、「無住」、「沙邊」3 處文字與其他四卷本同，其餘 3 處與其他四卷本之文字相異。

詩題與詩歌對應部分，除金本將汪本《鑑堂上人招余遊慧山行舟不成往因寄》之第二首另作為《大風》詩外，也基本一致。

因此，汪本四卷與金本五卷至少應為從同一系統鈔出。而從對《壽許集賢可用》詩的分析來看，金本不會比刻本早出。

第四節　四庫底本與文淵閣、文津閣本《蛻菴集》

一、中國國家圖書館藏「四庫底本」的來源

中國國家圖書館藏有一部清抄本《蛻菴詩》五卷，索書號為11566，《中國古籍善本書目》、《北京圖書館藏善本書目》均著錄為「四庫底本」。根據《四庫採進書目》，四庫館臣曾徵集到兩種《蛻菴集》，一種著錄於《兩淮商人馬裕家呈送書目》：「蛻菴集七卷，元張翥，二本。」〔註21〕此本七卷之數，應為《蛻菴詩》五卷，《蛻巖詞》二卷。另一著錄於《浙江省第四次鮑士恭呈送書目》：「蛻菴集五卷，補遺一卷，元張翥著，一本。」〔註22〕《浙江採集遺書總錄簡目》亦有：「蛻菴集五卷補遺一卷（知不足齋寫本），元翰林學士承旨晉寧張翥撰。」〔註23〕後二本應為同一本。

〔註21〕吳慰祖《四庫採進書目》，商務印書館，1960 年，第 68 頁。
〔註22〕吳慰祖《四庫採進書目》，商務印書館，1960 年，第 95 頁。
〔註23〕吳慰祖《四庫採進書目》，商務印書館，1960 年，第 268 頁。案：王國維《傳書堂藏善本書志》下「金元別集」著錄：「蛻庵詩五卷補遺一卷附錄一卷，鈔本。……有『翰林院印』，蓋鮑氏曾以進呈。」見《王國維全集》第十卷，浙江教育出版社、廣東教育出版社，2009年，第 345～346 頁。

據《四庫全書總目》，《蛻菴集》五卷爲「浙江巡撫採進本」，即爲鮑氏知不足齋寫本。但提要又言：「此本乃朱彝尊所藏，明初釋大杍手抄本，前後有來復、宗泐二人序跋。」則又表明非鮑氏知不足齋寫本。因此，四庫館臣作《蛻菴集》提要時應是同時參照釋大梓抄本與知不足齋本。由前引《四庫採進書目》，此釋大梓抄本當即是兩淮商人馬裕呈送本。

這個「四庫底本」有三個特點：第一，書前序與正文空白處，有「菴照此（案：指『庵』）寫」，及在詩題小注單行行文時，有要求「雙行」寫的批語；第二，筆劃嚴重缺少與模糊，很多字今存僅數筆或一筆，如果不與《四庫全書》本相對照，已辨認不出所用何字；第三，頁眉有校語，從校語之「玉山」及「某字顧作某」來看，所選之校本或許有顧瑛《草堂雅集》之本，且不止一本〔註24〕。

隨上述三個特點而來，產生三個疑問：第一，四庫館是皇家修書館，所用之紙、墨必然精良，但三百年後的今天（甚至更早）看到此書時，有眾多的字居然都變得不清晰；第二，與此相關，此本是四庫館臣據呈送之本再抄，還是本身就是呈送之本的問題。周清澍《元人文集版本目錄》著錄此本爲釋大梓手抄本，表明周先生認爲此底本本身就爲呈送之本〔註25〕；第三，是校勘者的問題，如果此本不是呈送之原本，其中的校語是呈送本進入四庫館之前就已經過校勘，後由四庫館臣謄錄，還是原本沒有校勘，四庫館臣謄錄後才對其校勘的？由於《四庫採進書目》著錄的馬裕家藏本未見，以上三點疑問暫時只能存疑。

《蛻巖詞》底本未見。據《四庫全書總目·蛻巖詞提要》爲「兩淮鹽政採進本」，即馬裕呈送本，亦可證明馬裕之七卷包括《蛻巖詞》二卷在內。

〔註24〕玉山爲顧瑛號，但「玉山」本與「顧本」並非一本，因爲常有同一個字，既有「玉山作某」，又有「顧作某」的校語。
〔註25〕周清澍《元人文集版本目錄》，南京大學學報叢刊，1983 年，第 68 頁。

二、四庫底本、文淵閣本、文津閣本《蛻菴集》的關係

文淵閣本《蛻菴集》是乾隆四十六年（1781）十月校勘完畢並繕寫的，二冊，由翟槐、劉源溥等校勘，分別由國子監生劉國永（一至三卷）、黃鑫（四至五卷）謄錄。文津閣本較文淵閣本晚出三年，為乾隆四十九年（1784）八月校勘謄寫，由莊通敏、紀昀等校勘，國子監生栁勳元、鄧世錄謄錄。

四庫底本、文淵閣本、文津閣本《蛻菴集》之間的異同主要表現在以下9個方面：

1. 題　名

四庫底本作《蛻菴詩》，文淵閣、文津閣本均作《蛻菴集》。

2. 序　跋

四庫底本有來復序，無宗泐跋。文津閣本同。文淵閣本序跋均有。

3. 詩歌的排列順序

主要是卷四《正月九日夜雪甚寒》、《長至後一日小集張氏小軒留題》、《十月望夜食既戊戌歲》、《闕題》4首詩的位置，四庫底本上述4首詩置於卷四末尾，與目前已見的其他五卷本位置相同。文津閣本同。文淵閣本則將上述4首詩放在《春闈和周伯溫韻呈同院》與《寄郊九成即事自述》二詩之間。

4. 詩　題

卷二，四庫底本作《暴疾臥□堂余再歲》，文淵閣本作《暴疾臥草堂》，文津閣本作《暴疾臥西堂》；卷三，四庫底本作《寄野菴察罕平章（時攻淄鄆）》，文淵閣本同，文津閣本作《寄野菴察罕》；四庫底本作《潼關失守哭參政述律傑存道》，文淵閣本作《潼關失守哭參政舒嚕傑存道》，文津閣本作《潼關失守哭參政（參政述律傑存道）》；卷四，四庫底本作《送普顏彥仁都事還蜀兼柬時文可郎中》，文淵閣本作《送布延彥仁都事還蜀兼柬時文可郎中》，文津閣本作《送

普顏彥仁》；四庫底本作《歙汪希仲罕代自雄新二州警曹話其風土爲
賦》，文津閣本同，文淵閣本作《歙汪希仲罕代自雄新二州還都話其
風土爲賦》；卷五，四庫底本作《辱井欄（爲御史所破○片石學之心
善藏）》，文淵閣本作《辱井欄（爲御史所破）》，文津閣本作《辱井
欄》。

5. 缺　字

　　四庫底本缺字，文淵閣本同，文津閣本不缺：卷二，《止南寮》
末句，四庫底本作「闕」，文淵閣本同，文津閣本作「翹首勢干霄」；
《剡中清風嶺王節婦沉江處有血書石上》末句，四庫底本作「留在
闕」，文淵閣本同，文津閣本作「留在血痕斑」；卷三，《重寄水西新
公道塲渭公三塔寬公》其二末句，四庫底本作「蚤晚南歸有船闕」，
文淵閣本同，文津閣本作「蚤晚南歸有船便，綠楊村裏掛漁蓑」。

　　四庫底本缺字，二閣本不缺，但二閣本文字亦不同：卷一《獨酌
謠》，四庫底本作「□□□□樵」，並在空格處注「原缺」，文淵閣本
作「放浪樂漁樵」，文津閣本作「寄志於漁樵」；《題李早女眞三馬扇
頭》，四庫底本作「郎君□□」，頁眉校記云「郎君下闕二字，玉山作
馬上」，文淵閣本作「郎君豐格」，文津閣本作「郎君綽約」；卷二《暴
疾臥草堂》，四庫底本作「惟將缺□親」，文淵閣本作「惟將藥裏親」，
文津閣本作「惟將枕簟親」；《至後暴日》，四庫底本作「缺視悲歌徒
能壯」，文淵閣本作「悲歌學士徒能壯」，文津閣本作「悲歌擊節徒能
壯」。

6. 重出詩歌的處理

　　四庫底本《次杜德常僉院韻》在卷二中兩出，文淵閣本保留，文
津閣本在重出之處刪去。

7. 音譯名稱

　　人名的翻譯，四庫底本與文津閣本一致：如四庫底本作「述律
傑」，文津閣本同，文淵閣本作「舒嚕傑」；四庫底本作「普顏彥仁」，
文津閣本同，文淵閣本作「布延彥仁」。地名，則四庫底本與文淵閣

本一致：如四庫底本作「赤那思」，文淵閣本同，文津閣作「齊納斯」；四庫底本作「大榦耳朵」，文淵閣本同，文津閣作「大榦爾多」。其他如四庫底本作「拔都」，文淵閣本同，文津閣本作「巴圖」。

8. 避　諱

文淵閣本「丘」，文津閣本作「邱」；文淵閣本「玄」（闕最末一點），文津閣本均改作「元」；文淵閣本作「胡」，文津閣本作「蕃」；文淵閣本作「弘」，文津閣本作「宏」。

9. 文　字

文津閣本文字與文淵閣本文字不同處頗多，其中不排除有抄寫之誤〔註26〕。但以下之例，絕非抄寫所能導致，二閣的不同文字，文津閣的文字多與四庫底本同：

卷一，《陽曲義士薛氏旌表詩卷》，四庫底本作「輔也起歎嗟」，他本同，文津閣本同，文淵閣本作「義士起歎嗟」；《題武林姚氏頤壽堂》，四庫底本作「起爲頤壽堂。歌慈顏日日，春風和棘心。之詩豈足多」，文津閣本同，文淵閣本作「起爲頤顏壽，堂前日日春風和，棘心之詩豈足多」；《畫馬》，四庫底本作「雲氣墨」，文津閣本同，文淵閣本作「雲氣黑」；卷二，《登歌風臺》，四庫底本作「托望是京華」，文津閣本同，文淵閣本作「北望是京華」；《天柱峯》，四庫底本作「寒通岣嶁遠」，文津閣本同，文淵閣本作「寒過岣嶁遠」；《題桐廬鳳山寺僧道大鷺雪軒》，四庫底本作「脫瀨明拳足」，文津閣本同，文淵閣本作「晚瀨明拳足」；《馬通薪》，四庫底本作「山爐作撥灰」，文津閣本同，文淵閣本作「山爐夜撥灰」；《大駕時巡千官導送至大口》，四庫底本作「雙日浮黃繖」，文津閣本同，文淵閣本作「麗日浮黃繖」；《醉月堂爲萬聲遠作》，四庫底本作「珮環」，文津閣本同，文淵閣本作「佩裳」；卷四，《送布延彥仁都事還蜀兼柬時文可

〔註26〕《四庫全書》編纂有嚴格的懲罰措施，又經過諸多人的校勘，出現眾多的抄寫之誤的可能微乎其微，只可能是所據底本本身便不同。

郎中》，四庫底本作「遺民思睹漢衣冠」，文津閣本同，文淵閣本作
「詩人多勒蜀巖巒」。

但亦有少數，四庫底本文字與文淵閣同：《舟行即事》其一，四
庫底本作「磊硡剩須澆」，文淵閣本同，文津閣本作「沽取剩須澆」；
《自悟》，四庫底本作「古佛風翻盎」，文淵閣本同，文津閣本作「古
佛虔加禮」；卷三，《秦淮晚眺》，四庫底本作「時來」，文淵閣本同，
文津閣本作「當時」。

從上可知，四庫底本、文淵閣本、文津閣本《蛻菴詩》相異之處
頗多，將可能有誤鈔、音譯、避諱之處排除在外，三本的不同之處主
要體現在缺字與用字兩個方面。四庫底本所缺之字略同於部份文淵閣
本，所用之字，又多與文津閣本一致，即文淵閣、文津閣本均能找到
四庫底本的痕跡。這說明，二閣本均使用了「四庫底本」，所不同的
是，校勘本（亦有可能臆改，因此又有關校勘者）不同，抄錄成文淵
閣時的校勘本與底本文字異處較多，且將底本一部份缺字作了補充，
而另一部份缺字仍依底本；抄錄成文津閣本時，所依據的就是四庫底
本，只是將缺字據某本或臆補。校勘本及校勘者的不同，正是導致文
津閣本與文淵閣本存在差異的原因，亦是導致二閣本均與現存「四庫
底本」差異的原因。同時，需要說明，儘管四庫底本上有校語，但二
閣本與四庫底本不同的文字，並未按照底本上的校語改動。

第五節　《蛻菴集》版本源流

從以上分析及本文附錄一、二考述可知，張翥生前，其作品便有
眾多版本流傳，或二卷、或三卷。今所見《蛻菴集》為釋大梓在張翥
去世前兩年，取張翥手稿（不明卷數），不斷選次編集而成，形成四
卷本、五卷本兩個系統，其排列順序與收詩數量均有較大差異。在四
卷本系統中，有刊刻與抄寫兩個流傳渠道，明初洪武十年刻四卷本，
是今所見《蛻菴集》最早版本，亦是唯一刻本。其他四卷本皆為抄本，
所收詩歌及排列順序不但與明刻本有差異，各抄本互相亦有差異，當

是所據底本亦不同〔註27〕。鮑廷博所藏各四卷本較他本多校語，在詩
序、小注，收詩數量亦與他本不同，多為鮑氏所自行校訂後繕寫之
本。在五卷本系統中，均以抄本形式流傳。最早的五卷本為釋大梓
洪武四年抄本，經朱彝尊收藏後，至乾隆年間被徵集至四庫館，後又
被周𣏌公所錄，今未見。今存最早五卷本為金侃抄本，據此本屬鶉
跋，知金氏五卷本據龔田居侍御家本所鈔，而龔氏所據之本尚不清
〔註28〕。又，各五卷本收詩歌的數量與排列次序均無差異，蓋均來源
於釋大梓手抄本。

　　《蛻巖詞》或單行，或附於詩後。

　　從以上對《蛻菴集》版本的描述、分析中，可以歸納《蛻菴集》
的主要版本源流（簡圖）如下：

　　《蛻菴集》的主要版本源流（簡圖）：

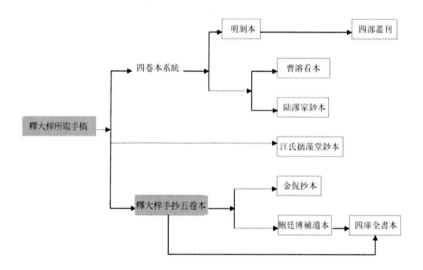

〔註27〕見附錄二《四卷本〈蛻菴詩〉次序、數目及詩題比較》。
〔註28〕以上參見附錄一《現存〈蛻菴集〉、〈蛻巖詞〉經眼善本述評》。

第四章　張翥的詩詞創作

第一節　張翥的文學觀念與「宗唐得古」之時代
風氣

一、張翥的文學觀念

在元代，張翥的詩特別爲時人所欣賞，這在與其交遊者之詩文中時時可見。傅若金《贈魏仲章論詩序》就說：「其在朝者，翰林揭先生、歐陽公，深厚典則，學者所共宗焉。相繼至者，王君師魯、陳君仲眾、賀君伯更、張君仲舉，皆籍籍有時譽。……皆捐去金人餘厲之氣，一變宋末衰陋之習，力追古作，以鳴太平之盛。」〔註1〕

張翥的文學觀念特別是有關詩歌的觀念，直接反映在爲友人所作之序中，主要體現在以下三個方面：

一是由性情而發的自然詩風：

> 余蚤歲學詩，悉取古今人觀之，若有脫然於中者，由是知
> 性情之天、聲音之天，發乎文字間，有不容率易模寫。然
> 亦師承作者以博乎見聞，遊歷四方以熟乎世故，必使事物、
> 情景融液混圓，乃爲窺詩家室堂。蓋有變若極而無窮，神
> 若離而相貫，意到語盡而有遺音，則夫抑揚起伏、緩急濃

〔註1〕傅若金《傅與礪文集》卷五，文淵閣四庫全書，第 1213 冊，第 331
頁。

> 淡、力於刻畫點綴，而一種風度自然。雖使古人復生，亦
> 止乎是而已矣。(《午溪集序》) [註2]

「情動於中而形於言」，張翥認為作詩當在文字之間充溢性情與音律，而非刻意模仿，最終才能達到「自然」的風度。張翥亦曾言：「王者迹熄而詩亡，詩未嘗亡也，而所以為詩者亡矣。善賦之士，往往主乎性情，工巧非足尚，蓋性情所發，出於自然，不假雕繪。」 [註3] 由性情而發而不尚工巧是張翥對「善賦之士」所作的總結，亦是其詩歌創作的實踐。劉岳申《張仲舉集序》云「餘事為詩賦之章，極才情所至，無不輸寫傾竭其意欲者，使人望而知其為非仲舉不能，而仲舉未嘗以自多」 [註4]，便是張翥的詩歌觀念在其創作上的反映。

　　二是《文選》、唐詩和《中州集》是作詩者應首先學習的對象：

> 成君元常之為詩，既博取《選》、唐、《中州》而長之，故
> 發乎情者，雖若憤慨思憂，與夫婆娑暇豫也，而無不深致
> 其功焉。(《居竹軒詩集序》) [註5]

成廷珪正是以上述詩歌為學習對象，獲得了「深致其功」的贊許。這說明，張翥認為上述詩選是學詩者應該學習的範本。張翥所言的「悉取古今人觀之」，在選擇之後，也許對《文選》、唐詩和《中州集》最熱衷。

　　《文選》與唐詩歷來是詩人和詩論家所熱衷倣仿與評論的對象。《中州集》對於張翥等元人來說，是近代的作品選。編選者元好問之卒雖距張翥之生相隔三十年之久，但元好問在金末便名氣頗顯，又與張翥有同鄉之誼，因此，張翥有接受《中州集》的天然優勢。從其《摸魚兒‧王季境湖亭，蓮花中雙頭一枝，邀予同賞，而為人折去，季境悵然，請賦》「問西湖、舊家兒女，香魂還又連理」句反用元好問詞

[註2] 陳鎰《午溪集》卷首，文淵閣四庫全書，第 1215 冊，第 357 頁。

[註3] 《張蛻庵詩集》卷首，四部叢刊續編，第 72 冊。

[註4] 劉岳申《申齋集》卷二，文淵閣四庫全書，第 1204 冊，第 197 頁。

[註5] 成廷珪《居竹軒詩集》卷首，文淵閣四庫全書，第 1216 冊，第 278 頁。

《摸魚兒》(問蓮根) 的典故來看〔註6〕，張翥必讀過元氏的作品。更重要的是《中州集》的選詩標準與張翥的文學觀念有共通之處。

《四庫全書總目》評價《中州集》編纂「大致主於借詩以存史」，「其選錄諸詩頗極精審」〔註7〕。元好問的選錄標準之一，自己表述爲「萬古騷人嘔肺肝，乾坤清氣得來難。詩家亦有長沙帖，莫作宣和閣本看」〔註8〕。長沙帖，是宋代慶曆年間，劉沆在長沙命釋希白所摹刻的《淳化閣帖》，「字行頗高，與淳化閣本差不同」〔註9〕。這說明元好問選詩的標準是在繼承前人的基礎上有所創造之作，非逼眞描摹之作。這與張翥的主情說有相同之處，故《中州集》成爲張翥選擇的作詩範本之一。

三是對館閣詩風的認識：

> 昔人論文章，貴有館閣之氣。所謂館閣，非必掞藻於青瑣石渠之上，揮翰於高文大冊之間，在於爾雅深厚、金渾玉潤，儼若聲色之不動，而薰然以和，油然以長，視夫滯澀怪僻，枯寒褊迫，至於刻畫而細，放逸而豪，以爲能事者，徑庭殊矣。故識者往往以是縣觀其人之所到，有足徵焉。

(《圭塘小稿序》)〔註10〕

張翥所認爲的館閣詩並不等同於館閣之臣所作，更非片面追求險怪、細膩，而是一種蘊含玉潤深厚的有貴族氣息的詩歌。這種詩風就是《送陳景初漕史還平江各賦一詩寄吳下諸友》其三贈于立的詩「老我每推詩俊逸，何時相見話從容」所說的「俊逸」之風。

釋來復在《潞國公張蛻菴詩集序》中評價張翥的詩：「春空遊雲，舒歛無跡，此其沖澹也；崑崙雪霽，河流沃天，此其渾涵也；灝氣

〔註6〕元好問《摸魚兒》(問蓮根) 序：「泰和中，大名民家小兒女，有以私情不如意赴水者。」詞有「雙花脈脈嬌相向，只是舊家兒女。」元好問以雙蕖喻赴水之男女，張翥則反藉以元詞之男女比雙蕖。

〔註7〕《四庫全書總目》下冊，中華書局，1965 年，第 1706 頁。

〔註8〕《中州集》附錄，文淵閣四庫全書，第 1365 冊，第 358 頁。

〔註9〕《佩文齋書畫譜》卷八十九，文淵閣四庫全書，第 823 冊，第 78 頁。

〔註10〕《中州名賢文表》卷二十二，文淵閣四庫全書，第 1373 冊，第 347 頁。

橫秋，華峰玉立，此其清峭也；平沙廣漠，萬馬驟馳，此其俊邁也；風日和煦，百卉競妍，此其流麗也。寫情賦景兼得其妙，讀之使人興起，誠爲一代詩豪矣。」〔註11〕蘇伯衡《張潞國詩集序》：「今公晚年之作，雖當運去祚移之際，其情舒而不迫，其氣淳而不散，其言簡以壯、和以平，猶之盛年也。」〔註12〕這些評價說明張翥的詩風正是其自己所界定的「館閣」之氣。

二、張翥「宗唐得古」的創作實踐

張翥在論詩中強調的「博取《選》、唐、《中州》而長之」，正是後人總結的元詩「宗唐得古」之風氣。鄧紹基先生認爲：「在元詩發展的過程中，宗唐得古成爲潮流和風氣，期間經歷了對前朝詩風的反思和批判，經歷了南北復古詩風的匯合，這是元詩的一個最顯著的特點。」〔註13〕張翥詩作體現的「宗唐得古」風氣可以從以下三個方面來看：

（一）宗　杜

「詩窮我亦孟參謀」（《答復見心見寄》）、「近詩頗效寒山子」（《臘日飲趙氏亭》）、「題詩聊效謫仙吟」（《雲松巢爲翰林學士王公儼作》），張翥詩中明確表示對唐代詩人孟郊、寒山、李白的傚仿，其詩歌創作實踐也多體現出取才於李白、王維、王勃、賀知章、李賀、韓愈、劉禹錫、白居易、釋寒山等人（見表一），但其關注最多的唐代詩人是杜甫。鄧紹基《元代文學史》已經指出：「張翥、傅若金以李白、杜甫爲楷模。」〔註14〕

首先，在精神氣質上，張翥與杜甫一樣，有「沉鬱」之氣。從人生經歷而言，張翥與杜甫不同，杜甫「每飯有不忘君之心」，然一生沒有得到一個眞正報效朝廷的機會；張翥中歲之後進入朝廷，官階屢

〔註11〕《張蛻庵詩集》卷首，四部叢刊續編，第72冊。
〔註12〕蘇伯衡《蘇平仲文集》卷五，文淵閣四庫全書，第1228冊，第605頁。
〔註13〕鄧紹基《元代文學史》，人民文學出版社，1991年，第341頁。
〔註14〕鄧紹基《元代文學史》，人民文學出版社，1991年，第346頁。

升，最後以從一品致仕。但杜甫不得官而不斷尋找機會，張翥得官而不斷欲南歸。截然相反的兩種志向，造成了同一種心態：事與願違，故二人心態之同在「沉鬱」。同時，張翥與杜甫又都曾有過「豪放浪漫」的一面，劉岳申曾言：「至順壬申，余再見之江浙校藝後，……余方恨主文而竟失士，愧見仲舉。而仲舉如未嘗試者，豈徒不知有得失。日與余買船下湖，長歌痛飲，盡興而後別。」〔註15〕杜甫「儘管他在開元二十三年（735）曾遭受應試落第的挫折，但這一點也沒有影響他的情緒」〔註16〕。他們在精神氣質上有共通之處，是張翥宗杜的先決條件。

其次，張翥與杜甫一樣有關注現實的情懷。「在杜甫寫《北征》詩以前，古典詩歌不以表達時事為主要內容」，「杜甫為以文為詩的先驅者」〔註17〕。與杜甫一樣，《蛻菴集》中有感時傷事詩。鄧紹基先生也認為：「（張翥）詩歌內容的一個重要特點是『多憂時傷亂之作』。」〔註18〕

這類詩可以分成兩類，一類是哀民生之艱難，一類是歎時局之動盪〔註19〕。其創作均以元末動亂給人民帶來了巨大的生存災難，人民流離失所，載飢載渴的現實為背景，故詩中表現的同情疾苦，哀憐民生的情感與杜甫一脈相承。

農民生活的艱難，一方面是由於「天災」所造成，另一方面亦是

〔註15〕劉岳申《張仲舉集序》，《申齋集》卷二，文淵閣四庫全書，第 1204 冊，第 197 頁。

〔註16〕莫礪鋒《杜甫評傳》，南京大學出版社，1996 年，第 68 頁。案，莫礪鋒先生得出這個結論是以杜甫《壯遊》詩為例。

〔註17〕莫礪鋒《杜甫詩歌講演錄》，廣西師範大學出版社，2007 年，第 275 頁。由於此書為講演實錄，故上引述觀點為筆者省略概括而成。

〔註18〕鄧紹基《元代文學史》，人民文學出版社，1991 年，第 516 頁。

〔註19〕張翥哀民生之詩有《澇農歎》、《城南》、《馬通薪》、《書所見》、《辛未苦雨》、《寄韓伯清》諸詩，集外尚有《草堂雅集》之《題胡漢卿參政祈雨詩》、《拾麥吟》、《人雁吟憫餓也二章》、《寒漏明次韻黃子常》；《皇元風雅》之《前苦雨》諸詩。感歎時局動盪的作品見第五章第二節，此處從略。

「人禍」所導致。《人雁吟憫餓也二章》用民歌的方式道出了在官吏不作爲的天災中人民的苦難：「縣官賑濟文字來，汝尚可生當自力。」已經到了與大雁搶奪食物地步的「人窮不如鳥」的飢餓人民，接到官府來的文書，不是要賑濟災民，而是「汝當自力」。這字字血、聲聲淚的文字，是對元朝地方官吏無恥行爲最強烈的控訴。

《辛未苦雨》云：

> 秋田猶鉅浸，春日復連縣。醉使呼堂上，飢人死道邊。
>
> 鶴神方下地，龍伯已行天。眞宰如容問，吾心血可箋。

這首詩作於張翥四十五歲（元文宗至順二年，1331）時。此時的元朝，還沉浸在大一統的環境中，末年的動亂跡象並不明顯。但此時「醉使呼堂上，飢人死道邊」，「縣官賑濟文字來，汝尚可生當自力」這些不負責任的行爲與語言，最終使天災釀成人禍，從而導致元朝的滅亡。從張翥作《辛未苦雨》到元朝滅亡，近四十年，元朝社會的隱憂才最終爆發出來，而詩人早已覺察到了。

第三，在詩體選擇方面，張翥與杜甫一樣，最鍾情於七言律詩。杜甫是七言律詩的集大成者，「把七言律詩改造成跟其他詩體一樣的用來抒情述志的詩體」〔註20〕。張翥的詩中也以律詩的創作數量最多，尤其是滯留大都期間的心跡流露，大部份是通過七言律詩完成的。楊鐮先生曾言「通讀他的作品，給人印象最深的是困守大都期間所作的七律」〔註21〕。

第四，張翥有模擬杜甫的成功之作。將張翥的《潟農歎》與杜甫的《石壕吏》作一比較：

潟農歎　　張翥

> 潟南有農者，家僅一兩車。王師征淮蔡，官遣給軍儲。
>
> 翁無應門兒，老身當一夫。勞勞千里役，泥雨半道途。

〔註20〕莫礪鋒《杜甫詩歌講演錄》，廣西師範大學出版社，2007年，第329頁。

〔註21〕楊鐮《元代文學的終結：最後的大都文壇》，《文學遺產》，2004，第六期，第97頁。

到軍遭焚烹，翁脫走故閭。車牛力既盡，戶籍名不除。
府帖星火下，爾乘仍往輸。破產不重置，笞箠無完膚。
翁復徒手歸，涕洟滿散襦。問家墻屋在，榆柳餘殘株。
野雉雛梁間，狐狸穴階隅。老妻出備食，四顧筐篋無。
有司更著役，我實骨髓枯。仰天哭欲死，醉吏方歌呼。

石壕吏　　杜甫

暮投石壕村，有吏夜捉人。老翁踰墻走，老婦出門看。
吏呼一何怒，婦啼一何苦。聽婦前致詞：三男鄴城戍，
一男附書至，二男新戰死。存者且偷生，死者長已矣。
室中更無人，惟有乳下孫。孫有母未去，出入無完裙。
老嫗力雖衰，請從吏夜歸。急應河陽役，猶得備晨炊。
夜久語聲絕，如聞泣幽咽。天明登前途，獨與老翁別。

從詩歌的形式及所表達的主題來看，二者均是用五言古體來表達戰亂中亂徵兵帶給下層人民的災難及對胡作非爲官吏的憤怒譴責。不同之處在於，張詩以人民的艱難生活及到軍中所受的悲慘遭遇爲正面描寫對象，將「我」作爲一個冷靜的旁觀者；杜詩以語言側面描寫爲主，將「我」作爲事件的參與者。張詩描述的是事件的整個過程；杜詩描寫的是事件的一個場面。從結句對官吏的譴責可以看出，張詩有更強烈的批判性。

張翥的《前出軍五首》、《後出軍五首》明顯受到了杜甫《前出塞九首》、《後出塞五首》的影響。《寄題顧仲瑛玉山詩一百韻》與杜甫《自京赴奉先縣詠懷五百字》、《北征》表達的內容雖不同，但用長篇紀行言志亦與杜甫有關。

第五，對杜甫及其詩歌的接受。這主要表現在兩個方面：

一是運用與杜甫其人其詩相關的典故。如「飯顆任嘲詩骨瘦，糟丘能遣客懷寬」（《答馬易之編脩病中作》），據《本事詩・高逸》：「（李白）戲杜曰：『飯顆山頭逢杜甫，頭戴笠子日卓午。借問別來太瘦生，總爲從前作詩苦。』蓋譏其拘束也。」〔註22〕張翥用此典一則說明

〔註22〕唐孟棨著、李學穎標點《本事詩》，上海古籍出版社，1991年，第17

自己作詩之「骨瘦」，另一方面也說明張耒以杜甫爲楷模而有意學習；「鄭老惟書柿，崔郎只詠楓」（《烏桕樹》），鄭老的稱呼亦源於杜甫：鄭虔弱冠時，困於長安慈恩寺，學書法無錢買紙，見寺內有柿葉數屋，遂借住僧房，日取紅葉書於其上，後竟將數屋柿葉練完，終成一代名家，後與杜甫一見如故，杜甫亦尊稱其爲「鄭老」；「隱君葺茅據幽勝，髣髴小莊如陸渾」（《次韻圭齋先生寄贈松雲隱居老蛻耒上》），陸渾指陸渾莊，在今河南省嵩縣東北，爲杜甫所築；「無人倣得韋侯筆，與作山堂障子歌」（《愛松亭爲嘉禾三塔寺寬雲海賦》），韋侯指唐代畫家韋偃，杜甫曾作《戲爲韋偃雙松圖歌》，又作《題李尊師松樹障子歌》；「摩詰輞川宜入畫，少陵韋曲自成吟」（《題唐子華畫王師魯尚書石田山房》），「韋曲」指杜甫《奉陪鄭駙馬韋曲》二首，其一云：「韋曲花無賴，家家惱殺人。綠樽須盡日，白髮好禁春。石角鈎衣破，藤梢刺眼新。何時占叢竹，頭戴小烏巾。」「杜陵非固懶，賀監豈真狂」（《寄題顧仲瑛玉山詩一百韻》），是用宋人王之道《次韻陳勉仲登羣山觀》「養成杜甫懶，甘作元結漫」之句意；「獨不見陶縣令松菊園，又不見杜陵老桑麻田」（《吳儁仲傑橫河精舍圖亦道權作》），「桑麻田」見於杜甫《曲江》「自斷此生休問天，杜曲幸有桑麻田，故將移住南山邊」；「何殊入喬口，懷古思無窮」（《泊淮口》），則直點明杜甫的《入喬口》詩：「漠漠舊京遠，遲遲歸路賖。殘年傍水國，落日對春華。樹蜜早蜂亂，江泥輕燕斜。賈生骨已朽，悽惻近長沙。」

此外，還有《草堂爲胡晉仲題》「垂窗已著盧鴻畫，繞壁惟書杜甫詩」；《憶山中》「少陵只擬還韋曲，安石端宜得謝墩」；《題良常張處士山居》「盧鴻圖在宜終隱，杜甫詩成詎解嘲」。張耒另有《題趙葵畫杜甫詩意圖》一首〔註23〕。

二是在詩歌中化用杜甫成句，之例頗多，見表二。

以上五點說明，杜甫是張耒用力最多，最爲鍾情的詩人。

〔註23〕 見《行書跋趙葵杜甫詩意圖》，黃山書社影印《歷代書法真跡萃編》本，2008 年。

（二）得　古

「語奇淩鮑謝，體變失盧楊」(《寄題顧仲瑛玉山詩一百韻》)，張翥在宗唐的同時，亦取法「古」之魏晉六朝的詩人陶淵明、庾信、曹植諸人。其中，以陶淵明為最。

　　鄭子林居好，遙希靖節賢。看山秋色裏，把酒菊花前。

　　人境殊多事，吾廬自一天。能知此中意，何處不悠然。

《悠然閣為歙鄭處士作》

此詩通篇意境來自陶淵明《飲酒》詩，「看山秋色裡，把酒菊花前」、「人境殊多事，吾廬自一天」、「能知此中意，何處不悠然」分別化用「採菊東籬下，悠然見南山」、「結廬在人境，而無車馬喧。問君何能爾？心遠地自偏」、「此中有真意，欲辯已忘言」之句，表達了「悠然閣」中的「悠然情」。

　　再如《桃園春曉圖為玉山題》：「流水空山幾度春，白雲隔斷世間塵。桃花一放漁舟入，不是秦人是晉人。」「不是秦人是晉人」，化用陶淵明《桃花源記》「不知有漢，無論魏晉」之意；《寄成居竹隱居》「商巖未探芝如草，彭澤將歸菊有花」，化用陶淵明《歸去來兮辭》「三逕就荒，松菊猶存，攜幼入室，有酒盈樽」之成句；《吳儁仲傑橫河精舍圖亦道權作》「獨不見陶縣令松菊園，又不見杜陵老桑麻田」；《清明日遊東山謁棲霞嶺仇先生墓》「槐國真成夢，桃源亦是仙」；《乙亥初度是歲仍改至元》「仕愧買臣無印綬，歸思靖節有園田」；《送草窗講師周善京還九江太平宮》「九天使者雲開下，五柳先生社裏來」等等。

　　張翥在詩中反復用的典故是陶淵明的《歸去來兮辭》與陶淵明「欲隱則隱，不以隱之為高；欲仕則仕，不以仕之為嫌」的人生態度與境遇。他與陶淵明有相同的審美品位與人格志向，但張翥沒有陶淵明之灑脫，因此便在陶詩中尋找寄託。《歸去來兮辭》、《桃花源記》也便成了其主要關注的篇章。

　　在同為滯留北方的南人這點上，張翥與庾信有共同之處。《周漢

長公主府臨安故城二圖》云：「白頭開府歸來日，應覽遺蹤一愴然。」
但在張翥的作品中，有關庾信的典故主要體現在詞中。

　　同時，張翥亦在詩歌創作中取材於蘇軾。「古佛風潘盎，詩僧醉
可朋」(《自悟》)，出自蘇軾《趙先生舍利記》：「南海有潘冕者，陽狂不
測，人謂之『潘盎』，南海俚人謂心風為盎。盎嘗與京師言法華偈頌，
往來言云『盎，日光佛也』。」又蘇軾《和何長官六言次韻》「學道未
從潘盎」，自注云「南海為狂為盎，潘，近世得道者也」；「近詩頗效
寒山子，往事徒成春夢婆」(《臘日飲趙氏亭》)，春夢婆亦與蘇軾有關，相
傳蘇軾貶官昌化，遇一老婦，謂曰：「內翰昔日富貴，一場春夢。」
里人因呼此人為「春夢婆」，因用以感歎變幻無定的富貴榮華。其化
用蘇軾成句者，見表一。

　　張翥在「宗唐得古」之時代風氣中，又能不囿於時代，「轉益多
師」。進而也將這種觀念融入其詞、文的創作中。

表一：張翥詩歌化用唐、宋人詩句舉隅

張　翥　詩　句	化　用　詩　句	時代及作者
「殺人如麻道路絕，朝狐暮梟競巢穴」(《并州歌送張彥洪使畢還河東》)	「朝避猛虎，夕避長蛇，磨牙吮血，殺人如麻」(《蜀道難》)	
「雲之君兮鳳為馬，往往玉簫吹月來」(《崔旭行之雲巢圖贈道士俞剛中請余賦長歌》)	「青冥浩蕩不見底，日月照耀金銀臺。霓為衣兮風為馬，雲之君兮紛紛而來下」(《夢遊天姥吟留別》)	
「方驚掘地雙鶖起，已見浮江五馬來」(《臺城》)	「雙鵝飛洛陽，五馬渡江徼」(《經亂後將避地剡中留寄崔宣城》)	唐李白
「賒買十千燕市酒，閒聽二八越孃歌」(《臘日飲趙氏亭》)	「陳王昔時宴平樂，斗酒十千恣歡謔」(《將進酒》)	
「寺分麋鹿臺前住，人向魚鳧國裏來」(《寄平江開元寺雪窗光公》)	「蠶叢及魚鳧，開國何茫然」(《蜀道難》)	
「杯如賀老稽山酒，曲有吳兒《小海》歌」(《故御史王楚龜元戴為臨川王伯達三畫求題》)	「稽山無賀老，卻棹酒船回」(《重憶》)	

「豈不聞并州少年游俠子，手攜玉龍最輕死」（《并州歌送張彥洪使畢還河東》）	「報君黃金臺上意，提攜玉龍爲君死」（《雁門太守行》）	唐李賀
「璧來山鬼遮秦使，盤泣仙人出漢宮」（《遊鳳凰山故宮至高禖臺鴻雁池》）	「魏明帝青龍元年八月，詔宮官牽車，西取漢孝武捧露盤仙人，欲立置前殿。宮官既拆，盤仙人臨載，乃潸然淚下。」（《金銅仙人辭漢歌序》）	
「欲賦朱華臨鄴水，可堪白芷怨湘波」（《次倪元鎭張伯雨錫山倡和之什》）	「鄴水朱華，光照臨川之筆」（《滕王閣序》）	唐王勃
「麻姑淩寒或送酒，木客入夜同吟詩」（《籌峰眞館追和松瀑黃石翁尊師》）	「回峯亂嶂鬱參差，雲外高人世得知。誰向空中弄明月，山中木客解吟詩」（《虔州八境圖》）	宋蘇軾
「鼠穴詎容銜窶藪，豨膏聊解運方穿」（《世事》）	「多謝清詩屢推轂，豨膏那解轉方輪」（《述古以詩見責屢不赴會復次前韻》）	
「弱水蓬萊三萬里，慶雲閶闔九重天」（《答謝看雲宗師壽帨綺叚之贈》）	「蓬萊不可到，弱水三萬里」（《登妙高臺》）；宋李石《馮震野航》「弱水蓬萊三萬里，片帆風便一日耳」	
「萬里征帆度越江，茲遊奇觀世無雙」（《贈馬易之》）	「九死蠻荒吾不恨，茲遊奇絕冠平生」（《六月二十夜渡海》）	
「分司莫驚坐，刺史欲無腸」（《寄題顧仲瑛玉山詩一百韻》）	「柱下相君猶有齒，江南刺史已無腸」（《張子野買妾》）	

表二：張翥詩歌化用杜甫詩句舉隅

張　翥　詩	杜　甫　詩
「黃蒿古城風捲沙，澗頭衰樹啼寒鴉」（《發古城鋪》）	「黃蒿古城雲不開，白狐跳梁黃狐立」（《乾元中寓居同谷縣作歌七首》其五）
「歲雲暮矣霜露積，夜如何其星漢斜」（《發古城鋪》）	「歲雲暮矣多北風，瀟湘洞庭白雪中」（《歲晏行》）
「醉使呼堂上，飢人死道邊」（《辛未苦雨》）	「朱門酒肉臭，路有凍死骨」（《自京赴奉先縣詠懷五百字》）
「縱然喘死即休，不願徵求到筋骨」（《題牧牛圖》）	「已訴徵求貧到骨，正思戎馬淚盈襟」（《又呈吳郎》）

「斯須千峰萬峰出，底用一石畫五日」（《崔旭行之雲巢圖贈道士俞剛中請余賦長歌》）	「十日畫一水，五日畫一石，能事不受相促迫，王宰始肯留眞跡」（《戲題王宰畫山水圖歌》）
「盡驅丁男作生口，鬼妾鬼馬充其家」（《城南》）	「鬼妾與鬼馬，色悲充爾娛」（《草堂》）
「邊聲近稍息，一醉典春衣」（《蛻菴歲晏百憂薰心排遣以詩乃作五首》）	「朝回日日典春衣，每向江頭盡醉歸」（《曲江》）
「鐙花獨可喜，連夕向人明」（《漸老》）	「燈花何太喜，酒綠正相親」（《獨酌成詩》）
「幾見薰天富，俱成撲地空」（《歸來二首》）	「北里富薰天，高樓夜吹笛」（《遣興》）
「名山旦夕仰，方外宿心親」（《寄題欽惟心山房三首》）	「乞歸優詔許，遇我宿心親」（《寄李十二白二十韻》）
「還喜驛書催上路，寸心長在日華東」（《丁亥元日》）	「君隨丞相後，我往日華東」（《奉達岑參補缺見贈》）
「哀猿易下三聲淚，獨雀長存萬里心」（《懷計籌山通眞館純一雲峰高士》）	「聽猿實下三聲淚，奉使虛隨八月槎」（《秋興八首》其二）
「故人零落半爲鬼，賤子蹉跎今白頭」（《懷臨川舊遊賦以贈別戈直伯敬》）	「少壯能幾時，鬢髮各已蒼。訪舊半爲鬼，驚呼熱中腸」（《贈衛八處士》）
「南樓詞翰題鸚鵡，北斗旌旗下鳳凰」（《送曹鑑克明自浙省員外遷湖廣》）	「玉京群帝朝北斗，或騎麒麟翳鳳凰」（《寄韓諫議》）
「底事東風大放顛，爲花渾廢夜深眠」（《清明日杏園獨坐》）	「設道春來好，狂風大放顛」（《絕句》其九）
「今日天顏知有喜，紫宸朝下散千官」（《雪中早朝》）	「晝露稀聞高閣報，天顏有喜近臣知」（《紫宸殿退朝口號》）
「禮自唐虞秩，神知造化鍾」（《送彭大年眞人祀東海東嶽東鎭》）	「岱宗夫如何？齊魯青未了。造化鍾神秀，陰陽割昏曉」（《望嶽》）
「拈題爭點筆，得句餧盈箱」（《寄題顧仲瑛玉山詩一百韻》）	「石闌斜點筆，桐葉坐題詩」（《重過何氏》）
「何年風雨拔老湫，乾臥千歲長黃虬」（《蟠松引》）	「鳥驚出死樹，龍怒拔老湫」（《送韋十六評事充同穀郡防禦判官》）
「畢宏韋偃世無有，畫史掉首應嗟難」（《蟠松引》）	「天下幾人畫古松，畢宏已老韋偃少」（《戲爲雙松圖歌》）
「《梁州》徧徹《六么》翻，此曲惟應天上有」（《周昉按樂圖》）	「此曲只應天上有，人間能有幾回聞」（《贈花卿》）

第二節　張翥詩歌創作評述

張翥《蛻菴詩》有四卷、五卷本之分，二者相加去其重複共收詩歌 687 首。此外尚可輯出集外詩近 170 首，可見張翥詩歌的數量頗為可觀。而本集中的詩歌代表了張翥詩歌的創作水平與特色。

從體裁上看，其詩五古、七古、五律、七律、七絕各體皆備，以七律數量最多。王士禎謂其「古今詩皆有法度」〔註24〕，四庫館臣評其詩「古體亦伉爽可誦，詞多諷諭，往往得元、白、張、王之遺，亦非苟作」〔註25〕。鄧紹基先生認為：「張翥作品中，『近體長短句尤工』，近體詩中又以律詩最為出色」，「藝術成就並不在趙孟頫、虞集之下」〔註26〕。

從內容上講，張翥的詩歌可分為懷古詠史詩、感時傷事詩、詠懷詩〔註27〕、紀行詩、贈別詩、詠物詩、節孝詩、題畫詩 8 類。各類均有自己的特點，水平也較為一致。通過這些詩的創作，詩人抒發了感歎歷史興亡，傷悼時艱，表現人格趣味，描寫異地風光，表達惜別之情，褒揚貞孝觀念等情意。

一、感歎歷史興亡，關注現實多艱──懷古詠史詩、感時傷事詩

張翥中青年時期，長期在江南一帶遊歷，當張翥面對杭州、南京兩地眾多的歷史古跡時，撫今追昔，無限感慨便融化到詩中。

杭州，是南宋的首都。南宋朝廷在這裏偏安一隅，最終為元朝所滅。張翥是在元朝出生的第一代，南宋遺民的那種國破家亡的情感，必然會對張翥有所影響。張翥到這裏，看見當年的輦路、故宮、樓閣，自然不免流露出一種物是人非、世事巨變的歷史滄桑感：

〔註24〕王士禎《居易錄》卷四，文淵閣四庫全書，第 869 冊，第 352 頁。
〔註25〕《四庫全書總目》下冊，中華書局，1965 年，第 1449 頁。
〔註26〕鄧紹基《元代文學史》，人民文學出版社，1991 年，第 516 頁。
〔註27〕詠懷詩表現的是張翥的人格趣味，已散見第二章各節，尤以第四節為要，此處從略。

遠近紅千樹，繁開奪艷霞。月明寒食雨，春老上陽花。

輦路迷遊躅，宮詞入夢華。東風葵麥浪，回首野人家。

太液曾來鵠，高臺舊影娥。美人黃土盡，故國白雲多。

野草荒神籍，宮蓮怨櫂歌。羌兒洗馬處，斜日滿寒波。

（《清明遊包家山（乙丑）》）

乙丑爲元泰定二年（1325），三十九歲的張翥沿著當年的輦路遊杭州西湖附近的包家山時，看到樹茂密地生長，花燦爛地開放，想到南宋太平時期，在宮中的太液池等亭臺唱和賦詩、歌舞昇平的景象。而如今，繁華已歇，上陽宮的花已枯萎，宮中的聚會只有在夢中相見，曾經得寵一時的姬妾與歌女們已經成爲荒冢，故國已亡，只有天上飄動的白雲依然：造成這一現象的原因便是此地曾爲「羌兒洗馬」之所。這組詩較明顯地反映了張翥對世事巨變後的冷靜思考，與李煜《虞美人》詞「雕闌玉砌應猶在，只是朱顏改」所指之意味相同，不同的是，李煜是破國亡家的當事人與責任者，張翥則是一個局外人。

在杭州，張翥詩歌中關注最多的是南宋的故宮。其四十五歲時，即元文宗至順二年（1331）二月十三，南宋故宮中的白塔被雷火焚毀，這件事賴有張翥之詩得以保存：

數聲起蟄乍聞雷，驟落千山白雨來。

恐有怪龍遭電取，未應佛壇被魔裁。

人傳妖鳥生譌火，誰見胡僧話劫灰。

豈復神靈有遺恨，冷煙殘燼滿荒臺。

（《雷火焚故宮白塔（辛未二月十三日）》）

妖鳥、胡僧皆用典。據《高僧傳・譯經上・竺法蘭》：「昔漢武穿昆明池底，得黑灰，以問東方朔，朔云：『不委，可問西域人。』後法蘭既至，眾人追以問之，蘭云：『世界終盡，劫火洞燒，此灰是也。』朔言有徵，信者甚眾。」〔註28〕在此詩中，張翥對南宋持有批評的態度，「豈復神靈有遺恨」，亦即言南宋後期政亂綱馳，所謂「神靈」使

〔註28〕梁釋慧皎著，湯用彤校注，湯一玄整理《高僧傳》卷一，中華書局，1992年，第3頁。

其亡國還不足以懲罰，加以天火焚燒其塔而更甚。這是張翥將對南宋後期政治的思考，委婉地表達在詩歌中。

　　張翥在感歎盛衰變化，朝代更迭之迅速之時，也開始對歷史現象有意識地進行反省。如《長至日偕諸友遊故宮》：「欲問興亡遺老盡，晚風鈴語自摵摵。」這種反省是極其痛苦與無奈的，同樣是在杭州，遊錢塘江月輪山六和塔時寫的《登六和塔》詩反映了這一點：

　　　　江上浮圖快一登，望中煙岸是西興。
　　　　日生滄海橫流外，人立青冥最上層。
　　　　潮落遠沙羣下雁，樹敧高壁獨巢鷹。
　　　　百年等事豪華盡，怕聽興亡懶問僧。

六和塔的經歷同樣坎坷，其建於北宋開寶三年（970），宣和年間毀於兵火，南宋紹興二十四年（1154）重建。在南宋都城登臨南宋重建之塔，詩人的感情更加複雜，無論是城，是塔，經歷百年卻同樣是「豪華盡」，在這樣條件下反省歷史，對詩人敏感心靈的刺激是巨大的，即便塔寺裏的僧人可以總結出一套盛衰興亡的道理，此時也只有讓心靈暫時逃避「懶問僧」，因爲對普通人來說，興亡的確是一個沉重而不能左右的事實。

　　《周漢長公主府臨安故城二圖（今開元宮）》，是一組題畫詩，同樣反映了懷古的感情。周漢長公主爲宋理宗與賈貴妃女，封周、漢二國公主。作者以南朝偏安一隅來影射南宋，用兩晉時期永嘉南渡之時來比況兩宋之際的貞祐南渡，通過昔盛今衰的對比，表達了對南宋建立與滅亡的感慨。

　　南京，是又一個引發作者「思古幽情」之地。臺城、冶城、石頭城、烏衣巷，這些南京曾有的古稱與古跡均成爲詩人感情的觸發點。如《臺城》詩之「雙鶩」、「五馬」、「新亭淚」之典，感歎東晉取代西晉，朝代更替之迅速。

　　在《石頭城用薩天錫韻》、《秦淮水送薩天錫赴京》、《秦淮晚眺》三詩中，雖與此類詩歌一樣，有興亡之感，而更多的是有對興亡之事件當如何借鑒、評判的思考：「一自降王歸上國，空餘故老說前朝」、

「坐令豪華捲黃土，玉樹遺音怨亡國」、「莫訝時來一長望，越吟荆賦思無窮」，張翥已不僅僅停留在對盛衰興亡的感歎上，而是與在杭州所作之詩一樣，開始對歷史的盛衰興亡進行思考。張翥晚年，在大都不得南歸，回憶了中青年時期在杭州、蘇州、紹興、揚州、南京、湖州六地遊歷時的情景。其中回憶南京的詩寫到：

> 昔年曾上鳳凰臺，二水三山眼界開。
> 六代繁華春草歇，千年興廢暮潮哀。
> 燈窗禪坐時聯句，山館仙遊幾引杯。
> 最是令人愁絕處，夕陽雙燕自歸來。(《憶金陵》)

這首詩所表達的情感頗為複雜，在感歎世事變遷的同時，也表達了自己不得南歸的苦悶。頷聯兩句正是已經為翰林國史院官的張翥對歷史變遷、朝代更替的冷靜的描述。張翥也並未找到這一亂一治的解決辦法，只有坐視「夕陽」中的「雙燕」自來自去了。

張翥的懷古之作不限於杭州、南京兩地。其他地點，如劉邦所詠《大風詩》之沛縣歌風臺、前往上都必經之李陵臺、會稽宛委山之曹娥江、隋煬帝所遊之揚州、尹玉遇難之伍牧、文天祥所避禍之劉眞君廟、大都之金代建築萬壽寺、憫忠閣等處，凡是所遊覽與古跡相關之地點，張翥在詩歌中都會發出興亡盛衰的感歎。

以上所言以懷古詩為主。詠史詩多見於詩中所用之典故，較為典型的是《題郝內翰書所作夢觀瓊花賦後》、《雁自代過晉嶺客中感興》二首。前者言：「釣魚山前龍上天，武昌城外走蜀船。老姦欺國馳露布，使者坐囚吞雪氈。」這是文學化的歷史，《元史‧郝經傳》：「世祖即位，以經為翰林侍讀學士，佩金虎符，充國信使，使宋，告即位，且定和議。仍勅沿邊諸將毋抄掠。經入，……而賈似道方以卻敵為功，恐經至，謀泄，竟館經眞州。」賈似道背著宋朝皇帝與蒙古議和，而謊稱大捷，正逢郝經奉忽必烈之命出使宋朝，賈似道恐事情敗露，私自囚郝經十九年。這在外交史上不能說絕無僅有，但實屬罕見。張翥此詩當作於郝經卒後數十年之久，對此事仍感義憤塡膺，「節旄零落

喜生還，回首江南已如夢」，以漢代的蘇武比喻郝經，可見張翥對賈似道弄權的憤恨和對郝經所受遭遇的同情。

關注現實多艱的詩作，已在本章第一節張翥宗杜特徵中有所述及，此處不再贅述。

二、思念遠別友人，表達歸隱之情——贈別詩

贈別詩是張翥詩歌中的一大類，創作數量較多。在張翥入大都前的贈別詩中，表達了鼓勵遠行之人奮進勤勞王事的主題，積極進取者為多；後期的贈別詩，表現出憂慮感傷的情緒：如擔憂朝廷官員赴邊陲外任，條件艱苦；借送別燃起告隱還鄉之念等，尤其是至正後期，南方戰火綿延，張翥在大都贈別友人時，又多了對江南諸友的擔心與惦念。這類詩從送別對象上可分為二類，一是送官赴任，一是送友還家。

送官赴任這類詩無論是作於張翥入仕前後，無論是達是窮，都以昂揚積極的態度為主，如「廣陵此去金陵近，擬拂塵埃望節旄」(《王繼學廉使遷南臺侍御史詩以賀之》)、「曾是公卿有知己，孝廉船上覓張憑」(《送涂茂才北遊》)、「幕府一時登傑俊，朝廷今日際明良」(《送曹鑑克明自浙省員外遷湖廣》)、「只今帝業熙千載，正待儒臣黼黻功」(《送宋本禮部狀元調選還京》)、「如君必用才優俊，重見金閨尺籍通」(《送柯敬仲之京師二首》)、「賓幕新趨元帥府，朝班舊引大明宮」(《送歐陽遜老從謙之湖闔照磨》)、「廟堂今日求材切，正待諸君策治平」(《廉子祐歸省金陵且就秋試作三絕句贈別》)等。

至正後期，南方不寧，朝廷時派大臣前往平叛，張翥更是在詩中予以他們早日掃平叛亂的鼓勵與期待。「安得壯士射烏弓，為落攙槍連太白」(《并州歌送張彥洪使畢還河東》)、「廟謨最先擇元帥，國計莫重完江淮。堂堂中書開外省，幕府人材倚公等。崔侯如刃新發硎，鋒銳所當無肯綮」(《送崔讓士良都事江淮行省》)、「送君一騎發長安，王事方殷肯避難」(《送普顏彥仁都事還蜀兼柬時文可郎中》)、「聖朝謀帥先詩禮，努力籌邊息鼓鼙」(《送劉侯赴大理》)、「此命於今重，如君眾論推。直承廉察往，肯

作畏難辭」（《送成禮部誼叔察訪守令河南山東》）、「世祚祈千億，玄功贊九重。
禁庭歸福處，有待頌東封」（《送彭大年眞人祀東海東嶽東鎮》）、「公等宜宣力，
王臣固匪躬。關防先武備，國計務農功」（《送劉貞廷榦總管之嘉禾》），無不
如此。

　　同時，對於那些即將遠赴邊遠地區赴任的官員，張翥在贈別詩中
除了表達對他們才能的讚美與任職的鼓勵，也流露出些許的擔憂等情
緒。如《送西江胡允中之桃溫萬戶府學正》詩，桃溫萬戶府在今黑龍
江省佳木斯市湯原縣香蘭鎮，遺址尚在。全詩前半部份依舊是昂揚的
基調，讚美胡允中前往任學官將起到的作用，但畢竟此去的是邊塞蠻
荒之地，詩歌後半部份「隼度塞雲秋有雪，鼉翻海浪晝多風。知君回
首神州路，一髮青山落照中」流露出對胡氏此去的擔憂之情。《分題
送京兆趙耕師尹之臨安路帥府照磨得通海湖》詩更是將長久以來的心
境寫了出來，與其他同類詩均不相類：

> 萬頃平湖碧，浮光映沇寥。秀山純浸影，滄海暗通潮。
> 瘴黑雲相蕩，春澄雪未消。潤沾蒙部闊，川合洱河遙。
> 秔稻收田利，蒲魚入市饒。雨歸龍氣濕，晴浴翟媒驕。
> 夾樹迷深菁，流花落野椒。趱來蠻婦漂，船放樊僮橈。
> 帥閫開荒甸，英才屈下僚。此心同逝水，日夜向東朝。

此詩前段寫景，最後「帥閫開荒甸，英才屈下僚」，寫出了對人才
得不到重用的憤怒，頗有左思《詠史》「世胄躡高位，英俊沉下僚」
之氣。這固然是對趙耕的同情與不平，也未嘗沒有對自己遭遇的寫
照。

　　《分韻瓜步送司執中之江西憲府照磨》、《分題投書浦送沙彥文架
閣之江西》、《分題若邪溪送胡一中允文錄事之紹興》諸詩都表達了對
送別之人的留戀之情。《送黃中玉之慶元市舶》在詩的最後則說：「維
君官事隙，爲訪巖之阿。懸應仙者徒，往往笑且歌。遐征渺不見，空
響遙相和。因聲兩黃鵠，持我紫玉珂。豈無滄洲興，奈此塵劫何。」
表達了一直以來的歸隱之意。

在送友還家這類詩中，《贈吳士桑饒》、《霍丘孫遊武林敘湖山之勝詒之》、《重賦明山歌送胥式有儀還武昌》、《送林崇高還武夷山》諸詩，充滿了對現實生活的熱愛，沒有離別的傷感。而給人印象深刻的是表達與友人分別時惜別之情的詩，如《大風時送友南城》：

> 南國碧雲暮，西風芳草多。相思故人遠，如此別情何。
>
> 諸絕山僧筆，蒼茫楚客歌。憑將萬里意，一問洞庭波。

此外，「歲晚異鄉爲客久，夜來歸夢到家頻」（《臨川留別宜黃樂杞楚材》）、「擬峴臺前汝水流，因君還憶舊曾遊」（《懷臨川舊遊賦以贈別戈直伯敬》）、「洞庭明月如相憶，爲寫清愁入楚吟」（《宗人鳴善將還武昌詩以敘別》）均表現了對家鄉的懷念與對朋友的惜別之情。

在後期的送友還家類的詩中亦偶有表達南歸意願的。如《送客齊化門東馬上口號》：「欲往豈不懷，畏此簡書故。」《聞歸集賢遠引奉簡一章》云：

> 故舊相看逐逝波，思歸無路欲如何。
>
> 將軍每歎檀公策，朝士徒悲穆氏歌。
>
> 南海明珠來貢少，中原健馬出征多。
>
> 先生自說將高舉，不遣冥鴻到蔚羅。

張翥借送別歸暘致仕離京的機會，表達了自己南歸不得的苦悶。

三、描摹物態形狀，記錄異域生活 —— 題畫詩、詠物詩、紀行詩

張翥現存題畫詩幾近百首，占現存詩總數的八分之一，是張翥詩歌中所佔比重頗大的一類。按照所題畫的題材分類和所題詩歌的數量，依次爲人物、山水、木石、鳥獸、小景雜畫、宮室、龍魚、果蔬等類〔註29〕，基本涵蓋了《宣和畫譜》對國畫的分類。

從詩歌表達的內容上，可以將張翥的題畫詩分成三類：一是讚美繪畫的精湛技藝；二是表達對歷史盛衰興亡的看法及關注現實的精

〔註29〕此處分類參考北宋《宣和畫譜》、南宋鄧椿《畫繼》二書。見附錄五《張翥題畫作品分類》。

神，前者如《題長孫皇后諫獵圖》、《周昉按樂圖》〔註30〕，後者如《題牧牛圖》〔註31〕；三是蘊含自己的人生境遇和態度，如《題趙文敏公畫馬》之「至今有馬無此筆，誰與寫之傳世人，爲君甘老駑駘羣」，《懶拙道人苕溪曉望圖》之「吾家苕中有茅屋，京塵滿鬢難爲情。頓令扁舟夜入夢，萬頃鷗波歸濯纓」等。《爲古紹先題劉平妻胡氏殺虎圖》則是對烈婦的讚美。其中第一類是題畫詩所特有的；後兩類在表達情感上與懷古詠史詩、感時傷事詩、詠懷詩三類有共通之處，只是促使詩歌感發的媒介由古跡、時事、史料轉移到了畫面。其中人物畫和動物畫，尤其是馬這類題材的題畫詩，頗具代表性。

最能體現「畫」的特色的，是純粹描摹圖畫形象，並帶有一定的想像所創作的讚美繪畫者技藝的詩歌。從內容上看，此類詩歌並無多少可取之處，但卻顯示出詩人寫作的高超水平。《題陳所翁九龍戲珠圖》是這方面的代表作：

> 兩龍頡頑出重淵，白日移海空中懸。
> 一龍回矯一倒起，側碟髯鬐怒歃水。
> 大珠炎炎如彈丸，爪底雲頭爭控摶。
> 一龍仰首逆鱗露，兩龍旁睨蒼崖蟠。
> 怪風狂電浩呼洶，天吳倅立八山動。
> 一龍後出尤崛奇，半尾戲繞蜿蜒兒。
> 兒生未角已神猛，一顧卻走千蛟螭。
> 陳翁硯池藏霹靂，往往醉時翻水滴。

〔註30〕 「丹青縱復工何益，由來嗜音必亡國」，王韶華《元代題畫詩研究》認爲是對丹青的否定，「是以政治大業爲服務的歸宿」。中國傳媒大學出版社，2010年，第68頁。張耒的這種表述並不是對「丹青」的否定，而是對「嗜音」的否定，即即使繪畫再工穩，再美化「嗜音」之君，也改變不了貪求音樂的君王必定亡國的事實。

〔註31〕 《題牧牛圖》是反畫意而題。畫面上本來是一個悠閒的小牧童，手裏拿著八哥坐在馴順的牛背上逍遙自得的場面，而張耒聯繫到現實「去年苦旱蹄敲塊，今年水多深沒鼻。爾牛毅觫耕得田，水旱無情力皆廢」，主觀地將同情民眾疾苦的心情強加給圖畫，從而改變的原畫的立意。這在題畫之時顯然是有現實意義的。

> 便覺天瓢入手來，雨氣模糊渾是墨。
> 我嘗見畫多巨幅，簸蕩驚濤駭人目。
> 何如此筆窮變化，三尺微綃形勢足。
> 是翁前身定龍精，故能吸歔奔精靈。
> 卷圖還君慎封鑰，但恐破壁飛空冥。

作者對畫中九條龍的姿態一一作了非常形象的描述。這固然是宋代畫家陳容的筆法高超，將九龍活靈活現的神態展現出來，更重要的是張翥「能感之」，亦「能寫之」，通過細緻的觀察與豐富的想像，「怪風狂電浩呼洶，天吳倅立八山動」，「陳翁硯池藏霹靂，往往醉時翻水滴。便覺天瓢入手來，雨氣模糊渾是墨」，將九龍的神態氣勢勾勒出來。結句「卷圖還君慎封鑰，但恐破壁飛空冥」，又以極其幽默的語言，再次肯定了作者的技藝及對自己的震撼。此外，《題泰東山藏主十八開士圖》、《題華山圖贈天台陳應榮仁本》亦是通過想像，將畫面內容寫得十分逼真。

　　張翥題畫詩的另一特點是將畫面題跋與畫面本身看作一個整體〔註32〕。如《息齋竹石古木為會稽韓季博士題》序云「上有歐陽原功承旨題」，這個小序是對詩歌內容的注釋：

> 李侯標致不可得，小字親題別塗黑。
> 縱橫不在摩詰下，蕭爽直與洋州敵。
> 玉堂學士欣見之，濃墨大書真崛奇。
> 森然一片鐵石筆，妙甚七字瓊瑰詞。
> 此詩此畫今兩絕，把翫微風動毛髮。

玉堂學士，指的就是歐陽玄。從這段敘述來看，此畫不僅有歐陽玄的題詩，亦有作者李衎的題字。「森然一片鐵石筆」，張翥將畫與題字已經看作了一個整體。

　　此外，《題趙文敏公木石有先師題於上》亦將趙孟頫所畫之木石

〔註32〕此受王韶華《元代題畫詩研究》的啟發，中國傳媒大學出版社，2010年，第73～76頁。同時，王文亦認為，圖畫的收藏、押印亦是張翥的關注點之一，可參閱。

與仇遠所題之詩作爲同一整體來看：「吳興筆法妙天下，人藏片楮無遺者。南陽詩律動江湖，一篇才出人爭寫。二老風流傾一時，只今傳畫仍傳詩。」這種處理，除了對畫面的統觀之外，亦是對先師仇遠的懷念。

描摹事物的客觀形態也體現在其詠物詩中。張耆的詠物詩可分爲兩類，一是詠自然之物象，二是詠人事之齋舍。自然之物象，如《李克約餉臘梅並詩用韻答之》：「空谷佳人縞袂單，淡黃衫薄護春寒。色欺隱者山中桂，香逼騷靈畹裏蘭。鳥吐粟金妝處巧，蜂留蜜滓錬來乾。數枝乞與吟窗供，溫水銅瓶自插看。」從臘梅的形、色、香諸方面詠贊。而用「騷靈畹裏蘭」來比其香，在無意識之中亦表現了張耆孤高自賞的性格，即司馬遷所言「其志潔，故其稱物芳」之意。作於張耆七十二歲時的《十月望夜月食既（戊戌歲）》云：

> 翳翳冰輪漸欲無，滿城鐘鼓競喧呼。
>
> 明銷魚腦渾應減，蝕盡蟇腸正可刳。
>
> 后羿藥靈知不死，臣仝心切望全蘇。
>
> 夜闌失喜清光滿，一片霜風凍玉壺。

張耆於這年十月十五看到的是滿月初虧的天文現象，前半部份描寫了月食的變化過程，是模物之貌。

詠人事之書齋僧舍名，在張耆的詩中占的比例不小，張耆抓住書齋僧舍命名之意義，滄樂、頤壽、悠然、散木等無不如此。以《散木軒爲陳則虛高士賦》爲例：

> 散木軒中一散仙，形雖如橢氣蒼然。
>
> 路松政自爲明誤，社櫟還應不用全。
>
> 梁棟無心聊閱世，山林有地可長年。
>
> 碧窗日靜忘機處，悟得《南華》第四篇。

散木，出自《莊子·人間世》：「匠石之齊，至於曲轅，見櫟社樹。其大蔽數千牛，絜之百圍，其高臨山十仞而後有枝，其可以爲舟者旁十數。觀者如市，匠伯不顧，遂行不輟。弟子厭觀之，走及匠石，曰：『自吾執斧斤以隨夫子，未嘗見材如此其美也。先生不肯視，行不輟，

何邪？』曰：『已矣，勿言之矣！散木也，以爲舟則沉，以爲棺槨則速腐，以爲器則速毀，以爲門戶則液橢，以爲柱則蠹。是不材之木也，無所可用，故能若是之壽。』」〔註33〕張翥的大量筆墨在吟詠本事，最後歸結到《人間世》的主旨上。

張翥在江南時期，遍及杭州、四明、會稽、天台、南京、揚州、江西等地，又曾歸太原參加鄉試；入仕後，前往上都，又前往江浙刊書，代祀天妃至閩南，可以說張翥的足跡踏遍了元朝版圖的東部地區，南 —— 北（大都、上都）—— 南（南還）—— 北（大都）—— 南（刊史、代祀）—— 北，可以大致勾勒出張翥行程的路線。在這個過程中，亦產生了紀行詩。

《泊淮口》是由停泊淮口，而想到杜甫《入喬口》的懷古之作；《北歸四月一日舟至市涇》描寫雨後路途中的觀感；《潞莊》描寫數家組成的小村子的生活；《西興渡》是攜家往嵊縣，途徑西興時所作。四首當是張翥在江南遊歷時期所作。

張翥紀行詩反映了所過之處的心境。如在《召入國學雨中過高沙湖》中云「客心貪路急，帆力受風多」；將到達京師而作的《早發潞陽驛》言「三十餘年觀國願，白頭今日到京師」，可以看出長久以來欲至京師而不得如今願望終於實現的喜悅；《至通州》序云「去歲南歸，以九月十二日發通州；今年召入，亦以是月日至通州云」，這一去一返，張翥再至通州所經歷的複雜的心情變化是難以言說的，而「君恩忘險阻，不覺畏途來」，便是張翥在去返之間矛盾的表現之一。

這類詩中最有特點的是記錄了異域人的生活，不但詩人自己感到很好奇，就是在今天，這些描寫異域邊遠之地的詩歌，亦使人耳目一新。如《寄題顧仲瑛玉山詩一百韻》描寫初到泉南所見到的風光：

衝流度鄞越，陟險過泉漳。緬彼湄洲嶼，嶄然鉅海洋。
蛟穿崖破碎，鯨蹴浪撞搪。震鼓轟空闊，奔帆截渺茫。

〔註33〕郭慶藩《莊子集釋》上冊，中華書局，1961 年，第 170～171 頁。

島衣迎使舸，瘴霧避天香。嘉薦歆芬苾，陰功助翕張。
精誠致工祝，景貺答禎祥。賈舶傾諸國，輿圖奄八荒。
身雖距閩嶠，志已略扶桑。裝洞三生夢，溫陵十月涼。
茲遊平昔冠，夙願一朝償。女髻皆殊製，蠻音各異鄉。
地偏宜荔子，人最貴檳榔。釀鹿肥漉酒，蜿蠔液滿房。
招賢簇車騎，揮掃積縑緗。

詩人雖長期在江南生活，但是到了閩南，還是被驚服了：廣闊的大
海、往來的商船、奇異的裝束、異地的鄉音、土生的特產，這不但
在中原，在大都，就是在蘇杭亦極為罕見，來到閩南的詩人眼界大
為開闊。清源洞更讓詩人不能忘懷，回到大都若干年後，張翥寫下
了《懷清源洞遊》詩，題注曰：「時方兵後。」後來這一首詩以《憶
閩中》的題目，與其他六首詩一起，組成了動人心弦的《七憶》詩。

四、褒揚貞孝觀念——貞孝詩

　　元朝雖然非漢族統治，但貞孝觀念依然十分濃厚。正如《元史》
所言：「其教化未必古若也，而民以孝義聞者，蓋不乏焉。」〔註34〕

　　《元史·列女傳》共列 91 人，序云：「元受命百餘年，女婦之能
以行聞於朝者多矣，不能盡書，採其尤卓異者，俱載於篇。其間有不
忍夫死，感慨自殺以從之者，雖或失於過中，然較於苟生受辱與更適
而不知愧者，有間矣。故特著之，以示勸勵之義云。」〔註35〕《孝友
傳》共列 163 人，其中事親篤孝、居喪廬墓、累世同居者共 147 人。
可見元朝的女節子孝為一代風氣。

　　此類詩包括對婦人忠貞的讚美和對兒女孝親的褒揚。前者有《王
貞婦》、《劍中清風嶺王節婦沉江處有血書石上》；後者有《題昌化陳
孝子傳》、《哀孝子夏永慶》、《袁克中都事降香南閩訪母俞氏得迎以歸
作詩美之》。張翥所歌詠的王貞婦、陳南仲、夏永慶、袁克中，皆為
《元史》所不載。

〔註34〕宋濂等《元史》卷 197，中華書局，1976 年，第 4439 頁。
〔註35〕宋濂等《元史·列女傳》，中華書局，1976 年，第 4484 頁。

　　據錢惟善《王氏節婦詩序》：「邑徐丞始上其事，請立廟旌之。晉張仲舉首唱作詩一章，邀好事者同賦。」〔註36〕則張翥《王貞婦》詩為歌頌的首篇。張翥將王貞婦一事還原至戰亂的背景下，除了對王婦不肯「將身事他主」的讚美之外，更有對戰爭帶給人民苦難的譴責。

　　關於王貞婦死節的意義，不同的作者給予了不同的詮釋。李孝光《王貞婦傳》認為：「當是時，后妃嬪嬙不死之，三公九卿不死之，郡國守邊大吏不死之。而貞婦獨守死，下從舅姑與夫，獨何仁也夫？秉彝之性靡不有，乃匹夫匹婦出之，遂以驚動萬世。苟人人慮此，則金湯不足喻其固矣，鈎戟不足喻其利矣，勇士不足喻其強矣，何有亡國僨家之憂？彼貞婦何為者，顧奮為烈丈夫之所不必為，彼宜為而有不為，悲夫！」〔註37〕李孝光認為王貞婦的氣節，要比城池利刃還要堅固與鋒利，如果公卿大夫有了這種氣節，便不會有破國亡家之局面。他是站在國家大義的立場上對南宋的批判，與張翥站在民生疾苦的立場不同。

　　《題昌化陳孝子傳》是讚美孝子陳斗龍的詩。據《元音》所載此詩序云：「昌化陳南仲，幼失其生母王氏，尋之六年，後得之永豐縣禮賢鎮之施氏。永康胡石塘先生作傳。」〔註38〕陳斗龍六年時間所找尋的是自己的生身母親，造成這一現象的原因便是吳越風俗，即封建禮教之觀念。張翥在這裏並未對封建禮教以譴責，而是讚美陳斗龍艱辛的尋母歷程以及相逢後的喜悅。《哀孝子夏永慶（沒海救父，父出，慶死，年二十）》則褒揚了捨身救父於海濤間的夏永慶。

　　張翥作貞孝詩之目的不僅在於褒揚當事者個人，更在於通過對個案的讚美，在社會上樹立、強化這種貞、孝之風，在於「成孝敬、厚

〔註36〕錢惟善《江月松風集》卷一，文淵閣四庫全書，第 1217 冊，第 798 頁。

〔註37〕陳增傑校注《李孝光集校注》，上海社會科學院出版社，2005 年，第 36 頁。

〔註38〕孫原理《元音》卷九，文淵閣四庫全書，第 1370 冊，第 524～525 頁。

人倫、美教化而移風俗者也」〔註39〕。這類詩或許是張耆「道德性命之說多所研究」在文學中的反映。

第三節 《蛻巖詞》對南北詞壇的繼承與婉約風格

一、《蛻巖詞》版本述要

今存《蛻巖詞》最早版本當為明前期吳訥《唐宋名賢百家詞》本（稿本現存天津圖書館）。清初，張耆詞才重新得到人們的喜愛和重視，產生大量抄本，並獲得了較高評價。《蛻巖詞》有二個系統，清初曹溶審定本（現藏於中國國家圖書館）、金侃鈔本（現藏於中國國家圖書館）可為代表。其最大區別在於上、下卷分卷不同。曹溶藏本下卷始於《木蘭花慢》調，收詞 132 首。金侃本下卷始於《丹鳳吟》調，收詞 133 首。經過校勘發現，曹溶本《朝中措》一詞，有牌無詞，誤將下一調《憶秦娥》詞抄入《朝中措》詞牌下，《憶秦娥》有詞無牌，故收 132 首，為脫落一首。此外，卷上《水龍吟・西池敗荷》下闋，金本缺 40 字，曹溶本不缺；卷下《孤鸞・題錢舜舉仙女梅下吹笛圖》下闋，曹溶本少 10 字，且無缺字標記，金本有 10 字的缺字空格。同時，二個系統中文字相異甚多〔註40〕。疑為初稿與定稿之分。《蛻巖詞》或單行，或附於詩後〔註41〕。

明代宋濂等《元史》本傳，說張耆「盡得音律之妙」、「工樂府」；《白雨齋詞話》謂：「仲舉詞樹骨甚高，寓意亦遠。元詞之不亡者，賴有仲舉耳。」〔註42〕四庫館臣評曰：「婉麗風流，有南宋舊格。」〔註43〕

〔註39〕宋濂等《元史》卷200，中華書局，1976 年，第 4484 頁。
〔註40〕見附錄三《〈蛻巖詞〉各本異文》。
〔註41〕見附錄一《現存〈蛻菴集〉、〈蛻巖詞〉經眼善本述評》。
〔註42〕陳延焯《白雨齋詞話》卷三，詞話叢編，中華書局，1986 年，第 3822 頁。
〔註43〕《四庫全書總目》下冊，中華書局，1965 年，第 1822 頁。

二、對南北詞壇的繼承

　　張翥詞作在描寫內容上與其詩相類，有詠物、贈別、詠懷、題畫、紀行諸類，涉及的地域最多的是杭州、揚州二地，此二地不僅是其早年遊歷時間較長的地方，亦是其從仇遠學詩與學詩後初到之地，故其詞作之多。此外，蘇州、大都等地亦有詞作，是其晚年所作。

　　清人評價張翥詞均認爲，張翥詞繼承了姜夔詞的特色。陳廷焯《詞壇叢話》：「仲舉詞，亦是取法白石，屛去浮豔。不獨鍊字鍊句，且能鍊氣鍊骨。」〔註44〕又在其《白雨齋詞話》中云：「仲舉《綺羅香·雨中舟次洹上》云：『水閣雲窗，總是慣曾經處。曾信有客裏關河，又怎禁夜深風雨。』此則刻意爲白石，沖味微減，姿態卻饒。」〔註45〕這些評價均是從創作手法上對張翥詞的肯定。

　　張翥在繼承周姜一派的同時，還兼容蘇辛一派的創作風格。《蛻巖詞》中有長調72首，中調24首，小令37首，呈現出兩種不同的風格，長調、中調多用來詠物，用比的手法摹物寫「情」，給人以聯想和餘味；小令則用來詠懷，用賦的手法言「志」。因此從宏觀審視張翥的詞作，在對傳統的繼承與發展來看，張翥的長調繼承了周邦彥、姜夔一脈，而小令又得蘇軾、辛棄疾別傳。但同時，張翥的長調創作，實際上亦融合了蘇、辛一派詞的特色，故其詞風是兼納周、姜、蘇、辛詞之優長，而以婉約之貌爲主的主流詞風，故後人謂：「元詞之不亡，賴仲舉耳。」〔註46〕此種特色劉熙載《藝概》早已指出：「張仲舉詞，大抵導源白石，時或以稼軒濟之。」〔註47〕北宋亡後，蘇詞興盛於北，姜詞傳遞於南，因此張翥詞風的形成是金代詞風與南宋詞

〔註44〕陳廷焯《詞壇叢話》，詞話叢編本，中華書局，1986年，第4冊，第3728頁。
〔註45〕陳廷焯《白雨齋詞話》卷三，詞話叢編本，中華書局，1986年，第4冊，第3822頁。
〔註46〕陳廷焯《白雨齋詞話》卷三，詞話叢編本，中華書局，1986年，第4冊，第3822頁。
〔註47〕劉熙載《詞概》，詞話叢編本，中華書局，1986年，第4冊，第3697頁。

風在大一統的元朝融合的必然結果與最終表現。

實際上，姜夔詞與蘇辛詞並不是截然相反的風格，姜夔在一些程度上是有意吸取蘇辛詞風的，比如大量使用題序，化詩句入詞等。張翥學習蘇辛派詞，具體表現在以下三方面：

1. 詞表現功能的擴大

詞自產生以來，以描寫酒席筵前歌兒舞女爲主，經過五代、南唐、北宋諸名家的創作，特別是蘇軾「詩詞一體」觀念產生後，詞開始與詩逐漸合流。《蛻巖詞》中有詠物詞、戀情詞、贈別詞、詠懷詞等多方面，所表現的內容與《蛻菴詩》大體相同。從這一點上，張翥是接受了蘇軾以來的「詩詞一體」的理論與實踐。

其次，張翥詩中亦大量使用題、序。除《太常引》、《憶秦娥》（2首）、《菩薩蠻》（郎情秋後）、《浣溪沙》（一點芳心）、《如夢令》6首詞沒有題、序外，其他127首詞均使用題、序，數量頗爲可觀。如《春從天上來》詞序云：

> 廣陵冬夜，與松雲子論五音、二變、十二調，且品簫以定之清濁高下，還相爲宮，犁然律呂之均，雅俗之應也。不覺漏下，月滿霜空，神情爽發。松雲子吹《春從天上來》曲，音韻淒遠。予亦飄然作霞外飛仙想，因倚歌和之，用紀客次勝趣。是夕，丙子孟冬十又三夕也。

此詞作於元順帝至元二年（1336），時張翥五十歲。從此序可知，張翥此詞是受音樂感動而作，目的是「用紀客次勝趣」。詞的創作時間、背景、目的均清晰地反映在序中。此序亦可單獨看作一篇短小的紀事文章，具有獨立性。雖然這樣長的序僅此一首，其他多爲標題性質，點明詞作的對象、背景等事，亦爲讀者讀詞提供了情境。

2. 以詩句入詞

張翥詞句中經常有詩句的融入，其中化用最多的便是杜牧的詩。當然這類詞也多半是在揚州所作。如《春從天上來》「揚州舊時月色，歎《水調》如今，誰唱誰工」，化用杜牧《揚州》「誰家唱水調，明月

滿揚州」；「十里紅樓。問聲價如今，誰滿揚州」，化用杜牧「春風十里揚州路，卷上珠簾總不如」；《喜遷鶯》「二十四橋夜月，二十四番花信」，化用杜牧《寄揚州韓綽判官》「二十四橋明月夜，玉人何處教吹簫」；《水龍吟》「不見當年，秦淮花月，竹西歌吹」，化用杜牧《題揚州禪智寺》「誰知竹西路，歌吹是揚州」。此外尚有《解連環‧留別臨川諸友》「望鴻雁欲來，又催刀尺」，化用杜甫《秋興八首》其一「寒衣處處催刀尺，白帝城高急暮砧」；《東風第一枝‧憶梅》「甚時得、重寫鸞牋，去訪舊遊東閣」，是用杜甫《和裴迪登蜀州東亭送客逢早梅相憶見寄》「東閣官梅動詩興，還如何遜在揚州」之典；《行香子‧止酒五首》其一「便富薰天，氣蓋世，待如何」，分別化用杜甫《遣興》「北里富薰天，高樓夜吹笛」、項羽《垓下歌》「力拔山兮氣蓋世」；其五「螻蟻王侯」，化用杜甫《謁文公上方》「王侯與螻蟻，同盡隨丘墟」等等。

3. 小令風格的豪邁與曲化傾向

張翥的長調與中調以婉約詞風為主，小令則有蘇辛一派的豪邁之風，與詩相近。這固然與小令在結構上與律詩有某種相似的原因，亦與張翥在小令的創作中多言志有關。最有代表性的便是《鵲橋仙》二首：

> 鵲橋仙　丙子歲，予年五十，酒邊戲作
> 功名一餉。風波千丈。已與閒居認狀。平生一步一崎嶇，
> 也趲到、盤山頂上。　梅花解笑。青禽能唱。容我尊前踈放。
> 從今甘老醉鄉侯，算不似、麒麟畫像。

> 又　予生丁亥歲戊子日，今戊戌歲初度，亦戊子日，偶作
> 生朝戊子。今朝戊子。五十八年還是。頭童齒豁可憐人，
> 也召入、詞林脩史。　前生偶爾。今生偶爾。但喜心頭無
> 事。從來不解學神仙，怎會得、長生不死。

這兩首詞一首作於五十歲，一首作於五十四歲，前一首作者感歎生命坎坷而甘老醉鄉，後一首作者則有「心頭無事」的喜悅及世事難料的情意。這兩首詞作者的心志與情感表現得都十分直接，可以看出在詞

風上對蘇辛詞的接受。同時，在句法上，又有一些曲化的傾向，如兩首詞四闋尾句，均有曲之通俗語言〔註48〕。

三、張耒的詠物詞及戀情詞

張耒對姜夔詞的繼承主要體現在兩個方面：詠物詞的含蓄意境及戀詞的雅化。

1. 詠物詞

張耒的詠物詞（包括題畫詞）近 40 首，占全部詞作的近三分之一。所詠之物包括植物、動物、自然景物、畫面、音樂、頭飾幾類。植物則以梅為主要對象，兼以荷花、牡丹、芍藥等。

梅花，在張耒詞中佔有大量篇幅。張耒青年在杭州的長期遊歷，使得他「慣從湖上看橫斜」（《王元章紅梅》），西湖的梅花給他留下了深刻的印象。西湖不但有大量的梅花盛開，更重要的是西湖在宋代出現了林逋這位長期在西湖隱居並具有象徵意義的人物。張耒的詠梅詞正是在這樣的經歷與心靈認同下所作，無論是重返杭州，抑或是遙念西湖，皆與梅花不可分。如《蛻巖詞》卷上開篇第一首《六州歌頭‧孤山尋梅》：

> 孤山歲晚，石老樹查牙。逋仙去，誰為主，自踈花。破冰芽。烏帽騎驢處，近脩竹，侵荒蘚，知幾度，踏殘雪，趁晴霞。空谷佳人，獨耐朝寒峭，翠袖籠紗。甚江南江北，相憶夢魂賒。水繞雲遮。思無涯。　又苔枝上，香痕沁，么鳳語，凍蜂銜。瀛嶼月，偏來照，影橫斜。瘦爭些。好約尋芳客，問前度，那人家。重呼酒，摘瓊朵，插鬖鴉。喚起春嬌扶醉，休孤負、錦瑟年華。怕流芳不待，迴首易風沙。吹斷城笳。

從「甚江南江北，相憶夢魂賒」、「好約尋芳客，問前度，那人家。重呼酒，摘瓊朵，插鬖鴉」二句來看，當是重返錢塘時作。詞通過對孤山梅花、夜月等景物的描寫，感歎韶華流逝，有撫今追昔的意味。

〔註48〕陶然《金元詞通論》，上海古籍出版社，2001 年，第 272 頁。

遙念西湖之遊的《摸魚兒・題熊伯宣梅花卷子》云：

> 記西湖、水邊曾見，查牙老樹如此。冰痕冷沁苔枝雪，的
> 皪數花纔試。天也似。愛玉質、清高不入閒紅紫。孤山處
> 士。總賦得招魂，煙荒雨暗，寂寞抱香死。　　春風筆，
> 休憶深宮舊事。添人多恨多思。墨池雪嶺三生夢，喚起縞
> 衣仙子。仍獨自。伴瘦影、黃昏和月窺窗紙。聲聲字字。
> 寫不盡江南，閒愁萬斛，訴與綠衣使。

作者看到梅花卷軸，頓時生起「閒愁」，作者雖未明言，但思念杭州
舊遊，感歎今日飄零是閒愁的主要內容。這兩首詞都說明了張翥對杭
州、對西湖、對孤山懷有深厚的感情，這是張翥詠梅詞的特色。

與此相關的，就是西湖的桐花鳳，「又苔枝上，香痕沁，么鳳語，
凍蜂銜」（《六州歌頭》），可見與梅花一樣，么鳳亦在張翥印象中，成為
西湖的標誌之一。《丹鳳吟・么鳳》云：

> 蓬萊花鳥。記並宿苔枝，雙雙嬌小。海上仙妹，喚起綠衣
> 歌笑。芳叢有待遣探，聽東風、數聲啼曉。月下人歸，淒
> 涼夢醒，悵愁多歡少。　　念故巢、猶在瘴雲杪。甚閒入
> 雕籠，庭院深峭。信斷羈雌遠，鎖怨情縈繞。翠衿近來漸
> 短，看梅花、又還開了。縱解收香寄與，奈羅浮春杳。

么鳳的意向總是與梅花在一起，「庭院深峭。信斷羈雌遠，鎖怨情縈
繞」，既是寫桐花鳳被禁在庭院，很可能也寓意自己困在大都不得難
返。從這個角度講，此詞同樣有思鄉的情感。

從以上三首詠物詞中，可以看出張翥詠物詞的一些特色：即由客
觀描繪其形貌，加入經驗想像之詞，到最終結尾時表達自己幽微隱約
的情意。亦即張翥的詠物詞並非單純吟詠客觀的物體，而是通過詠物
表達自己隱藏於事物中的感受。這是張翥詠物詞的第一個特色。

另外有一類詠物詞，作者並不是描摹事物的本來面貌，而是由眼
前的事物想到歷史上有關的典故，又通過此典故的運用，表達出自己
的隱約之情。《摸魚兒・賦湘雲》便是這樣的例子：

> 問湘南、有雲多少，不應長是為雨。平生宋玉緣情老，贏

得鬢絲如許。歌又舞。更一曲琵琶，昵昵如私語。間悲浪苦。怪舊日青衫，空流淚滿，不解畫眉嫵。　　空凝佇。十二峰前路阻。相逢知在何處。今朝重見春風手，仍聽舊彈金縷。君且住。怕望斷、衡臯日暮傷離緒。新聲自譜。把江北江南，今愁徃恨，盡入斷腸句。

張耒在詞中並未描繪湘地之雲的外在形態，而是由湘雲想到了宋玉，想到了宋玉的巫山之雲，於是作者把感情由「賦雲」轉移到了「緣情老」這一感情中，因此全詞就脫離了對雲的描寫，轉而寫詞人的感受。本來作為描述主要對象的「雲」，變成了作者抒發感情所需要的「興」的事物。不過這類詠物詞並不多，同樣是詠雲，在《水龍吟‧賦倩雲》中就依然遵循了傳統的詠物「賦」的方法。

張耒的詞中還有幾首以樂聲為吟詠對象的詞。如《鳳凰臺上憶吹簫‧聽沈野雲吹簫醉後有賦》，前半寫樂音帶來的直接感受，後半寫聽樂引起的心境：

琪樹鏘鳴，春冰碎落，玉盤珠瀉還停。漸一絲風嫋，悠颺青冥。疑把紅牙趁節，想有人、記豆銀屏。何須數，琵琶漢女，錦瑟湘靈。　　追思舊時勝賞，醉幾度西湖，山館池亭。慣依花歃月，按舞娉婷。歲晚相逢客裏，且一尊、同慰飄零。君休惜，吳音朔調，盡與吹聽。

2. 戀情詞

與詠物詞相比，張耒的戀詞寫得更加含蓄隱約。最具代表性的是《多麗‧為友生書所見》：

小庭墻。簾瓏婀娜蓬萊。恨匆匆、歸鴻度影，東風搖蕩情懷。不多時、見他行過，霎兒後、依舊迴來。銀鋌雙鬟，玉絲頭道，一尖生色合歡鞋。麝香粉、繡茸衫子，窄窄可身裁。偶回頭、笑渦透臉，蟬影籠釵。　　憶跅狂、隨車信馬，那知淪落天涯。荳蔻初、可憐春早，菖蒲晚、難見花開。紅葉波深，綵樓天遠，浪憑青鳥信音乖。等閒是、這番迷眼，無處可安排。行雲斷、夢魂不到，空賦陽臺。

作者寫他所見到的一個女子，來回兩次在面前匆匆過後給人的印象，
這個女子當是張翥心怡的對象，因此才有下闋的感情流露。「荳蔻初、
可憐春早，菖蒲晚、難見花開」一句頗耐人尋味，固然可能是實寫景
物，而「豆蔻」常爲妙齡女子的代稱，張翥此詞或有追尋愛情而不得
的苦惱。詞中營造了一個幽深的意境，意境外作者要表達的情感卻很
含蓄。

　　這種含蓄的感情也存在於張翥的兩首寫夢詞中，《惜分飛・寫
夢》：「相見依然人似舊。比去年時較瘦。笑問平安否。不言低掩羅衫
袖。　　便欲窗前推枕就。無奈紅羞綠偎。驚起空回首。半床斜月踈
鐘後。」《玉蝴蝶・春夢》下闋言：「行雲飛去，瀟湘江上，巫峽峰尖。
不盡銷凝，海棠月上已窺簷。蝶粉寒、羞薰翠被，燈花瘦、懶疊香奩。
倚春纖。暗啼妝淚，半袖紅淹。」張翥似眞的在懷念意中人，又不直
言，我們從這類詞中只能去感覺他的心思。

　　另一首《眉嫵・七夕感事》則似乎更有寓託之意：

> 又蛛分天巧，鵲悞秋期，銀漢會牛女。薄命猶如此，悲歡事，
> 人間何限夫婦。此情更苦。怎似他、今夜相遇。素娥妒、不
> 肯偏留照，漸涼影催曙。　　私語釵盟何處。但翠屏天遠，
> 清夢雲去。縱有閒針縷，相憐愛、絲絲空綴愁緒。竊香伴
> 侶。問甚時、重畫眉嫵。謾鉛淚彈風，都付與洗車雨。

此詞上闋感歎人間與天上均有離別的苦惱。而在七夕，牛郎織女在天
上重逢之時，人間的離別依舊沒有重逢，因此作者「情更苦」；下闋
具體言情之苦及盼望重逢的熱烈心境。此詞是一首懷人的戀詞。但「人
間何限夫婦」一語卻會帶給人更多的聯想，中國古代便有以夫妻比喻
君臣的的傳統；而「怎似他、今夜相遇」，「遇」字又有君臣遇合之意，
從這個角度講，張翥七夕所作的這首詞，或在期盼君臣的遇合，使其
早得到施展抱負的機會。無論此詞是否有喻託，都足以證明了張翥戀
詞的含蓄隱約風格，這種風格恰恰是詞區別於詩的特質所在。

　　在戀詞裏，還有一類是贈妓詞。或許正是前引幾首詞所懷之人可

望而不可及，張翥對家妓的感情達到了相當的程度。令張翥始終不能忘記的有崔愛、楊韻卿、繡蓮諸人，張翥分別有詞贈與，並較爲明確地表達了對她們的欣賞與愛慕。

以上所述張翥之詠物詞與戀詞是張翥詞中最幽微婉約之作，也是師法姜夔所得。姜夔詞的特色恰恰也在這兩類詞上。

從以上分析可以看出，張翥的詞作是既具備了姜夔詠物、戀詞等表現的雅化與隱約的「言情」特徵，又兼有蘇、辛詞之「言志」風格，因此，在元代，張翥是最後一位融合了北宋以來南北詞壇風氣的作家，最終成爲元代詞壇之殿軍。

第五章　張翥及其創作在
元代文壇之地位

第一節　對南北方的認同

張翥有一首題為《王元章紅梅》的絕句云：

我本北人南寄家，慣從湖上看橫斜。

客中忽睹春風筆，眼亂初疑作杏花。[註1]

從已見文獻記載，張翥與祖籍相關的活動有二：拜謁襄陵祖塋和回太原參加鄉試。其生在江西，長在杭州，前半生幾乎都在南方度過，因此將梅花誤作杏花的事情是不會發生的。這裏張翥運用了宋代詩人晏殊、王安石的詩意：

《西清詩話》云：「紅梅清艷兩絕，昔獨盛於姑蘇，晏元獻始移植西岡第中，特稱賞之。一日，貴遊賕園吏，得一枝分接，由是都下有二本。公嘗與客飲花下，賦詩曰：『若更遲開三二月，北人應作杏花看。』客曰：『公詩固佳，待北俗何淺也。』公笑曰：『顧儉父安得不然。』一坐絕倒。王君玉聞盜花事，以詩遺公云：『館娃宮北舊精神，粉瘦瓊寒露藥新。園吏無端偷折去，鳳城從此有雙身。』自爾名園爭

〔註1〕《永樂大典》卷 2809，中華書局，1986 年，第 1464 頁。

培接，遍都城矣。」苕溪漁隱曰：「王介甫《紅梅》詩云：

『春半花纔發，多應不奈寒。北人初未識，渾作杏花看。』

與元獻之詩暗合，然介甫句意俱工，勝元獻遠矣。」〔註2〕

「我本北人」，「初疑作杏花」表明張翥對北方的認同感。在其文章、題跋等文字中，常有「晉寧張翥」、「河東張翥」等署名，無論是為官前後，始終不變，這說明張翥對祖籍北方的認同感十分強烈。

「本北人」的張翥生活的另外一個特點是「南寄家」，他的父母長期在安仁、四明居住，其前半生的大部份時間都在江浙一帶生活，因此他對南方有比「慣從湖上看橫斜」更強烈的感情。這點在本文第二章三節、四節有所述及。對計籌山的依戀，以草堂雅集為代表的文人集會給他帶來的精神寄託，這一切都來源於詩人對江南的依戀與友人的思念。

至正戰亂中南北方音訊隔絕的程度，可以張翥的《聞雲海寬寶林同二師寂音悼之》詩作一說明：

久別吳寬與越同，近傳歸寂故禪宮。

葛川有日尋圓澤，蓮社無人寄遠公。

亭外松焚雲海靜，井間鰻化寶林空。

只留一點詩燈在，長照殘山剩水中。

「聞」、「近傳」，表明詩人作詩時是據傳言，而非確切的消息。據明代典籍《檇李詩繫》卷三十、《大明高僧傳》卷三等可知，詩中所「悼念」的釋智寬、釋大同均入明朝，為朱元璋所召見，顯然當時為誤傳〔註3〕。這正是由於至正末期南北道路不通，消息隔絕，致使張翥誤聽誤信。同時，那個時代的不安定，人心之浮動亦可見一斑。

在元末戰亂的最後十八年中，張翥以其「南寄家」的「北人」在

〔註2〕 胡仔《苕溪漁隱叢話》前集卷二十六，人民文學出版社，1962年，第175頁。

〔註3〕 宋濂《宋學士文集》卷五十八有《佛心慈濟妙辯大師別峯同公塔銘》：「公諱大同，字一雲，其號別峯，越之上虞王氏子。……洪武二年冬十二月得疾，久不瘳，口占辭眾語，端坐而蛻，實三年春三月十日也。世壽八十一，僧年六十五。」

北方做官的特殊身份，及其在南北方文壇的影響，在南北路途已經不通暢的情況下，在元朝的最後時刻，最終通過詩歌成爲貫通南北方文壇的關鍵人物。

第二節　同題集詠與關注時勢：融入北方詩壇

　　張翥五十餘歲進入元廷中央，一直在南方遊歷並頗有名氣的他很快便融進了大都文壇。

　　至正初年，分教上都的張翥在上都看到了錢塘道士陳渭叟寄給友人的書信，「聲及鄙人」，上都與錢塘相隔萬里之遙，錢塘人給漠北人的信中提到了張翥，不但說明張翥在南人中之影響，也意味著剛入北方的張翥已經爲北人所熟悉。至正十二年，山西陽曲的趙時照請求張翥爲其同鄉「義士」薛輔也的義行題詩〔註4〕，不僅因爲張翥祖籍亦在山西，這距薛氏義行十年後的求詩，同樣說明，詩人張翥早已被北方文人認可。

　　在大都，張翥通過與同僚們的唱和及送別赴外任官員的方式融入文壇。如在翰林國史院期間作的《次杜德常僉院韻》，在集賢院期間作的《安童都事字鼎新號太虛徵余賦之集賢院》以及《送鄭喧宣伯赴赤那思山大斡爾朵儒學教授四首》、《送西江胡允中之桃溫萬戶府學正》等。此外張翥亦通過對元末死節的忠義之士的褒揚，表達他對時局的看法。如《聞董孟起副樞乃弟鄂霄院判凶訃哭之二首》、《寄野菴察罕平章（時攻淄郵）》等。

　　同題集詠是張翥與詩壇聯繫的最好證明。這主要表現在遊南城、會試院唱和兩方面。

　　南城，指的是金中都。元「大都建成後，原來的燕京城就被稱爲舊城。因爲新城在北，舊城在南，所以無論官方還是民間，都把新城

〔註4〕《陽曲義士薛氏旌表詩卷》題下注：「至正二年事，十二年，其里人趙時照求題。」照，《四部叢刊》本作「昭」。

叫做北城，舊城叫做南城」〔註5〕。遊南城，不但是大都居民的一種習慣，也是大都官員的業餘生活之一。

張翥從進入大都開始，便與同僚不止一次地來到南城。其《辛巳二月朔登憫忠閣》云：

> 百級危梯邈碧空，飀闌浩浩納長風。
>
> 金銀宮闕諸天上，錦繡山川一氣中。
>
> 事往前朝僧自老，魂來滄海鬼猶雄。
>
> 只憐春色城南苑，寂莫餘花落舊紅。

這首詩作於元順帝至正元年（1341），張翥剛至大都數月。憫忠寺即今北京宣武區教子胡同南的法源寺，為唐太宗哀悼北征遼東的陣亡將士而建，武則天時建成。在元代，憫忠寺是南城的重要景觀之一。作者獨自面對前代留存的寺院，產生的是一種歷史滄桑感。而使他融入大都詩壇的是《春日偕監中士友遊南城》：

> 樓閣參差紫翠間，微風不動綵雲閒。
>
> 柳垂禁籞絲千尺，水遶宮溝玉一環。
>
> 春樹鳥鳴圓似笁，夕陽駝影兀如山。
>
> 醉鞭緩緩吟歸去，燈火城東未掩關。

監中，指國子監。《元詩體要》卷十二此題作「遊南城暮歸和伯器典簿正傳博士諸君韻」，顯然，「士友」包括趙璉和吳師道。吳師道與張翥後至元六年（1340）均始任職於國子學，至正元年任國子博士，則此詩當作於至正初年。全篇前六句寫景，最後二句寫情，「吟歸去」，固然是由南城回到國子監，同時，「歸」亦有歸隱之意，「歸去」，即指陶淵明的《歸去來兮辭》。從《元詩體要》的題目可以看出，此詩是遊南城後，與趙璉、吳師道的和詩。

吳師道（1283～1344），字正傳，婺州蘭溪（今屬浙江）人。至治元年進士，後至元末任國子助教，明年陞博士，至正三年三月丁內艱南歸，至正四年八月十七卒，年六十二。有《吳禮部文集》二十卷。與黃溍、張翥等人交往密切，集中涉及張翥的詩文計 8 題。

〔註 5〕陳高華《元大都》，北京出版社，1982 年，第 66 頁。

　　趙璉，字伯器，至治元年進士，曾爲國子助教、湖廣行省左右司郎中、杭州路總管、禮部尚書、淮南江北行省平章政事，後爲張士誠所害。據張翥詩所言，此時的趙璉爲典簿，據《元史·百官志》：「（興文署）置典簿一員，從七品，掌提調諸生飲膳與凡文牘簿書之事。」〔註6〕

　　吳師道是金華學術的傳承人之一，在元詩史上亦佔有一席之地。趙璉雖不以詩名，但作爲進士，無疑亦能詩文。通過遊南城的方式，使這三個品級相仿、初來大都的南方人形成了規模較小的詩歌集會〔註7〕。

　　大約與此同時，張翥還與吳師道等人遊覽了香山。吳師道《遊西山詩序》云：

> 三月十七日，金華吳師道正傳、晉寧張翥仲舉、襄城趙璉伯器、臨川吳當伯尚、河東王雍元肅同遊西山玉泉護聖寺，遂至香山。既歸，各賦詩以紀實。先是護聖主僧月潭師款客甚勤，留之不果，則約以再遊，又約以詩爲寄，未及寄，則又屢督趣之。於是裒寫爲卷，納之山中。四人者推某爲最長，故其詩居首，而又復敘其署焉。吁！吾曹東南西北之人，幸而會於京師，佳時勝集，徜徉名山水間，既愜於心。師超然方外而獨惓惓焉，其高致尤可愛而仰也。秋風揚鈴，客興未已，又將往踐前約，然桑下三宿之戀，或法所不可，師其有以語我來。〔註8〕

吳師道作《三月十八日張仲舉趙伯器吳伯尚王元肅同遊西山玉泉遂至香山》詩。同行的吳當，字伯尚，爲元朝大儒吳澄之孫，至正初以蔭入仕，爲國子助教。後亦預修三史，官至翰林直學士。顯然是詩歌將「東西南北之人」在大都聯繫在一起。

〔註6〕宋濂等《元史》卷87，中華書局，1976年，第2193頁。
〔註7〕據《元史》本傳，趙璉任國子助教前，在汴梁路任職。
〔註8〕邱居里、邢新欣點校《吳師道集》，吉林文史出版社，2008年，第351～352頁。

另一首《九月八日陪危太樸偕梁九思遊南城三學寺萬壽寺》云：

南城多佛刹，結構自遼金。傍舍遺民在，殘碑好事尋。

雨苔塵壁暗，風葉石幢深。一飯蒲團了，蕭蕭鐘磬音。

休日得聯騎，高秋天氣新。樓臺唯見寺，井里半成塵。

壞廟鬼無主，荒丘狐化人。千齡共須盡，回首一傷神。

這是遊南城佛寺所見之情景，張翥看到這些斷井殘垣，產生了對往事興亡的感慨，無疑給作為史官的張翥增加了心靈負重。

同行的危素是至正二年由江浙前來大都任職的。危素（1303～1372），字太樸，號雲林，金溪（今屬江西）人。至正二年，四十歲時用大臣交薦，入經筵爲檢討。至正十一年，任太常博士，累官至資政大夫，俄除翰林學士承旨，榮祿大夫，知制誥兼脩國史。孛羅帖木兒入相，出爲嶺北行省平章政事，次年隱居房山。明洪武二年（1369），授翰林學士，終被貶官和州，看守余闕廟。洪武五年（1372）春正月二十三日卒，年七十。有《文集》五十卷、《奏議》二卷、《宋史稿》五十卷、《元史稿》若干篇。均未見。今存詩集《雲林集》、文集《說學齋稿》。生平事蹟見宋濂《故翰林侍講學士中順大夫知制誥同脩國史危公新墓碑銘》。

據迺賢《寄南城梁九思先生》詩注：「先生名有，平章梁文節公之孫，世居幽州，不求聞達，教授生徒百餘人，奉母至孝。天曆間，奉勅河南北錄金石刻三萬餘通，上進其副，今類爲二百卷曰《文海英瀾》，又修《續列仙傳》二十卷。」〔註9〕可知梁有，字九思，幽州人。

危素與張翥是至正後期與南方詩壇聯繫最爲緊密的人，在江南文人群體中的地位頗重。梁有的加入，使得南北方的士人在南城又一次相聚。

南城，亦是送別南方友人之地。張翥有《大風時送友南城》詩：

南國碧雲暮，西風芳草多。相思故人遠，如此別情何。

諸絕山僧筆，蒼茫楚客歌。憑將萬里意，一問洞庭波。

〔註9〕迺賢《金臺集》卷一，文淵閣四庫全書，第1215冊，第282頁。

張翥在送別南歸的友人之際，亦表露出對南方的懷念之情。可以說，這個金朝的首都——南城——的遊覽與唱和，不僅使張翥融入了北方詩壇，亦是聯繫南方詩壇的象徵。至正末年，張翥請迺賢帶給釋來復一首剛剛寫的詩：

> 南城久不到，聊暇復幽尋。野日荒荒晚，終風曀曀陰。
> 燒延逃屋盡，雨陷壞墳深。惟有傷時淚，因之又滿襟。
>
> (《野望》)

本來就能夠給張翥重負的南城，此時似乎顯得更加淒涼與蕭條：這時的元朝雖然受難，但大都依然完好，詩中所表現的南城，究竟是當時客觀的殘破，還是詩人的一種心境？這時的張翥只剩下了滿襟的傷時淚，他傷的不僅僅是元廷動盪的變化，更有那一直南歸卻不能實現的願望，及在南城不能找到若干年前能夠與他一起唱和的大都詩人，亦沒有往來的旅人，爲他順利地傳遞江南的消息。

　　會試院的唱和，是張翥聯繫大都詩壇的另一個契機。周伯琦《近光集》卷三有一首詩題記述至正十一年在會試中與張翥等人的唱和云：

> 至正十一年辛卯二月一日，天下貢士及國子生會試京師，凡三百七十三人。中書承詔校文，取合格者百人，充廷對進士。先二日鎖院，凡三試，每試間一日，十有二日揭牓。時參政韓公伯高知貢舉，尚書趙君伯器同知貢舉，予與左司李君孟齒考試，博士楊君士傑、修撰張君仲舉同考試，收掌試卷則典籍毛君文在也。諸公皆翰苑舊遊，誠盛會也。紀事四首，奉呈。

　　周伯琦詩云：

> 鳳凰銜詔下亨衢，多士盈庭總八區。
> 北斗光芒明策府，東風生意滿皇都。
> 墨池淨几環香鼎，燭影疎簾聽漏壺。
> 拭目慶雲華穀旦，敢令滄海有遺珠。
>
> 邃館高居切赤霄，蓬萊弱水隔塵囂。
> 棘圍重鑰兵行肅，筆陣三鏖士氣驕。

春夜沉沉微雪下，晴光蕩蕩宿陰消。

預知天祐斯文在，咫尺虞階奏九韶。

朱卷如山品第公，英髦脫穎策奇功。

一時龍虎風雲會，四海菁莪雨露同。

人物古今需世用，文衡高下與神通。

官聯（下闕）。〔註10〕

張翥亦作了一首和詩，即《春闈和周伯溫韻呈同院》：

鼓角聲中漏未終，衣寒官燭屢銷紅。

百年海嶽回元氣，一代文章有古風。

仙掌露溥金沆瀣，觚稜雪散玉玲瓏。

祗慚白首河汾客，得與羣賢此會同。

無論是原作還是和詩，感情基調都是歡快的。這其中的原因，除了希望朝廷能得到賢良外，「諸公皆翰苑舊遊，誠盛會也」，眾多文人聚集在一起，以詩會友是重要的因素。

周伯琦（1298～1369），字伯溫，饒州（今屬江西）人。自幼隨父宦遊京師，入國學。至正元年，為宣文閣授經郎，八年，為翰林待制。至正十六年，任江浙行省參知政事〔註11〕，官至江浙行省左丞。明洪武二年卒，年七十二。有《近光集》、《扈從詩》。生平事蹟見宋濂《元故資政大夫江南諸道行御史臺侍御史周府君墓銘》。《元史》卷187有傳。

此時的周伯琦任翰林待制，張翥為翰林修撰。五年後，周伯琦出京，任江浙行省參知政事。十年後，在大都的張翥作了《授鉞》一詩，寄給在江浙的周伯琦：從大都到杭州，從安定到動盪，張翥與周伯琦的交往，便是南北文壇交往的一個縮影。

此外，在大都文壇，貢師泰亦是與張翥通過會試唱和的方式結合在一起的。貢師泰（1298～1362），字泰甫，寧國之宣城（今屬安徽）

〔註10〕周伯琦《近光集》卷三，文淵閣四庫全書，第1214冊，第541頁。

〔註11〕《元史》本傳稱至正十七年任參政，明郎瑛《七修類稿》指出《元史》記載錯誤，應為至正十六年。

人。官至戶部尚書、秘書卿。有《玩齋集》。生平事蹟見《玩齋集》所附《年譜》、朱鏜《紀年錄》等。《元史》卷 187 有傳。

至正十三年秋，張翥以太學博士的身份主持大都鄉試，作了《九月二日揭曉僕以朔旦始得閒復成二詩錄奉泰甫侍郎思齊御史本中都事道明敏文伯崇有志諸寮友》詩。約作於同時的《會試院泰甫兵部既答和拙作且示以佳章僕以汨於校文遂稽貂續仍韻見趣所考既就格輒綴四首錄奉一笑》云：

> 堆牀朱卷考初分，衛士傳呼夜鎖門。
> 霙駕已多東野馬，搏扶應有北溟鯤。
> 熟衣乍換寒猶薄，倦枕纔憑睡易昏。
> 願向斯文求俊乂，大廷行對帝王尊。

> 樓頭疊鼓已三嚴，起聽秋聲滿四簷。
> 山葉落頻風繞樹，露蛩吟苦月當簾。
> 煙寒銅獸催香換，漏促金徒報箭添。
> 笑我元無食肉相，只思蓴鱠薦吳鹽。

> 勌眼空花漫不分，偶隨羣彥集金門。
> 扁舟只擬追張翰，一壑還相置謝鯤。
> 楓葉舊詩多冷落，梅花歸夢幾黃昏。
> 與君此去如休暇，莫厭相過共酒尊。

> 詩律輸君敢鬭嚴，強摩老眼傍風簷。
> 鵲袍夜散遙持燭，席舍朝開盡撤簾。
> 久悟物機忘出入，時存神火驗抽添。
> 明當喚取彈箏手，與唱新聲《阿鵲鹽》。

詩的內容與至正十一年和周伯琦的詩歌並無多大的不同。

張翥在與大都文人們以詩集會的同時，亦密切關注著時勢的變化。至正戰亂開始後，朝中大臣有臨危逃脫者，亦有眾多以死報國者。元朝後期社會動亂的現實與朝臣捨身成仁的義舉構成了張翥大都詩歌的主題之一。

至正十二年（1352），芝麻李占徐州，徐州守將久攻不下。同年

七月，宰相脫脫親自領兵前往徐州平叛。張耒寫下了《送太傅丞相出師平徐方》：

> 南征諸將久無功，丞相親勞出總戎。
> 虎士嚴兵屯玉帳，龍庭大宴賜彤弓。
> 萬年社稷收長算，百戰旌旗得勝風。
> 幕府如雲盡才彥，荊徐指日捷書同。

《後出軍五首》亦應作於此時：「徐方一戰收，振旅已奏凱。江浙塵既清，豫章圍亦解。諸將如竭力，削平行可待。」這些詩表達了同樣一種感情：那就是詩人對削平叛亂、恢復安定的渴望與信心。

至正十八年（1358），正在濟南一帶抗擊紅巾軍的董搏霄兄弟為毛貴兵所殺。據《元史・董搏霄傳》：「（至正）十八年，……（董搏霄）拔劍督兵以戰。而賊眾，突至搏霄前，捽而問曰：『汝為誰？』搏霄曰：『我董老爺也。』眾刺殺之，無血，惟見其有白光衝天。是日，昂霄亦死之。事聞，贈宣忠守正保節功臣、榮祿大夫、河南行省平章政事、柱國，追封魏國公，諡忠定。昂霄贈推誠孝節功臣、嘉議大夫、禮部尚書、上輕車都尉，追封隴西郡侯，諡忠毅。」〔註12〕

董氏兄弟死節之忠烈，之無畏，及兄弟二人同一日均赴國難，這無疑給了張耒巨大的感動。聞訊後的張耒寫下了《聞董孟起副樞乃弟鄂霄院判凶訃哭之二首》：

> 天狗忽墮地，兵生牙帳中。寧為仗劍死，不作倒戈攻。
> 故國魂歸黑，平原血濺紅。驚心激此變，誰謂貴元戎。
> 羣盜猶銅馬，將軍真虎牙。死當為厲鬼，生不負皇家。
> 野色含沉日，河聲怒捲沙。征東失名將，朝野共驚嗟。

董搏霄，字孟起，至正十六年以軍功陞同僉樞密院事，死節之前剛剛受命為河南行省右丞。鄂霄，應該與《元史》所記載之搏霄弟昂霄同為一人，至正十七年授河南樞密院判官。

「死當為厲鬼，生不負皇家」、「征東失名將，朝野共驚嗟」，不

〔註12〕宋濂等《元史》卷188，中華書局，1976年，第4306頁。

但記錄了董氏兄弟的忠義，亦記錄了二人死節後，朝野的反應。而「死當爲厲鬼」，足見張翥對二人死節的痛惜和對紅巾軍的憤怒。

四年後，又一相似的情形發生了。至正二十二年（1362），剛剛攻下濟南數月的察罕帖木兒在圍益都時被既降復叛的田豐、王士誠刺殺，追封忠襄王。《元史·察罕帖木兒傳》：「（至正）二十二年，時山東俱平，獨益都孤城，猶未下。六月，田豐、王士誠陰結賊，復圖叛。田豐之降也，察罕帖木兒推誠待之，不疑，數獨入其帳中。及豐既謀變，乃請察罕帖木兒行觀營壘，眾以爲不可往，察罕帖木兒曰：『吾推心待人，安得人人而防之？』左右請以力士從，又不許。乃從輕騎十有一人，行至王信營，又至豐營，遂爲王士誠所刺，訃聞，帝震悼，朝廷公卿及京師四方之人，不問男女老幼，無不慟哭者。」〔註13〕張翥的《寄野菴察罕平章（時攻淄鄆）》就是在此時作出的。

無論是董氏兄弟，還是察罕帖木兒，他們無疑是張翥《忠義錄》裏所褒揚的重要人物。捨生取義，是張翥在悼念他們時，所持有的價值標準。

與歌頌忠義之舉同等重要的是書寫自己對元末動亂的感受。「天子臨軒授鉞頻，東南何處不紅巾」（《授鉞》），就在紅巾軍猖獗於各地之時，元廷內部仍在打壓大臣，太平就是被迫害者之一。

太平，字允中，初姓賀氏，名惟一，後賜姓蒙古氏，名太平。《元史·太平傳》云：「皇太子惡其既去而復留也，二十三年令御史大夫普化劾太平故違上命，當正其罪，詔乃悉拘所授宣命及所賜物，俾往陝西之西居焉。搠思監因誣奏之，安置土蕃，尋遣使者逼令自裁。太平至東勝，賦詩一篇，自殺，年六十三。」〔註14〕據這段記載可知，太平之死，爲皇太子、搠思監所構陷，最終將其逼死於被貶路途中。至正二十三年，張翥得知這個消息後，心中爲太平公深感不平，作《悼太平公》詩：

〔註13〕宋濂等《元史》卷141，中華書局，1976年，第3388～3389頁。
〔註14〕宋濂等《元史》卷140，中華書局，1976年，第3371頁。

　　　　晨起灑杯酒，北風吹淚痕。豈徒歌楚夢，端欲叫天閽。

　　　　碧化萇弘血，春歸杜宇魂。千秋一史筆，誰辨逐臣冤。

「千秋一史筆，誰辨逐臣冤」，在爲其惋惜與不平之餘，也爲自己無力爲其平反而失望。這種對大臣的迫害，亦構成了元廷最終崩潰的原因。

　　通過以上對元末動亂事件的描寫，張翥用詩記錄了死節之情事與高尚之氣節，展現了元末動亂以及朝廷昏庸的時代狀況，可以與史相印證。因此張翥的詩中也有「史」的性質，這種特點使其在元代最後的大都文壇具有特殊的意義。

　　張翥就是通過在大都的同題集詠及對時局的密切關注，不但融入了大都的詩壇，並逐漸成爲了大都詩壇的核心人物。

第三節　聯繫南北的大都詩壇核心

一、對南方的思念

　　張翥是在南方出生並成長的北方人。入仕前，在江南已經頗有名氣，「學者及門者甚眾」〔註15〕，在四十五歲左右，已經爲友人的詩集作序〔註16〕。杭州、揚州、南京是其長時間居住的地方，湖州則是張翥選定的歸老之地。晚年在大都的張翥深情地回憶了這些留下了青春足跡的地方：

　　　　平湖十里碧漪風，歌舫漁舟遠近同。

　　　　天竺雨餘山撲翠，海門潮上日蒸紅。

　　　　傷心花月隨年換，回首閭閻委地空。

　　　　白髮故人零落盡，浮生悵望夢魂中。（《憶錢塘》）

　　　　蜀岡東畔竹西樓，十五年前爛熳遊。

　　　　豈意繁華今劫火，空懷歌吹古揚州。

〔註15〕宋濂等《元史》卷186，中華書局，1976年，第4284頁。
〔註16〕《松巢漫稿序》：「延祐中，余至鄱陽，……今不十二年……國子上舍舒元出山玉詩一編曰《松巢集》屬翥，始得盡讀。」

親朋未報何人在，戰伐寧知幾日休。
惟有滿襟狼籍淚，何時歸灑大江流。(《憶維揚》)
昔年曾上鳳凰臺，二水三山眼界開。
六代繁華春草歇，千年興廢暮潮哀。
燈窗禪坐時聯句，山館仙遊幾引杯。
最是令人愁絕處，夕陽雙燕自歸來。(《憶金陵》)
憶汎苕莘溪上船，故人爲我重留連。
半山塔寺藏雲樹，繞郭樓臺住水天。
白榜載歌明月裏，青簾沽酒畫橋邊。
計籌山下先塋在，欲往澆松定幾年。(《憶吳興》)

青壯年時期所遊覽過的西湖、天竺山、蜀岡、鳳凰臺、苕溪等自然風
物，如今由於戰亂受到了摧殘；在西湖畫船上的宴樂、在石頭城中的
唱和歡飲，如今空空地成爲了回憶。數十年間，變化的不只是光陰，
城市的殘破、故人的零落、親友的逝去，只能使詩人悵惘愁絕，淚灑
衣襟。就連前往先塋祭奠，也不知道什麼時候才能夠實現。

　　張翥入大都後，有兩次南返的歷程，即至錢塘刊《宋史》、往漳
州代祀天妃，這兩次南使所經歷之地，亦成爲了晚年回憶的對象：
讓王城外暮雲黃，忍使行人哭戰場。
臺上麋遊香徑冷，陵頭虎去劍池荒。
竹枝夜月歌仍怨，蓴菜秋風興漫長。
不是不歸歸未得，五湖煙水正茫茫。(《憶姑蘇》)
千巖秋色徹曾霄，憶昔來乘使者軺。
翠袖屢扶蓬閣醉，籃輿時赴寶林招。
山陰客已無春會，溪上風猶送暮樵。
此恨古今銷不盡，西陵寂寞又回潮。(《憶會稽》)
漫漫際海漲天涯，萬里曾乘使者槎。
梓澤重尋仙客洞，草堂頻醉故侯家。
人多熟酒燒紅葉，市有生蠻賣象牙。
安得夢中眞化蝶，翩然飛上刺桐花。(《憶閩中》)

後三首詩，可與《寄題顧仲瑛玉山詩一百韻（並序）》參看。讓王城、

寶林寺、清源洞，無一例外地給張翥留下了深刻的印象。尤其是清源洞，使張翥有了「蛻菴」之號。歷史的滄桑、異鄉的習俗，此時又多了現實的無奈。

這組總題爲《七憶》的詩，是其一生經歷及心境的總綱。「白髮故人零落盡」、「親朋未報何人在」、「故人爲我重留連」，張翥每到一地，都有所懷念之友人。《憶金陵》中所言的「燈窗禪坐時聯句」，發生在元順帝元統元年（1333），時張翥四十七歲。孫炎《午溪集序》云：

> 元統癸酉秋，監察御史辟河東張仲舉爲金陵郡博士，教弟子。時永嘉李孝光、天台丁仲容、僧笑隱咸在，炎以弟子員得從之遊，登石頭城，坐翠微亭故趾。大江西來，如白虹遶城下，淮南諸山盡在几席。是日，諸先生效韓孟聯句，仲容耆飲，口訥訥不能語；孝光顧漆黑；仲舉長面而鶴身，善談謔。酒酣，日已沒，宿龍翔方丈。仲容困酒，先引去。笑隱出燭，中坐。孝光在左，仲舉在右，昆侖奴作遞書郵。仲舉首倡曰「先皇昔潛邸，梵宮冠東南。遺弓泣父老」，次授笑隱云云。比曉，仲舉奪筆，走數韻成章。〔註17〕

張翥在初到金陵時，與李孝光、丁復、釋大訢諸人登石頭城，遊翠微亭後作聯句。十年後，至正二年（1342）九月，張翥辭去國子助教，再次赴金陵任職。除夕，又與李孝光、薩都剌聯句賦詩，即《除夜宿室戒院會者三人薩使君張仲舉》詩〔註18〕。這兩個人生經歷的瞬間，給張翥晚年帶來了極好的回憶。這說明，張翥惦念的是南方的友人與詩歌。

這組詩表現了張翥對南方戰亂造成的城市破壞的惋惜、無奈與對友人的思念。正是與南方有著這樣的聯繫，才使晚年被困於大都不得南還的張翥成了聯繫南北方的關鍵人物，而聯繫的紐帶就是詩歌。

〔註17〕陳鎰《午溪集》卷首，文淵閣四庫全書，第 1215 冊，第 358 頁。
〔註18〕見陳增傑校注《李孝光集校注》，上海社會科學院出版社，2005 年，第 442～443 頁。

二、詩與酒

　　詩與酒，是張翥在大都圍城期間不可缺少的兩樣東西。張翥之「酒」分三種：一為李白式的灑脫歡愉之酒；一為杜甫式的沉鬱銷愁之酒；一為古人之酒。青壯年所飲之酒以歡愉為多，而留滯大都的二十年，則以銷愁之酒為主。

　　張翥之愁，便是不能使至正十年就已經作出的歸隱決定變為現實，便是不能使與南方詩友的聯繫暢通無阻：

　　　　不見江南信使來，菊花應傍戰場開。

　　　　風塵渺渺家難問，節物匆匆老轉催。

　　　　把酒多無今日醉（坐中客此語，有足動心者），登高只益寸

　　　　心哀。

　　　　白頭一覺湖山夢，誰料繁華有劫灰。

　　（《九日燕允孚森玉軒醉中感懷》）

故鄉難回且親友無信，使張翥在大都格外的孤獨。在《中秋望月》詩中將這種孤獨與擔心更清晰地表達出來：

　　　　當年見明月，不飲亦清歡。詎意有今夕，照此長恨端。

　　　　近聞錢塘破，流血城市丹。官軍雖殺賊，斯民已多殘。

　　　　不知親與故，零落幾家完。裹回庭中影，對酒起長歎。

　　　　死生兩莫測，欲往書問難。仰視雲中雁，安得託羽翰。

　　　　淒其衰謝蹤，有淚徒闌干。山中松筠地，棄置誰與看。

　　　　河漢變夜色，西風生早寒。累觴不能醉，百念摧肺肝。

戰亂隔斷了南北方的聯繫，不要說詩友，就是親朋的生死都不得知曉。借酒澆愁，雖然仍不解愁，卻可以將自己麻醉在現實之外：「誤墮聲利區，驅馳喪其真。所以付樽酒，都忘賤與貧」（《雜詩》）、「精神全藉酒，筋力半支藤」（《蛻菴歲晏百憂熏心排遣以詩乃作五首》其二）、「喚取家人多置酒，只將寂寞付薈騰」（《元夜獨坐》）、「惟酒能消日，無方可引年」（《歲晚苦寒偶成四章錄似北山老禪易之編修》其二），只有這樣，詩人才可以遠離世事的悲哀，暫時忘卻世間的煩惱。

　　　　半屬華胥半酒泉，封君惟有麴生權。

觥籌席上無多地，風月壺中別有天。

千日夢醒如隔世，四時春盡不知年。

從來此處藏身好，容我神遊太古前。(《醉鄉》)

「風月壺中別有天」、「容我神遊太古前」，張翥是自覺地將自己「藏」
於現實之外，這一切只有靠酒才能實現。

歲事蕭條雪擁門，家人隨分具盤飧。

鏊頭餅軟團團白，缸面醅新盎盎渾。

萬竅風聲皆地籟，一窩春意自天根。

老夫只待干戈息，歸問西湖水竹村。

(《雪中梁師孟叔原餉渾酒小紓悶惓偶成一章》)

此時的張翥尚充滿著南歸的理想，希望戰亂早一天結束，自己能早日
實現夙願，與親友相聚。但是酒的作用也有限的時刻馬上到來了：

京國留家久，餘生只自憐。一單如老衲，八十又新年。

義士心唯血，讒夫舌謾涎。何時抱尊酒，哭向計鏻前。

(《懷先隴》)

「八十又新年」，此時的張翥已經心力憔悴了，南歸的願望是不可能
實現了，親朋好友也多故去，酒已經不能使其置身世外，因爲他也不
久於人世了。況且，此時又多了「讒言」，現在唯一想做的事情就是
在父母墊前，抱酒長嘯，以淚謝世了。

詩客，是張翥在人生的最後時刻給自己的定位。但並不是在大
都期間才開始的。釋來復《潞國公張蛻菴詩集序》：「河東仲舉張
公，……以詩自任五十餘年，造語命意，一字未嘗苟作。」〔註19〕
可見詩在張翥心中的地位。

「平日以文爲事業，老來惟酒是精神」，在張翥的詩中，將「詩」
與「酒」常常並提：

自顧摧頹客，仍居寂寞濱。月傭奴誶少，歲計婦憂貧。

酒後詩傳夢，燈前壁寫神。漁樵吾所喜，相見即情親。

(《自顧》)

〔註19〕《張蛻庵詩集》卷首，四部叢刊續編，第72冊。

歲月崢嶸春又來，歸心遙在故園梅。
十年厭見風塵惡，萬事徒增耳目哀。
大漠平鋪沙雪去，遠山直枕海雲開。
近懷欲報成夫子，強起題詩對酒杯。

一見君詩倍黯然，薊南吳北各風煙。
故人漸似星將曉，塵世眞成海變田。
桂在謾吟招隱曲，鶴歸還記去家年。
虎丘山水知無恙，有待先期置酒泉。(《寄成居竹黃舜臣》)

病餘瘦骨不勝秋，早起驚寒已索裘。
安得酒酬佳節醉，從教花為老人羞。
螟蛉有子寧嫌祝，蛺蝶無知底用愁。
卻笑江湖舊詩客，淒涼猶憶少年遊。

(《家居九日（時余祝子類，值酒禁，丁未歲也。）》)

詩與酒的結合，更增添了詩人的苦惱，由尚有夢可傳，到強起題詩，再到詩客的自嘲，由沉鬱到淒涼，這便是在大都的張翥最後的心緒。從這個意義上說，他是元朝戰亂造成的悲劇人物之一。

三、與南方詩壇的往來

在個人的命運上，張翥是一個具有悲劇色彩的人物。但正是由於在大都的二十六年，才能夠使得張翥的詩歌保存至今，也才能在元代詩壇上留下重要的一筆，沒有張翥的存在，元代詩壇，特別是大都的詩壇是不完整的。從這個角度說，張翥又是一位時代造就的幸運人物。

張翥入朝為官時，「元詩四大家」的時代已經基本逝去，一代儒臣柳貫、吳師道、歐陽玄相繼亡故，許有壬、歸暘等亦先後致仕。張翥便是在這樣的背景下，官階不斷上升，最終位至顯貴的從一品。從對元廷的政治影響來看，張翥參與的不過是一些科舉有關的事務，雖致仕後亦參與朝廷典章大事製作，但對元廷決策的實際影響並不明顯，其象徵意義遠大於實際作用。然而在大都文壇，張翥憑

藉自己的創作及南北交往的溝通，卻是一個實實在在的核心人物。

張翥在大都與南方詩壇的聯繫主要通過三種方式：一是與北來的南方詩友相會送別；二是通過出使，加入南方詩人群體；三是通過使者以書信的形式唱和。與南方交往最密切的地點是杭州刊史局、崑山草堂、四明定水寺、蘇州師子林。而草堂主人顧瑛、定水寺住持釋來復、師子林主人釋惟則在南方詩壇都起到召集人的作用。

至正六年（1346）三月，王畎以公事至京師。臨別時，歐陽玄、吳全節、張起巖、馮思溫、趙期頤諸人以詩相贈，彙集成一卷《季境京師行卷》，此後又有張雨、虞集的追作。這是罕見的大都以送別為主題的同題集詠。張翥當然是題詠者之一。

王畎（1320？～？）〔註20〕，字季境，王都中第五子。後至元五年（1339），任淮東宣慰司奉差。至正八年（1348），遭誣下獄，至正十年，在趙儼的主持下平反。生平事蹟見鄭元祐《僑吳集》卷九《趙州守平反冤獄記》。

王畎此番來京，在南北文壇有特殊的象徵意義。在其動身前，「中吳大夫士，……咸為詩為文以貺季境」〔註21〕；「自京還，一時臺閣羣公贈行之詩也，令人誦之神清氣爽，飄然欲仙」〔註22〕，張翥等「朝中名公各贈以詩」〔註23〕。王畎的到來成為南北方文人精神聯繫的紐帶。王畎此行的反響如此之大，源於五年前故去的父親王都中之「流風善政」。陳基言：

〔註20〕王畎生年，據其長兄王畛生年推出。案，據陳基《夷白齋稿》卷二十二《飛雲樓詩（並序）》，王畛與陳基「齒同」，則畛生於1314年，且為王都中長子，畎為第五子，當生於1320年前後。

〔註21〕陳基《夷白齋稿》卷十五《送王季境詩後序》，邱居里，李黎點校《陳基集》，吉林文史出版社，2009年，第143頁。

〔註22〕《史局先生示以季境京師贈行卷輒題一絕卷錦》虞集題，《鐵網珊瑚》卷五，文淵閣四庫全書，第815冊，第406頁。

〔註23〕吳全節詩《季境舍人歸維陽朝中名公各贈以詩看雲八十翁閑閑吳全節作唐律一首以授之》，《鐵網珊瑚》卷五，文淵閣四庫全書，第815冊，第406頁。

先參政以公輔魁宿之材，遭國家承平之運，部符授鉞，揚
節秉麾，致位政府，出入中外，餘五十年，廩廩有君子風。
季境結髮侍公左右。雅不喜弄絲竹，襲紈綺，爲華靡事。
朝夕之所薰蒸，耳目之所漸漬，皆勤王字民，與社稷同休
戚之道。……參政公之流風善政，沒世不忘，……而季境
瑰瑋克肖，人方慶公有子，則其所以爲公不朽計者，宜在
斯行也。〔註24〕

王都中（1278～1341），字元俞，中年自號本齋，福寧州（今屬福建）
人。曾任戶部尚書、兩浙都轉運鹽使，江浙行省參知政事。政績卓
著。至正元年十一月卒，諡清獻。生平事蹟見黃溍《金華黃先生文
集》卷三十一《正奉大夫江浙等處行中書省參知政事王公墓誌銘》。
《元史》卷 184 有傳。正是因爲王都中的政績，與王旡的「瑰偉克
肖」，使得南北方文人通過贈與王旡的詩歌表達對其父的懷念與對王
旡的期望。

　　在大都時期，張翥不斷會見的南方人，還有釋宗泐、迺賢等。

　　與上述不同，至正六年的錢塘刊史，則使在京任職三年的張翥
重回故地，故友相逢、故地重遊自然是刊史以外的另一主題。在錢
塘期間，張翥與楊瑀、郯韶、釋來復、李祁登高而賦，摩崖題詩。
在杭州的刊史局，見到了《鄭氏義門家範》、趙孟頫《快雪時晴帖》、
郭畀的畫卷、朱珪藏吳睿書三體《心經》等等，通過對這些書畫的
題跋，保持了與南方文人精神上的交流。又三年後，至福州代祀天
妃途中與林泉生、武安監縣有詩文往來；在閩南，見到了陳旅之子，
並爲《安雅堂集》作序；在泉州爲江西汪大淵《島夷志略》作序；
在杭州又一次見到了李祁。尤其是玉山草堂的會面，使張翥與長期
在玉山草堂活動的詩人顧瑛、鄭元祐、于立、李元珪、釋良琦諸人
有了良好的接觸。

〔註24〕陳基《夷白齋稿》卷十五《送王季境詩後序》，邱居里，李黎點校《陳
　　　　基集》，吉林文史出版社，2009 年，第 143 頁。

　　至正二十一年，七十五歲的張翥作了《授鉞》詩寄給在江浙的周伯琦〔註25〕：

　　　　天子臨軒授鉞頻，東南何處不紅巾。

　　　　鐵衣遠道三軍老，白骨中原萬鬼新。

　　　　烈士精靈虹貫日，仙家談笑海揚塵。

　　　　只將滿眼淒涼淚，哭盡平生幾故人。〔註26〕

這首詩描寫了元廷所經歷的現實，天子的焦躁、將士的無奈、人民的災難、死難者的悲壯以及詩人自己的悲哀全在這首詩中表達出來。這「等於是爲友人周伯琦——甚至是爲自己和元朝國運——預定的輓歌」〔註27〕。而此時，距元朝滅亡還有七年。陶宗儀《南村輟耕錄》卷十四言：「翰苑詞臣，而寓言如此，則感時之意，從可知矣。」

　　楊鐮《元代文學的終結：最後的大都文壇》這樣評價張翥：「他是貫穿元前後期的詩人，也是打破南北地域分野的詩人。……通讀他的作品，給人印象最深的是困守大都期間所作的七律。與大都文壇共終始，使得他得以高據元代文學史前排位置。」〔註28〕

　　至正後期，張翥在南方文人心中的位置，怎麼估量也不過分。周伯琦《贈鶴齋詩序》：

　　　　鶴齋隱居，浮海至京師，爲其母夫人請銘於中書參政危君，
　　　　既得之，復來吳謁予，求篆題，並以翰林承旨張君所作《藏
　　　　經銘》求予古篆。〔註29〕

至正二十二年，貴溪薛毅夫航海至京師，請危素爲其母作《墓誌銘》，同時，請張翥作《藏經銘》。危素與薛毅夫爲友，但這一事件也表明

〔註25〕陶宗儀《南村輟耕錄》卷十四：「此至正辛丑間，張蛻菴承旨翥，在
　　　　都下寄浙省周玉坡參政伯琦詩也。」

〔註26〕授鉞，君王授予出征大將以斧鉞，表示授予兵權。此題《元詩體要》
　　　　卷十一作《述時事》。

〔註27〕楊鐮《元詩史》，人民文學出版社，2003年，第323頁。

〔註28〕楊鐮《元代文學的終結：最後的大都文壇》，《文學遺產》，2004年，
　　　　第六期，第97頁。

〔註29〕趙琦美《鐵網珊瑚》卷九，文淵閣四庫全書，第815冊，第524頁。

在江南文人中，將危素與張翥視爲同道。

「中原道閉，使臣之往來，海以爲陸」〔註30〕，至正十一年以後，陸路隔絕，海路便成爲南北往來的通道。張翥與南方文人的交往也通過海路，廉子祐、迺賢便成爲了張翥聯繫南北方的信使。

至正二十四年，孛羅帖木兒之京師爲相，由於在此前孛羅帖木兒與擴廓帖木兒的鬥爭中，危素曾草詔削奪孛羅帖木兒官爵，險失掉性命的他被貶爲嶺北行省左丞，遠赴朔漠，雖然第二年便回居房山，但已經基本不出來活動了。最後的幾年中，張翥是惟一與南方詩壇保持聯繫的有影響力的大都詩人。

實際上，就是危素被貶之前，危素對南人的影響始終與張翥有一點距離。陳高曾對張翥言：「參政危公不敢以書請，願假閣下之重，並求一文。」〔註31〕釋來復有詩題云《詩五章寄上蛻菴承旨先生，首章奉達來詩之貺，其四章少寓久別之懷，並簡太僕中書先生一笑》〔註32〕，足以說明這點。

張翥與危素有一些共同點：同樣在江南士人中影響較大，亦幾乎同時進入大都爲官，曾同遊歷南城，同時爲編纂《宋史》的史官，同時任太常禮儀院博士，並在元朝最後的二十幾年中都進階至從一品。不同的是危素入明作了「貳臣」，而張翥懷著南返未成的遺憾「啓動了大都文壇的終結過程」〔註33〕。

〔註30〕張翥《大元贈銀青榮祿大夫江淛等處行中書省平章政事上柱國追封越國公諡榮愍方公神道碑銘》，見 1916 年嘉業堂《台州金石錄》卷十三，北京師範大學圖書館藏。

〔註31〕陳高《與張仲舉祭酒書》，《不繫舟漁集》卷十五，文淵閣四庫全書，第 1216 冊，第 269 頁。

〔註32〕釋來復編《澹游集》卷上，續修四庫全書，第 1622 冊，第 218 頁。

〔註33〕楊鐮《元代文學的終結：最後的大都文壇》，《文學遺產》，2004 年，第六期，第 101 頁。么書儀以宋濂《危公新墓碑銘》記載的危素任職的時間表及相關事蹟，認爲危素「一輩子於仕宦走火入魔，對名位孜孜以求」。（見《元代文人心態》，文化藝術出版社，1993 年，第 282 頁。）此說可商榷。據宋濂《危公新墓碑銘》，張翥與危素任太常博士期間，號稱「雙璧」，張翥亦是在幾乎同樣的時間裏，

危素遠遷後，所有與江南文壇的聯繫幾乎都由張翥一人承擔，在給釋來復的信中，張翥這樣說：

> 僕以虛名受實，苦太樸遠遷後，一切文債皆當役，不無靠損，堆幾積床，送迎兼之，故所作多不精專，此可發大方家一笑也。〔註34〕

這寥寥數句的記載，足以看出張翥與南方文人往來的密切，「送迎兼之」，既送且迎，新迎復送，這亦足以表明張翥與南方文人交往的熱情，他已將聯繫南北作為自己的一種責任。

正是因為張翥身在北方而努力地與南方文壇聯繫，在南方士人中產生了重要影響，其卒後，釋大梓才得以以「公手稿歸江南」，刊刻之。

結語：幸與不幸

明代襄陵縣令李咨《張承旨》詩云：「明明太平關，山川遠涵映。公寔間氣鍾，草木亦榮幸。有筆大如椽，信史煩刪定。鑾坡三十年，陰陶多士正。操持冰霜清，氣沮金石勁。幾度仰高風，式木起深敬。」〔註35〕張翥身後，草木亦榮幸，先賢的事蹟與精神無疑會成為鄉人標榜的美談。

鄧紹基先生也說：「既是朝中顯官，並且官至從一品，進封國公，又是有藝術才華的著名詩人，前數趙孟頫，後數張翥。如果說，趙孟頫在元代大都詩壇曾起著先行者的作用，那末，同樣是朝中顯官和著名詩人的張翥則是元代京師詩壇的一位殿軍。」〔註36〕從文學史的角度看，張翥以其特殊的身份、詩歌創作佔據了重要一席，從詩歌的角度看也可以與趙孟頫比肩。但這是他生前的願望麼？

趙翼曾評元遺山云：「國家不幸詩家幸，賦到滄桑句便工」，詩

達到了同樣品級的職位。所不同的是，張翥在詩中時常有「歸隱」的志願。
〔註34〕釋來復編《澹游集》卷上，續修四庫全書，第 1622 冊，第 270 頁。
〔註35〕《(雍正) 襄陵縣志》卷二十四，國家圖書館藏。
〔註36〕鄧紹基《元代文學史》，人民文學出版社，1991 年，第 519～520 頁。

家幸，詩人並不幸。張翥在去世前一年作的《病起偶題（丁未）》是
對自己一生的總結：

　　　閱世悠悠八十餘，此身天地一蘧廬。
　　　季鷹只愛生前酒，司馬空留後世書。
　　　野散未歸鳴澤雁，水煩徒噞在淵魚。
　　　可堪濩落風塵裏，兩鬢霜毛頓覺踈。

這首詩中暗示了四位古人：劉伶、張翰、司馬遷、陶淵明，除司馬遷
外，其餘三人均生活在「風塵」之時代，與張翥正同。劉伶「以天地
為棟宇，屋室為褌衣」（《世說新語‧任誕》）的放浪形骸，張翰「使我有身
後名，不如即時一杯酒」（《世說新語‧任誕》）的無奈，陶淵明「羈鳥戀舊
林，池魚思故淵」（《歸園田居》）的歸意集中體現在張翥一人之身。然而
劉伶敢於醉酒，張翥只能澆愁；張翰「蓴鱸之思」「命駕便歸」，張翥
「塵緣未破」；陶潛有「歸去來兮」之悅，張翥多「日歸未得」之痛。
他是不幸中的不幸。張翥自比司馬遷，可司馬遷之悲劇在於「未能盡
明，明主不深曉」所導致的「隱忍苟活，幽於糞土之中」（《報任安書》），
但最終可將《太史公書》「藏之名山，傳之其人，通邑大都」，生前便
可有「僕償前辱之責，雖萬被戮，豈有悔哉」（《報任安書》）之氣；張翥
恰恰相反，曾集元末以來忠臣死節之事的《忠義錄》，在明初便「識
者韙之」。

　　文學史很多時候是相似的，但又不同。蘇武、郝經不也正是如此
麼？正是這些在「濩落風塵裏」幸與不幸的詩人，鑄就了我們的民族
精神與文化品格。

　　　詩曰：身閱興亡浩劫空，兩番進退一身終。
　　　　　詩人有幸逢熙事，詎論留詩後世工。

附　錄

附錄一　現存《蛻菴集》、《蛻巖詞》經眼善本述評

一、四卷本系統

（一）詩集單行本

1. 蛻菴詩四卷　　明初刻本　　中國國家圖書館藏

十三行二十四字，黑口，四周雙邊，有序跋。經金檀、瞿氏鐵琴銅劍樓、張金吾〔註1〕、顧廣圻、國家圖書館遞藏。有「鐵琴銅劍樓」「文瑞樓」「家在黃山百岡之間」「金星軺藏書記」「沙門來復」「見心」「顧印廣圻」「千里」印。另有「李淳」「全寶」字樣〔註2〕。

此本即《四部叢刊》影印之底本。是今所見最早的張翥詩集，也是明清時代張翥詩集唯一的刻本。在四卷本中，此本收詩最多，共計471題594首。

此本流傳甚廣，除民國間影印收入《四部叢刊》外，董氏誦芬室亦曾據此本影刻。北京大學藏有傅增湘題跋《蛻菴詩》四卷，釋大杼

〔註 1〕 此據張氏《愛日精廬藏書志》「蛻菴詩四卷，明洪武刊本，文瑞樓藏書」。

〔註 2〕 此據國家圖書館善本室趙前研究員告知，是後畫上去的，並非印記。

編，清抄本，十三行二十四字，白口，四周單邊。經黃丕烈、楊以增、楊紹和、傅增湘、傅忠謨、北京大學遞藏。有「傅」「沅叔」「藏園六十後作」「海源閣」「黃丕烈」「雙鑑樓藏書印」「汲古主人」「北京大學藏」「臣紹和印」「彥和珍玩」「宋存書室」「書潛」「沅叔心賞」「忠謨繼鑑」「晉生心賞」「江安傅氏藏園鑑定書籍之記」「以增私印」「楊氏伯子」印及傅增湘題記，亦是源自此本所鈔。

2. 蛻菴詩四卷　清康熙陸漻家抄本　中國國家圖書館藏

一冊，十二行二十四字，有序跋。經許心扆、王聞遠、黃丕烈、楊紹和、周叔弢、國家圖書館遞藏。有「構書良不易子孫守勿替」「楊氏海源閣藏」「祿易書千萬值小胥鈔良友詒閣主人清白吏讀曾經學何事愧蠹魚未食字遺子孫承此志」「北京圖書館藏」「蕘圃手校」「宋存書室」「東郡楊紹和彥合珍藏」「周暹」「王印聞遠」「蓮涇」「東郡楊二」「彥合珍玩」「太原叔子藏書記」「平江黃氏圖書」「書魔」「孝慈堂」「王聞遠印」「聲弘」「丕」「烈」「蕘圃」「鏐」印。有黃丕烈、王聞遠、許心扆、黃美鏐題識，及王聞遠據許心扆本抄錄葉盛成化己丑（1469）四月廿六日題識。

與刻本相比，陸本卷一「五言律詩」部分：《清河水漲答復中吉監縣水字韻》與《話舊送胡士恭之京師》二詩順序互倒；《雨涼》與《歲晚苦寒偶成四章錄似北山老禪易之編脩》二詩順序互倒，且將刻本《十月一日》之後的《立多前二日》詩置於《雨涼》之後，題下並有小字注「此首舊本系在《十月一日》後」；《長至日（壬辰）》之後接《北山以著色蘭贈西昌堯如淵求題》以下共6題，後接《大風》及其以下共7題，後接《寄雲門僧若耶溪兼題其松風閣二首》，後接《識趣齋為山陰魏中遠賦》，後接《送泐季潭遊天台並送淵侍者歸天台二首》及其以下共4題，後接《鑑堂上人招予適慧山舟行不成往因寄》，後接《清溪濯足圖》及其以下共2題，後接《送蒙古僧印空巖還黃龍寺》，後接《溪居山水小景二首》。

卷三「七言律詩」部分：缺《乙酉□月二十七日大雪寒甚有旨賜

宴史局》;《臘日飲趙氏亭》一首在《秋日偕成居竹秦景桓遊蜀岡萬花園》一首前;《四明寓居即事》與《上清山中》二詩互倒;《壺州爲上清張道士題》在《送劉彥基奉宗師命訪求道德經註》後。

卷四「七言律詩」部分:《九日宴允浮森玉軒醉中感懷》與《故御史王楚鰲元戴爲臨川王伯達三畫求題》間插進《會試院泰甫兵部既答和拙作且示佳章僕以汩於校文遂稽貂續仍韻見趣所考既就格輒綴四首錄奉一笑》,《故御史王楚鰲元戴爲臨川王伯達三畫求題》後接《雪中梁師孟叔原餉渾酒小紓悶悰偶成二章》及其以下共 2 題,後接《送景初漕史還平江各賦一詩寄吳下諸友》,後接《汶上早行圖上清張道士寫》及其以下共 2 題,後接《九月二日揭曉僕以朔旦始得間復成二詩錄奉泰甫侍郎思齊御史本中都事明道敏文伯崇有志諸僚友》;《悼亡日》在《至後暴日》後;《十月望夜月食既》與《喜雪簡社友》二詩互倒。

此本所收詩歌 470 題 593 首,比明刻本少 1 題 1 首(卷三),且部份詩歌順序有差異。從《立冬前二日》題下注來看此本當爲新本。

3. 蛻菴詩四卷　清嘉慶八年鮑正言抄本　南京圖書館藏

一冊,九行二十一字,左右雙邊,序十行二十一字。經鮑正言、鮑廷博、丁丙〔註3〕、江蘇第一圖書館、 南京圖書館遞藏。有「老屋三間賜書萬卷」「世守陳編之家」「歙西長塘鮑氏知不足齋藏書印」「江蘇第一圖書館善本書之印記」印。有丁丙題識(書前夾條)及鮑廷博七十九歲時題識。卷二最後一頁頁眉有鮑正言嘉慶十二年(1807)補錄《題顧玉山棧道圖》詩,後有 2 枚印記。卷四末「蛻菴詩卷之四」下有小字爲鮑正言記。後有 2 枚印記。

此本有來復、蘇伯衡 2 序,宗泐跋。有《蛻菴詩集總目》:第一卷五言古詩二十六首;五言長律五首;五言律詩一百九十六首。第二卷七言古詩三十一首。第三卷七言律詩一百六十三首。第四卷七言律

〔註 3〕 丁仁《八千卷樓書目》:「《蛻菴集》四卷,元張翥撰,明朗成編。知不足齋抄本。」

詩一百三十三首；七言絕句二十八首。《蛻菴詩集總目》同行下有「傳明虞山梅林潘京倩藏本」。

　　與其他四卷本比較，卷一《馬通薪》下有小字「馬糞」，缺《除夕》1 首，卷一末多《陪東泉學士泛湖》1 首；卷二《題昌化陳孝子傳》下有小序：「昌化陳南仲，幼失其生母王氏，尋之六年，後得之永豐縣禮賢鎮之施氏，胡石塘先生作傳。」卷三《郡樓晚望》題作《郡樓晚望覽臨武堂故基》，《病疽》題作《元日》；卷四缺《中秋樂陵驛玩月》以下 11 首七律、缺《送林崇高還武夷山》2 首七絕，計 12 題 13 首。

　　此本實收 460 題 582 首，《總目》亦著錄 582 首，與鮑氏所言 593 篇不合。卷四所缺之詩當為鮑氏所據的潘京倩本缺頁所致。從部份詩題下多小序及卷一多《陪東泉學士泛湖》1 首來看，當為鮑氏整理本。

4. 蛻菴詩五卷　清鮑氏知不足齋抄本　上海圖書館藏

　　一冊，八行二十一字，14×20cm，無框格，有序跋。經鮑廷博、葉景葵、汪大鏞、合眾圖書館、上海圖書館遞藏。有「紙窗竹屋鐙火青熒時於此間得少佳趣」「杭州葉氏藏書」「歙西長塘鮑氏知不足齋藏書印」「合眾圖書館藏書印」「以文」「上海圖書館藏」「世守陳編之家」「杭州葉氏藏書」「老屋三間賜書萬卷」「香圃所藏」「長塘」「榴皮街」「萬卷書藏一時身」印。錄趙孟頫《藏書法》於卷首。封面題「蛻菴詩集」，署「晉寧翰林承旨張翥仲舉著衡山釋大杼北山編集」。有鮑廷博校語。

　　此本有劉岳申、來復、蘇伯衡 3 序，宗泐跋，其中劉岳申《張仲舉集序》為鮑廷博嘉慶壬申（1812）九月十八日從《申齋集》錄補。各卷較明刻本所缺之詩與鮑正言抄本同，所多之詩除卷一《陪東泉學士汎湖》與鮑正言本同外，又多鮑正言及其他四卷本不載而五卷本有之詩 23 首。卷五所收之詩為卷四七言絕句《七月望日徐勉自武林來得兩音訃》及其以後詩。據卷四《七月望日徐勉自武林來得兩音訃》頁眉上有：「按元本七言律詩止於此，下接七言絕句二十六首，無五

卷也。此本絕句後七律七首，蓋從別本增入，當標補遺名目，不必重抄七絕作第五卷。」鮑氏校語中所稱之「元本」，當為鮑正言嘉慶八年鈔本。蓋在南京圖書館藏清嘉慶八年鮑正言抄本基礎上補詩重抄成。故此本既非四卷本原貌，也非五卷本原貌，是整理增添本，五卷實為四卷。

（二）詩詞合集

5. 蛻菴詩四卷　蛻嚴詞二卷　清初抄本　中國國家圖書館藏

一冊，十二行二十四字，無序跋。經曹溶、朱筠、劉喜海、國家圖書館遞藏。有「曹溶之印」「潔躬」「北京圖書館藏」「嘉蔭簃藏書印」「文正曾孫」「劉喜海印」「永以■寶」「笥河府君遺藏書記」印。書皮題「蛻菴集元張翥譔蛻嚴詞附」。有「曹秋岳先生看本」字樣及佚名題識：據《四庫全書總目》介紹張翥生平及此本來源。

此本卷一「五言律詩」部分缺《送鄭喧宣伯赴赤那思山大斡尔朵儒學教授四首》最後 16 字及其以下 5 題；缺《次莫景行春雨喜晴》；卷三「七言律詩」部分缺《重寄水西新公道場渭公三塔寬公》最後一首及以下 4 題。其餘各卷全同於康熙陸漻家抄本。

此本所收詩歌 460 題 576 首（其中一首不全），從《立多前二日》題下注來看此本當為新本，與陸漻家抄本當為同一來源，所缺之詩或脫頁所致。

又，《蛻嚴詞》下卷前 3 首（《木蘭花慢》2 首，《眞珠簾》1 首），為別本卷上最後 3 首。卷下《朝中措》有牌無詞，而《憶秦娥》2 首誤題《朝中措》，有詞無牌。所收之詞計 132 首，從其分卷次序看，參照知不足齋叢書本《蛻嚴詞》鮑廷博按語：「博按，舊本上卷止此，《木蘭花慢》二闋、《眞珠簾》一闋俱入下卷。今從厲本。」可知《蛻嚴詞》為鮑氏所言舊本。

中國國家圖書館另有一部善本「蛻庵詩四卷蛻嚴詞一卷」，清抄本，一冊，十二行二十四字，無格，為「劉燕庭所藏曹秋岳先生評定本」。書皮題「蛻菴詩集蛻嚴詞附舊鈔精本」「德壽永寶」。經楊紹和、

趙鈁、國家圖書館遞藏。有「曾在趙元方家」「宋存書室」「禮南校本」「臣紹和印」「彥合珍玩」「北京圖書館藏」「元方心賞」「■■齋校讀記」「東武李氏收藏」印及不知名者題跋。是在上述曹溶之本的基礎上過錄而成。惟《次韻題大雷山桃源汪氏桃隱》爲 3 首（其中第三首內容同《大風》），即無《大風》之題，將《大風》詩納入《次韻題大雷山桃源汪氏桃隱》。計收詩歌 459 題 576 首（其中一首不全）。詞 132首。翁連溪《中國古籍善本總目》著錄「九行二十四字」本，未見，而僅有此本，當誤。又，此本著錄「《蛻巖詞》一卷」，實爲上下卷。

6. 蛻菴詩四卷　蛻巖詞二卷　集外詩一卷　附錄一卷
清汪氏摛藻堂抄本　中國國家圖書館藏

二冊，十行二十一字，細黑口，左右雙邊，有格。無序跋。經汪文柏、盧氏抱經樓、延古堂、北平圖書館、國家圖書館遞藏。有「國立北平圖書館收藏」「汪氏柯庭校正圖書」「延古堂李氏珍藏」「摛藻堂藏書印」「平陽季子收藏圖書」「休陽汪季青家藏書籍」「四明盧氏抱經樓藏書印」印。

與刻本相比，卷一「五言律詩」部分：《清河水漲答復中吉監縣水字韻》與《話舊送胡士恭之京師》二詩互倒；缺《送鄭喧宣伯赴赤那思山大幹尔朵儒學教授四首》最後 15 字及其以下 5 題；《雨涼》與《歲晚苦寒偶成四章錄似北山老禪易之編脩》二詩順序互倒；缺《次韻莫景行春雨喜晴》，將《次韻莫景行夏夜望雨》題爲《次韻莫景行春雨喜晴》；《長至日（壬辰）》之後接《大風時送友南城》（詩內容同《北山以著色蘭贈西昌堯如淵求題》）以下共 6 題，後接《鑑堂上人招予適慧山行舟不成往因寄》2 首（其中第二首內容同《大風》），後接《七月旦立秋風雨夜寒》及其以下共 6 題，後接《寄雲門僧若耶溪兼題其松風閣二首》，後接《識趣齋爲山陰魏中遠賦》，後接《送泐季遊天台並送淵侍者歸天台二首》及其以下共 4 題，後接《清溪濯足圖》及其以下共 2 題，後接《送蒙古僧印空巖還黃龍寺》，後接《溪居山水小景二首》。

卷三「七言律詩」部分：缺《乙酉□月二十七日大雪寒甚有旨賜宴史局》；《臘日飲趙氏亭》一首在《秋日偕成居竹秦景桓遊蜀岡萬花園》一首前；《四明寓居即事》與《上清山中》二詩互倒；缺《重寄水西新公道場渭公三塔寬公》第二首最後 8 字、最後一首以及以下 4 題。《壺州爲上清張道士題》在《送劉彥基奉宗師命訪求道德經註》後。

卷四「七言律詩」部分：缺《病創少癒睹桃樹含孳少遣春思》及其以下共 5 題，並缺「送崑山強仲賢照磨之南海元帥府」一行（即把此題下詩歌作爲《壽許集賢可用》之第二首）；《九日宴允浮森玉軒醉中感懷》與《故御史王楚螯元戴爲臨川王伯達三畫求題》間插進《會試院泰甫兵部既答和拙作且示佳章僕以汩於校文遂稽貂續仍韻見趣所考既就格輒綴四首錄奉一笑》，《故御史王楚螯元戴爲臨川王伯達三畫求題》後接《雪中梁師孟叔原餉渾酒小紓悶悰偶成二章》及其以下共 2 題，後接《送景初漕史還平江各賦一詩寄吳下諸友》，後接《汶上早行圖上清張道士寫》及其以下共 2 題，後接《九月二日揭曉僕以朔旦始得閑復成二詩錄奉泰甫侍郎思齊御史本中都事明道敏文伯崇有志諸僚友》；《悼亡日》在《至後暴日》後；《十月望夜月食既》與《喜雪簡社友》二詩互倒。

此本四卷收詩 570 首（其中兩首不全），集外詩收 82 首，皆爲五卷本所有，共計 652 首。集中詩歌文字與四卷本不同者（包括缺字），多與五卷本相同。詩歌次序與明刻本存在差異，又不與陸本完全一致，從《立冬前二日》詩的排列順序參照陸本小注，此本當爲舊本系統。收詞 133 首。附錄包括《元史》本傳、《堯山堂外記》二則。

二、五卷本系統

（一）詩集單行本

7. 蛻菴詩五卷　補遺一卷　附錄一卷〔註 4〕　清鮑氏知不足

───────────────

〔註 4〕阮元《文選樓藏書記》卷六著錄：「《蛻菴集》五卷《補遺》一卷，

齋抄本　上海圖書館藏

四冊，11.6×17.7cm　黑格，版心下題「知不足齋正本」，十行二十一字，左右雙邊，有序跋。經鮑廷博、奚岡、周越然、上海圖書館遞藏。有「上海圖書館藏」「曾留吳興周氏言言齋」「昭燦」「星岩」「吳興周越然藏書之印」「昭焯之印」「字曰俊三」「知不足齋鮑以文藏書」「奚岡」「紅袖添香夜勘書」印。

此本有校語，且較其他五卷本多《補遺》一卷，其中鮑廷博於乾隆戊子（1768）輯錄集外詩 104 首；奚岡辛卯（1771）十月七日補詩 2 首；又有從《五倫詩》補入 1 詩，共計 107 首。《附錄》除包括《元史》本傳、《堯山堂外記》二則外，尚有一則張耆小傳。頁眉上有「馮柳東詞」字樣。

據《四庫採進書目》，鮑廷博之子鮑士恭曾進呈「蛻菴集五卷，補遺一卷，元張耆著，一本」，上海圖書館此本雖亦有《補遺》一卷，但為四冊，因此並非鮑氏呈送之本。又據《台灣公藏元人別集善本聯合目錄》著錄：「蛻庵詩集五卷補遺一卷附錄一卷，一冊，元張耆撰，清歙縣鮑氏知不足齋抄本，中圖。」故台灣「中圖」之《補遺》一卷一冊本，當為進呈四庫館，備修《四庫全書》之本。至少是進呈本之副本。

　案：王國維《傳書堂藏善本書志》下「金元別集」著錄：「蛻庵詩
　　五卷補遺一卷附錄一卷，鈔本。長塘鮑氏鈔本，末附《補遺》
　　一卷，從《草堂雅集》補詩九十二首，《乾坤清氣》補六首，《玉
　　山草堂名勝集》補三首，《師子林紀勝集》補一首，《元詩選》
　　補一首，又附錄《元史》本傳、《堯山堂外記》二則，皆鮑淥
　　飲所為。……有『翰林院印』，蓋鮑氏曾以進呈。又有『犀盫
　　藏本』、『錢犀庵珍藏印』、『教經堂錢氏章』、『願流傳勿損污』
　　諸印。」王氏所記之本的鮑廷博補詩，與上海圖書館藏之本不

元翰林學士承旨張耆著。晉陵人抄本。」

盡一致，上圖本據《元詩選》補 2 首，故總數有 1 首之差，尤其可見上圖本並非進呈四庫館之本。

8　**蛻菴詩五卷**　清抄本（四庫底本）　中國國家圖書館藏

五冊，十行二十字，無格。有「翰林院印」等印記。

此本收詩 670 首，去掉重複，實收 529 題 668 首。較之《文津閣四庫全書》本、《文淵閣四庫全書》本，有更多的缺字與不清晰處。

9　**蛻菴**（庵）**集二卷**〔註5〕　**補遺一卷**　清抄本　中國國家圖書館藏

清勞權校補輯佚，稿本，八行二十一字，無格，補遺十行二十一字，無格。有序跋。經繆荃孫、趙鈁、陳立炎遞藏。有「無悔齋藏」「北京圖書館藏」「友年所得」「雲輪閣」「荃孫」「曾在趙元方家」「陳立炎」「趙鈁珍藏」「權」「古書流通處」「趙氏元方」「海昌陳琰」印。書前有《四庫全書・蛻菴集提要》。

此本有蘇伯衡、來復 2 序，來復序，不冠題目，僅在版心處有「原序」字樣。二卷所收詩題全同於五卷本《蛻菴詩》之前二卷，另有《賞靜軒四詠寄武林朱氏》、《用友生韻自遣》、《次莫景行春雨喜晴》3 首。《補遺》據《玉山名勝集》、《乾坤清氣》、《元詩體要》、《金蘭集》、《南村輟耕錄》、《師子林紀勝集》、《惟實集》附錄計補詩 26 首。

（二）詩詞合集

10　**蛻菴詩五卷　蛻巖詞二卷　附錄一卷**　清康熙金侃抄本　中國國家圖書館藏

二冊，十一行二十一字，無序跋。經金侃、吳重憙、鄭文焯、吳昌綬、周叔弢、國家圖書館遞藏。有「周暹」「金侃之印」「亦陶」「北京圖書館藏」「高密」「昌綬校定」「吳重憙」「石蓮」「老芝經眼」印。有吳昌綬據鮑廷博本抄錄之屬鷗題識，及吳昌綬自識、鄭文焯跋。

〔註 5〕此本繆荃孫《藝風藏書記》卷七有著錄：「蛻庵集二卷附錄一卷勞季言校本，附錄即季言所輯。收藏有『權』字一朱文小方印。」

此本爲今所見最早五卷本，收詩531題670首，去掉重複，實收529題668首。收詞133首。《附錄》包括《元史》本傳、《堯山堂外紀》二則。

11. 蛻菴詩五卷　蛻巖詞二卷（附錄一卷）〔註6〕　清鮑氏知
不足齋抄本（卷四至五蛻巖詞配清抄本）　南京圖書館藏

九行二十一字，左右雙邊，版心下有「知不足齋正本」，有序跋。經鮑廷博、丁丙、江蘇省立第一圖書館、江蘇第一圖書館、南京圖書館遞藏。有「四庫著錄」「江蘇省立第一圖書館藏書」「八千卷樓」「老屋三間賜書萬卷」「歙西長塘鮑氏知不足齋藏書印」「世守陳編之家」印。

此本有蘇伯衡、來復2序。有《蛻菴詩集總目》。前三卷在正文中常有校語：《蛻菴詩》卷一《堂堂》詩題下有雙行小字「按舊本無此首」；「陽曲義士薛氏」下有雙行小字「舊本云陽曲薛義士」；《題述律萬戶澹樂軒》、《送黃中玉之慶元市舶》、《門有車馬客行》題下「按舊本無此五首」；七言古詩《古促促辭》、《北風行》、《螢苑曲》、《城西路》、《發古城鋪》、《王貞婦》、《息齋竹居古木爲會稽韓季博士題》、《崑山寺》、《休洗紅二首》、《悲寒風》；卷二《除夕》；卷三《無題》、《聞笛》、《臺城》、《七憶》諸詩題下均注「舊本無」。卷二《賞靜軒四詠寄題武林朱氏》題下注「按以下五首從舊本增入」。此處所言之「舊本」，文字多與《四部叢刊》本相應詩同，又由於少《除夕》一首，其所題「舊本」者應爲鮑正言鈔四卷本。《總目》標注補遺各體詩歌104首，此數正與上海圖書館藏鮑氏補遺本同，應爲鮑氏校補本。卷四、卷五及詞、附錄，從字體上看，或是配南京圖書館藏清抄本。

南京圖書館另藏有清抄本丁丙題識「蛻菴詩五卷蛻巖詞二卷（附錄一卷）」二種，一本十行二十一字，左右雙邊，有序跋。經汪氏振綺堂、丁丙、江蘇省立第一圖書館、南京圖書館遞藏。有「四庫著錄」

〔註6〕　（附錄一卷），表示善本書目未注明，而是書有。下同。

「八千卷樓」「江蘇省立第一圖書館藏書」「汪魚亭藏閱書」印。卷三《重寄水西新公道場渭公三塔寬公》第二首詩末尾有印記。《蛻巖詞》卷下第十一頁有印記：二紅印，其中一印爲圓形，中間「陽」字；一藍印似爲圖畫。另一本無序跋，十一行二十一字，無格。經丁丙、江蘇第一圖書館、南京圖書館遞藏。有「八千卷樓珍藏善本」「四庫著錄」「江蘇第一圖書館善本書之印記」「八千卷樓藏書之記」「復旂」印。卷一《題趙文敏公木石有先師題於上》末句處有印記（今存一半）。書前夾條有丁丙題識。

此二本從所收篇目、缺字來看，與金侃鈔本當屬同一系統。唯金侃本《送春答何高士》題目，此二本作《春答何高士》。

12. **蛻菴詩不分卷　蛻巖詞一卷**　清抄本　中國國家圖書館藏

一冊，九行二十字，無序跋。經陳樽、劉履芬、王欣夫、國家圖書館遞藏。有「仲遵」「蔭嘉」「大隆審定」「陳樽私印」「西昀居士」「陳氏家藏」「瓶花落硯香」「秋水芙蓉」「西昀藏書」「北京圖書館藏」「王氏二十八宿研齋祕笈之印」「劉印履芬」「泖生」「一研梨花雨」「讀書三徑草」「徐蘭」「陳墫私印」「鑒定眞本」印。《附錄》包括《元史》本傳、《堯山堂外紀》二則。

此本所收詩歌數量與順序同五卷本。

三、詞集單行本

13. **蛻巖詞二卷**　清初抄本　北京大學圖書館藏

十二行二十四字，無格。經曹寅、富察昌齡、李盛鐸、李滂、文祿堂、北京大學遞藏。首頁有「丙寅中秋前二日購於廠市文祿堂柴微記」。有「木犀軒藏書」「明墀之印」「李氏玉玩」「李印盛鐸」「木齋審定善本」「北京大學藏」「堇齋收藏印」「楝亭曹氏藏書」「李滂」「少微」印。

卷下前 3 首《木蘭花慢》二首，《眞珠簾》一首，爲別本卷上最後三首。卷下《朝中措》有牌無詞，而《憶秦娥》二首誤題《朝中措》，

有詞無牌。

此本所收之詞計 132 首，從其分卷次序看，參照知不足齋叢書本《蛻巖詞》鮑廷博按語：「博按，舊本上卷止此，《木蘭花慢》二闋、《眞珠簾》一闋俱入下卷。今從屬本。」可知此本當爲鮑氏所言舊本。（與曹溶看本同）

14. 蛻巖詞二卷　清汪氏擷藻堂抄本　中國國家圖書館藏

二冊，十行二十一字，黑口，左右雙邊，版心右下方有「擷藻堂」3 字。經擷藻堂、抱經樓、嘉業堂〔註7〕、國家圖書館遞藏。有「御賜抗心希古」「北京圖書館藏」「吳興劉氏嘉業堂藏」「四明盧氏抱經樓藏書印」「擷藻堂藏書印」「平陽季子收藏圖書」印。

此本上卷詞錯簡達 10 處。

15. 蛻巖詞二卷　校記一卷　彊村叢書本　中國國家圖書館藏

十一行二十一字，黑口，左右雙邊，民國六年（1917）歸安朱氏刻本。

此本爲朱氏以汪季青、金繪卣二鈔本校本。經與國家圖書館藏金侃鈔本重校，發現此本並未以金侃鈔本全校，僅個別處校之而已。

〔註7〕又見《嘉業堂藏書志》卷四「蛻巖詞二卷　汪氏擷藻堂鈔本」繆荃孫稿云：「至正間僧大杼選其遺稿，於洪武間刻之。詞即附於詩後，凡百三十餘首。此詞二卷，蓋即由原本析出單行者。」此說不知何據；而吳昌綬稿則云：「洪武間僅刻《蛻巖詩》。」復旦大學出版社，1997 年，第 1189 頁。

附錄二 四卷本《蛻菴詩》次序、數目及詩題比較

卷數	題數	刻 本	抄 本				
		明初刻本 07117（四部叢刊）	清初抄本 03949	康熙陸漻家抄本 08532	汪氏擷藻堂抄本 A00654	清抄本 11198	清嘉慶八年鮑正言抄本
		五言古詩 11 題 26 首					
卷一	1	獨酌謠 1					
	2	古鏡 1					
	3	題林大用隱居飯牛山 1					
	4	安童都事字鼎新號太虛徵予賦之 1			安童都事字鼎新號太虛徵余賦之集賢院		
	5	中秋望月 1					
	6	送客齊化門東馬上即賦 1	送客齊化門東馬上口號	送客齊化門東馬上口號	送客齋化門東馬上口號	送客齊化門東馬上口號	
	7	陽曲薛義士旌表詩卷 1	陽曲義士薛氏旌表詩卷	陽曲薛義士薛氏旌表詩卷	陽曲義士薛氏旌表詩卷	陽曲義士薛氏栓表詩卷	
	8	前出軍五首 5					
	9	後出軍五首 5					
	10	潮農歎 1					
	11	雜詩 8					
		五言長律（其他各本作五言長體）5 題 5 首					
卷一	1	元日靈臺官以初四日己酉時享遂以歲除日受誓於中書遜免朝賀紀詩八韻 1					
	2	分題送京非趙畊師尹之臨安路帥	分題送京兆趙耕師	分題送京兆趙耕師	分題送京兆趙耕師	分題送京兆趙耕師尹之	分題送京兆畊師尹之

		府照磨得通海湖1	尹之臨安路帥府照磨得通海湖	尹之臨安路帥府照磨得通海潮	尹之臨安路帥府照磨得通海湖	臨安路帥府照磨得通海湖	臨安路帥府照磨得通海湖
	3	送劉貞廷幹摠管之嘉禾1			送劉貞廷□總管之嘉禾		
	4	福唐張氏永思堂1					
	5	成居竹有書報甥傳君亮至揚州言其家與外表舅吳仲益及婦家二叔學生韓與玉金家無恙喜甚有懷1				成屋竹有書報甥傳君亮至揚州言其家與外表舅吳仲益及婦家二叔學生韓與玉全家無恙喜甚有懷	成居竹有書報甥傳君亮至揚州言其家與外表舅吳仲益及婦家二叔學生韓與玉全家無恙喜甚有懷
五言律詩 139 題 196 首							
卷一	1	衡山福嚴寺二十三題爲梓上人賦23					
	2	題桐廬鳳山寺僧道大鷺雪軒1		題桐廬鳳山寺僧大鷺雪軒		題桐廬鳳山寺僧大鷺雪軒	
	3	蓬軒爲吳僧元誼賦1					
	4	靜寄軒爲吳僧一元賦1					
	5	抱素子作自適圖求詩1					
	6	北山誦藏經三旬畢詩以調之1					
	7	用北山韻答之1					
	8	馮秀才伯學以丹青山水小景求題1					
	9	送觀性空上人歸省1					
	10	送以中及公自揚州天寧寺遊匡廬1					
	11	清軒1					

12	懷天目山處士張一無 2				
13	送福上人無際南歸 1				
14	清水河漲答復中吉監縣水字韻 1	話舊送胡士恭之京師	話舊送胡士恭之京師	話舊送胡士恭之京師	
15	話舊送胡士恭之京師 1	清水河漲答復中吉監縣水字韻	清水河漲答復中吉監縣水字韻	清水河漲答復中吉監縣水字韻	
16	送鄭喧宣伯赴赤那思山大斡尔朵儒學教授四首 4	缺最後 16 字		缺最後 15 字	缺最後 16 字
17	賞靜軒四詠寄題武林朱氏 4		賞靜軒四詠寄題武陵朱氏		
18	用友生韻自遣 1				
19	次杜德常僉院韻 1				
20	悠然閣爲歡鄭處士作 1				
21	聞董孟起副樞乃弟鄂霄院判凶訃哭之 2				
22	自顧 1				
23	宮中舞隊詞 3				
24	陳伯將作北山梓公岳居圖予題於上 1				
25	潞莊 1				
26	鴈聲 1				
27	馬通薪 1				
28	烏桕樹 1				
29	聞蟬 1				
30	書所見 2				
31	偕鄔元止善東門視田 1				

32	題林德敍竹雪齋 1			題林德清竹雪齋		
33	雪後 2					
34	癸巳元日即事 1					
35	大駕時巡千官導送至大口 1					
36	松巢爲潛川謝堯章作 1					
37	蛻菴歲宴百幽熏心排遣以詩乃得五首 5			蛻菴歲宴百幽熏心排遣以詩乃作五首		
38	十月一日 1					
39	立冬前二日 1	吳下客懷和答湛淵白先生廷玉	吳下客懷和答湛淵白先生廷玉		吳下客懷和答湛淵白先生廷玉	
40	吳下客懷和答湛冈白先生廷玉 1	懷先隴	懷先隴	吳下客懷秋答湛淵白先生廷玉	懷先隴	
41	懷先隴 1	七月廿九日	七月廿九日		七月廿九日	
42	七月廿九日 1	自誓	自誓		自誓	
43	自誓 1	乙巳初度日自壽	乙巳初度日自壽		乙巳初度日自壽	
44	乙巳初度日自壽 1	病起	病起		病起	
45	病起 1	歲晚苦寒偶成四章錄似北山老禪易之編脩	歲晚苦寒偶成四章錄似北山老禪易之編脩		歲晚苦寒偶成四章錄似北山老禪易之編脩	
46	雨涼 1			歲晚苦寒偶成四章錄似北山		
47	歲晚苦寒偶成四章錄似北山老禪易之編脩 4	立冬前二日(此首舊本在十月一日後)	立冬前二日(此首舊本在十月一日後)	雨涼	立冬前二日(此首舊本在十月一日後)	
48	四月十三日 1					

49	城東廢寺 1				
50	遊劉眞君廟 1				
51	漸老 1				
52	夜宿青芝墳園 1				
53	上都從駕幸東涼亭 1				
54	西內應制即事 1				
55	行次獨石驛大雨馳行廿里喜晴 1			西內應制即	
56	暴疾臥視草堂予再歲分院矣 1			暴疾臥□□堂余再歲	
57	有旨勑領宋史刊於江浙次東阿站 1	有旨勑領宋史刊於江浙次東河站	有旨勑領宋史刊於江浙次東河站		有旨勑領宋史刊於江浙次東珂站
58	九日抵武安縣俳佪店 1				
59	代祀湄洲天妃廟次直沽 1	代祀湄洲天妃廟次眞沽			代祀湄洲天妃廟次眞沽
60	次石門驛 1				
61	剡中清風嶺王節婦沉江處有血書石上 1				
62	關嶺 1				
63	雨中次黃崗驛 1				
64	夜過石溪驛 1	夜適石溪驛			夜適石溪驛
65	劉山驛 1				
66	瀨溪 1				
67	發漳州 1				
68	歸武林家雨至練市韓伯清莊 1				
69	汎舟青鎮至姚師善莊夕回韓莊 1				

70	召入國學雨中過高沙湖 1	召入國學雨中適高沙湖			召入國學雨中適高沙湖	
71	登歌風臺 1					
72	早發魯橋 1					
73	泊隆興章江門 1	泊龍興章江門	泊龍興章江門			
74	還自臨川省親鄞之長山元日有作 1					
75	次曹娥江 1					
76	北歸四月一日舟至市涇 1					
77	泊淮口 1					
78	黃河 1					
79	留宿洪洞慶雲觀劉山甫方丈 1					
80	舟行即事 2					
81	歸來 2					
82	七月一日之集慶望日次錫山宿玄文館 1					
83	九日謁告歸阻風御河齊家堰 1	九日謁告歸阻風御河齊		九日謁告歸阻風御河齊	九日謁告歸阻風御河齊	
84	至通州 1					
85	自悟 2					
86	上除日南山蓮社期懺偕伯清昆季還飲南園 1					
87	伯清邀予至青芝塢汎湖暮歸 1					
88	清明遊包家山 2					
89	偕楊瑀元誠王杰自行湖堤閒步 1					
90	秋試後胡益士恭歸番易與遊吳山聖水寺 1	秋試後胡益士恭歸鄱易與遊吳山聖水寺	秋試後胡益士恭歸鄱陽與遊吳山聖水寺	秋試後胡益士恭歸番易與遊吳山聖水寺	秋試後胡益士恭歸鄱易與遊吳山聖水寺	

91	清明日偕李欽嗣遊吳公弓臺至雷塘蜀井 1				
92	九月八日陪危太僕偕梁九思遊南城三學寺萬壽寺 2	九月八日陪危太僕偕梁九思遊城南三學寺		九月八日陪危太僕偕梁九思遊城南三學寺萬壽寺	九月八日陪危太僕偕梁九思遊城南三學寺萬壽寺
93	文昌樓望月時家已歸浙上 1				
94	清明日遊東山謁栖霞嶺仇先生墓 1	清明日遊京山謁栖霞嶺仇先生墓	清明日遊京山謁栖霞嶺仇先生墓		清明日遊京山謁栖霞嶺仇先生墓
95	秋日獨行埂上偶至清修寺 1				
96	四月望觀帝師發思拔影堂慶讚立碑 1	四月望觀帝師發思拔影堂慶賀立碑	四月望觀帝師發思拔影堂慶賀立碑	四月望觀帝師發思跋影堂	四月望觀帝師發思拔影堂慶賀立碑
97	九月六日宿寶集寺 1				
98	次韻莫景行夏夜望雨 1			次莫景行春雨喜晴（內容同夏夜望雨）	
99	次莫景行春雨喜晴 1	／	／	／	
100	甲子元日夜大雪初三日立春始晴 1				
101	南園宴集雨歸有作 1				
102	辛未苦雨 1				
103	癸酉人日雨中 1				
104	與渤海孟苃景章守歲成居竹宅 1				
105	庚辰元日立春 1				
106	戊子正月連雪苦寒答段助教天祐吉甫 2			戊子正月連雪苦寒答段助教天祐吉甫二首	

107	四月十四日詧儀白塔寺有旨耆升院判 1			四月十三日詧儀白塔寺有旨耆升院判	
108	七月六夜對月 1				
109	乙未元日 1				
110	歲除日 1				
111	暴風 1				
112	長至日 1	長至日壬辰	長至日壬辰	長至日壬辰	
113	大風（時送友南城）1	北山以著色蘭贈西昌堯如淵求題	北山以著色蘭贈西昌堯如淵求題	大風時送友南城（內容同北山）	北山以著色蘭贈西昌堯如淵求題
114	七月且立秋風雨夜寒 1	嘯亭爲鹽令賈策治安題	嘯亭爲鹽令賈策治安題	嘯亭爲鹽令賈策治安題	嘯亭爲鹽令賈策治安題
115	嘿坐 1	寄題欽惟心山房三首	寄題欽惟心山房三首	寄題欽惟心山房三首	寄題欽惟心山房三首
116	除夕 1	輯山村先生詩卷	輯山村先生詩卷	輯山村先生詩卷	輯山村先生詩卷
117	初三日夜玩月至中秋得詩二首 2	金水橋上聞苑池荷香	金水橋上聞苑池荷香	金山橋上聞苑池荷香	金水橋上聞苑池荷香
118	悼太平公 1	次韻題大雷山桃源汪氏桃隱	次韻題大雷山桃源汪氏桃隱	次韻題大雷山桃源汪氏桃隱	次韻題大雷山桃源汪氏桃隱 3 首（其中第三首內容同大風）
119	梅隱爲蕃禧觀集道士作二首 2	大風	大風	鑑堂上人招予適慧山行舟不成往因寄 2 首（其中第二首內容同大風）	七月且立秋風雨夜寒
120	識趣齋爲山陰魏仲遠賦 1	七月且立秋風雨夜寒	七月且立秋風雨夜寒	七月且立秋風雨夜寒	嘿坐

121	寄雲門僧若耶溪兼題其松風閣二首 2	嘿坐	嘿坐	嘿坐	除夕	
122	送泐季潭遊天台並送淵侍者歸天台二首 2	除夕	除夕	除夕	初三日夜玩月至中秋得詩	
123	送蒲室殺本中往住長蘆寺 1	初三日夜玩月至中秋得詩二首	初三日夜玩月至中秋得詩二首	初三日夜玩月至中秋得詩二首	悼太平公	送蒲室叙本中往住長蘆寺
124	謁儀則堂上方觀聽續撰澤氏通鑑 1	悼太平公	悼太平公	悼太平公	梅隱爲蕃視關余道士作二首	謁儀則堂上方觀所續撰釋氏通鑑
125	北山以雪窗墨蘭竹石求題 1	梅隱爲蕃鎭關集道士作二首	梅隱爲蕃鎭關集道士作二首	梅隱爲蕃鎭關集道士作二首	寄雲門僧若耶溪兼題其松風閣二首	北山以雪窗墨蘭竹石求題
126	送蒙古僧印空巖還黃龍寺 2	寄雲門僧若耶溪兼題其松風閣二首	寄雲門僧若耶溪兼題其松風閣二首	寄雲門僧若耶溪兼題其松風閣二首	識趣齋爲山陰魏仲遠賦	
127	北山以著色蘭贈西昌堯如淵求題 1	識趣齋爲山陰魏中遠賦	識趣齋爲山陰魏仲遠賦	識趣齋爲山陰魏仲遠賦	送泐季潭遊天台並送淵侍者歸天台二首	
128	嘯亭爲鹽令賈策治安題 1	送泐季潭遊天台並送淵侍者歸天台二首	送泐季潭遊天台並送淵侍者歸天台二首	送泐季潭遊天台並送淵侍者歸天台二首	送蒲室殺本中往住長蘆寺	
129	寄題欽惟心山房三首 3	送蒲室殺本中往住長蘆寺	送蒲室殺本中往住長蘆寺	送蒲空叙本中往住長蘆寺	謁儀則堂上方觀聽續撰釋氏通鑑	
130	輯山村先生詩卷 2	謁儀則堂上方觀聽續撰釋氏通鑑	謁儀則堂上方觀聽續撰釋氏通鑑	謁儀則堂上方觀聽續撰釋氏通鑑	北山以雪窗墨蘭竹石求題次韻	
131	金水橋上聞苑池荷香 1	北山以雪窗墨蘭竹石求題	北山以雪窗墨蘭竹石求題	北山以雪窗墨蘭竹石求題	鑑堂上人招予適慧山舟行不成往因寄	
132	次韻題大雷山桃源汪氏桃隱 2	鑑堂上人招予適慧山舟行不成往因寄	鑑堂上人招予適慧山舟行不成往因寄	清溪濯足圖	清溪濯足圖	次韻題大雷山桃源江氏桃隱

133	鑑堂上人招予適慧山舟行不成往固寄 1	清溪濯足圖	清溪濯足圖	觀潮	觀潮	鑑堂上人招予遊慧山舟行不成往因寄
134	溪居山水山景二首 2	觀潮	觀潮	送蒙古僧印空巖還黃龍寺	送蒙古僧印空巖還黃龍寺	溪居山水小景二首
135	清溪濯足圖 1	送蒙古僧印空巖還黃龍寺	送蒙古僧印空巖還黃龍寺	溪居山水小景	溪居山水小景二首	
136	觀潮 1	溪居山水小景	溪居山水小景	水墨達麼像班惟志筆	水墨達麼像班惟志筆	
137	水墨達麼像班惟志筆 1			數日北風興懷過海諸友	數日北風興懷過海諸友	
138	數日北風興懷過海諸友 1			啖筍	啖筍	
139	啖筍 1			/	/	此首後有《陪東泉學士汎湖》
	七言古詩 31 題 31 首					
卷二	1	題昌化陳孝子傳 1				
	2	題鐵石驄馬圖 1				
	3	題趙文敏公畫馬 1				
	4	題牧牛圖 1				
	5	題李白觀泉圖 1				
	6	題郝內翰書所作夢觀瓊花賦後 1				
	7	題趙仲穆怪石奇木 1				
	8	題長孫皇后諫獵圖 1				
	9	題華山圖 1				
	10	懶拙道人茗溪曉望圖 1				
	11	金宣孝太子墨竹 1				
	12	綠玉連環歌爲邢從周典簿作 1				

13	并州歌送張彥洪使畢還河東 1					
14	劉道權爲李遠子微作青山似洛山圖爲作歌係之 1	劉道權爲李遠紫微作青山似洛山圖爲作歌以係之	劉道權爲李遠紫微作青山似洛山圖爲作歌以係之	劉道權爲李遠子微作青山似洛山圖爲作歌以係之	劉道權爲李遠紫微作青山似洛山圖爲作歌係之	劉道權爲李遠子微作青山似洛中圖爲作歌係之
15	吳攜仲傑橫河精舍圖亦道權作 1					
16	崔旭行之雲巢圖贈道士余剛中請予賦長歌 1	崔旭行之雲巢圖贈道士俞剛中請予賦長歌	崔旭行之雲巢圖贈道士俞剛中請予賦長歌	崔旭行之雲巢圖贈道士俞剛中請余賦長歌		
17	送崔讓士良都事江淮行省 1					
18	爲古紹先題劉平妻胡氏殺虎圖 1					
19	（缺題）1			城南		城南
20	范寬山水 1					
21	張師夔爲郭子靜作終南山色因題 1					
22	天香室爲四明定水復見心禪師賦 1					
23	題趙文敏公木石有先師題於上 1					
24	題武林姚氏頤壽堂 1					
25	題雪溪待渡圖 1					
26	題李早女眞三馬扇頭 1				題季早女眞三馬扇頭	
27	題陳所翁九龍戲珠圖 1					
28	題侍郎秋江捕魚圖 1					
29	畫馬 1					
30	贈吳士桑饒 1					
31	題泰東山藏主十八開士圖 1					

七言律詩 275 題 306 首					
卷三	1	八月十六夜對月 1				
	2	中秋次友生玩月韻 1				
	3	閏九月遊錢塘南屏諸山 1				
	4	閏中秋是日白露節 1				
	5	七月望對月 1				
	6	中秋廣陵對月 1				
	7	上元宿通州楊原誠寓宅 1	上元宿通州楊原誠寓所	上元宿通州楊原誠寓所		
	8	丁亥元日 1				
	9	中秋玩月崇眞萬壽宮 1				
	10	四月旦雨中送春 1				
	11	乙酉■月二十七日大雪寒甚有旨賜宴史局 1				乙酉十二月二十七日大雪寒甚有旨賜宴史局
	12	述古眞人壽席爲賦 1				
	13	春日汎湖陪李旻德融席上作 1				
	14	雪後苦寒 1				
	15	喜雨 1				
	16	清明日到陳莊 1				
	17	東西馬城春行柬平湜伯容 1	京西馬城春行柬平湜伯容	京西馬城春行柬平湜伯容		京西馬城春行柬平湜伯容
	18	暮春有感次劉監丞 1				
	19	上京大雨驟寒飲周從道所 1				
	20	遊鳳凰山故宮至高禖臺鴻鴈池 1				

21	春日偕監中士友遊南城 1				
22	上京秋日三首 3				
23	三月二日賞杏花光岳堂分韻 1				
24	秋日偕成居竹秦景桓遊蜀岡萬花園 1	臘日飲趙氏亭	臘日飲趙氏亭	臘日飲趙氏亭	臘日飲趙氏亭	
25	春日遊王公量南墅 1	秋日偕成居竹秦景桓遊蜀岡萬花園	秋日偕成居竹秦景桓遊蜀岡萬花園	秋日偕成居竹秦景桓遊蜀岡萬花園	秋日偕成竹居秦景桓遊蜀岡萬花園	
26	臘日飲趙氏亭 1	春日遊王公量南墅	春日遊王公量南墅	春日遊王公量南墅	春日遊王公量南墅	
27	伏日陪吳興諸府公宴魯公池上 1				
28	刊史局雨涼陪韓左丞叔亨小集 1				
29	中秋張外史招賞失約賦以謝之 1				中秋張外史招賞月失約賦以謝之
30	辛巳二月朔登憫忠閣 1			辛巳二月朔登閔忠閣	辛巳二月朔登憫忠寺閣
31	蚤發潞陽驛 1				
32	上京即事 1				
33	舟發浙江夜泊廟山驛 1				舟泊浙江夜泊廟山驛
34	豫章山房為見心復公賦 1				
35	四明寓居即事 1	上清山中	上清山中	上清山中	上清山中
36	上清山中 1	四明寓居即事	四明寓居即事	四明寓居即事	四明寓居即事
37	臺城 1				
38	冶城 1				
39	鹿苑寺 1				
40	瓦棺寺 1				
41	石頭城用薩天錫韻 1				

42	秦淮晚眺 1				
43	北歸渡河 1				
44	拜襄陵祖塋 1				
45	郡樓晚望 1				郡樓晚望覽臨武堂故基
46	鴈自代過晉嶺客中感興 1				
47	茌平道中 1	茌平道中	茌平道中		
48	宴四明江中醉臥及醒舟已次車廐站 1	宴四明江中醉臥及醒舟已次車廐店	宴四明江中醉臥及醒舟已次車廐店	宴四明江中醉臥及醒舟已次車廐店	
49	登樂清縣岑山亭 1				
50	石門書院瀑布 1				
51	西峽渡 1				
52	湄洲嶼 1				
53	次福清宏路站州守林清源邀飲治所 1				
54	浮山道中 1				
55	北行苦雨待程繼先舟行 1			北山苦雨待程繼先舟行	北行苦雨待繼先舟行
56	寄龍翔訴公長老 1				
57	登嚴先生兩釣臺 1				
58	滕王閣晚望 1				
59	南山蓮社偕韓友直伯清昆季遊龍井寺 1				
60	天竺山中訪項可立不遇 1				
61	遊萬松菴 1				
62	扈從之上京過龍門 1				
63	遊武康禹山留宿昇元宮 1				
64	四月護三喪渡江之宴塢 1				

65	天竺北峰行香泛舟湖山堂 1				
66	聽松軒為丹丘杜高士作 1				
67	玄圃為上清道士周靜脩題 1				
68	梅雪齋為紫霄宮揚逢賓題 1				
69	犀山凝翠臺為上清道士劉伯達題 1				
70	愛松亭為嘉禾三塔寺寬雲海賦 1				
71	冰雪菴為衡嶽北山上人賦 1				
72	雲松巢為翰林學士王公儼作 1				
73	醉月堂為萬聲遠作 1				
74	不繫舟漁者陳子尚自號 1		不繫舟漁者陳子上自號		不繫舟漁者陳子上自號
75	浮雲道院 1				
76	石田山房為毛叔達作 1				
77	雪巢為上清劉道士賦 1				
78	次韻劉伯貞與金山即休了長老唱和 1	次韻劉伯真與金山即休了長老唱和	次韻劉伯真與金山即休了長老唱和		次韻劉伯真與金山即休了長老唱和
79	北山禪房次危太僕韻 1				
80	遊金山東即休了公 1				
81	寄越寶林別峯嘉禾水西仲銘 2				
82	寄越能仁用章俊禪師 1				
83	寄清遠渭禪師 1				

84	寄四明定水見心復禪師 1					
85	寄平江開元寺雪窗光公 1					
86	送西江賢古愚上人 1					
87	送范準堂住天台法輪寺 1					
88	送道存師遊方 1					
89	送絕宗繼講師住大雄寺 1					
90	送泐季潭還龍翔 1					
91	送至上人還金陵 1					
92	聞雲海寬寶林同二師寂音悼之 1					
93	答復見心見寄 1					
94	重寄水西新公道場渭公三塔寬公 3	止有 2 首			缺第二首最後 8 字，第三首	止有 2 首	
95	浙僧饒雲石至京即回 1						
96	用丁仲容韻送季潭泐公歸龍翔 1						
97	寄答定水見心禪師三首 3						
98	次林伯昇遊天童寺韻 1						
99	籌峯眞館追和松瀑黃石翁尊師 1					
100	送張惟善使還上清宮 1					
101	送道士張一無還安仁省親 1					
102	贈別勾曲外史張伯雨 1	贈別句曲外史張伯雨	贈別句曲外史張伯雨	贈別句曲外史張伯雨	贈別句曲外史張伯雨	

103	壺隱爲淦川徐仁則賦 1	壺隱爲淦州徐仁則賦	壺隱爲淦州徐仁則賦	壺隱爲淦州徐仁則賦	壺隱爲淦州徐仁則賦	
104	懷計籌山通眞觀純一雲峯高士 1	懷計籌山通眞觀純一雲峯高士	懷計籌山通眞觀純一雲峯高士		懷計籌山通眞觀純一雲峯高士	
105	送匡山王濟遠朱弘道南歸 1					
106	幻寓菴用虞芝亭學士韻 1					
107	送述古彭大年眞人 1					
108	大年先人樂天遺雷符一卷爲題 1					
109	壺州爲上清張道士題 1	題開開吳宗師徒孫丁自南卷	題開開吳宗師徒孫丁自南卷	題開開吳宗師徒孫丁自南卷	題開開吳宗師徒孫丁自南卷	
110	題開開吳宗師徒孫丁自南卷 1	送劉彥基奉宗師命訪求道德經註	送劉彥基奉宗師命訪求道德經註	送劉彥基奉宗師命訪求道德經註	送劉彥基奉宗師命訪求道德經註	
111	送劉彥基奉宗師命訪求道德經註 1	壺州爲上清張道士題	壺州爲上清張道士題	壺州爲上清張道士題	壺州爲上清張道士題	
112	送上清道士李自賓歸山 1					
113	送陳復齋歸婺之武義清寧觀 1					
114	送胡道士還豫章舟居 1					
115	送薛鶴齋南歸吳中 1					
116	雲臺眞觀爲上清周用章作 1					
117	送方方壺羽士之京師 1				送方一壺羽士之京師	
118	挽張伯雨宗契 3					
119	正一沖和宮揚弘道以虞學士詩求和 2				正一沖和宮揚弘道以虞學士詩求題	

120	廣東帥府掾林德恭餉藤簟 1	廣東帥府掾林德恭餉藤簟			廣東帥府掾林德恭餉藤簟	
121	鐵笛爲孟暐賦 1	鐵笛爲孟天暐賦	鐵笛爲孟天暐賦	鐵笛爲孟天暐賦	鐵笛爲孟天暐賦	鐵笛爲孟天暐賦
122	給事以馬乳旣就索詩 1					
123	仙娥玩月圖爲野雲陳氏題 1					
124	陳子平寄所作瓊花賦答謝 1					
125	周漢長公主府臨安故城二圖 2					
126	海樓爲宛丘秋藏用題 1					
127	太古樓爲豫章傅道士題 1					
128	半村爲傅處士賦 1					
129	李克約餉臘梅並詩用韻答之 1					
130	霍丘孫遊武林敘湖山之勝詒之 1	霍丘孫遊武林湖山之勝詒之		霍丘孫遊武林湖山之勝詒之	霍丘孫遊武林湖山之勝詔之	
131	懷臨川舊遊賦以贈別戈直伯敬 1					
132	暮春偶作 1					
133	草堂爲胡晉仲題 1					
134	贈相士陳巨山 1					
135	贈地理家何玉泉 1					
136	贈易學李所翁 1					
137	贈箏工任禮 1					
138	玉笙爲陸國瑞賦 1					
139	長至日題 1					
140	元夜獨坐 1					
141	夜起 1					
142	秋懷 1					
143	世事 1					
144	病疽 1		病疽	闕題		元日

卷	序號	詩題				
	145	初度日 1				
	146	癸酉初度眞率會分韻得 1	癸酉初度眞率會分韻得缺	癸酉初度眞率會分韻得□□	癸酉初度眞率會分韻	癸酉初度眞率會分韻得缺
	147	乙亥初度是歲仍改至元 1				
	148	病疿 2				
	149	自喻 1				
	150	憶山中 1				憶中山
	151	感興 1				
卷四	152	殿試羲與讀卷官 1				
	153	翰林三朝御容戊戌仲冬把香前宮 1				
	154	甲午禮闈 1				
	155	九月朔迎駕大口 1				
	156	庚辰十月朔奉迎明宗冊寶至石佛寺明日壬辰迎至太廟清祀禮成賦以紀事 1				
	157	圓丘禮成改直翰林敕書告廟祝板 2		圓丘禮成改直翰林勑書告廟祝板		
	158	送太傅丞相出師平徐方 1				
	159	直延春閣 1				
	160	寄寶林同別峯定水復見心 1				
	161	憶廣陵舊事 1				
	162	懷清源洞舊遊 1		懷清源洞遊		
	163	寄副樞董摶霄孟起 1				
	164	寄野菴察罕平章 1				
	165	大軍下濟南 1				
	166	哀孝子夏永慶 1				

167	雲州龍門鎮韓母劉孝節卷 1				
168	眞定王節婦智氏 1				
169	上京睹陳渭叟寄友書聲及鄙人賦以答之 2				
170	授鉞 1				
171	左丞傅夢臣歸老汾曲賦以壽之 1				
172	王繼學使還南臺侍御史詩以賀之 1				
173	送西江胡允中之桃溫萬戶府學正 1				
174	余伯疇歸浙東簡郡守王居敬 1				
175	寄達兼善經歷柯敬仲博士 1				
176	宗人鳴善將還武昌詩以敘別 1				
177	次倪元鎮張伯雨錫山唱和之作 1			次倪元鎮張伯雨錫山倡和之什	
178	答謝看雲宗師壽帙綺段之贈 1				
179	送涂茂才北遊 1	送徐茂才北遊	送徐茂才北遊		送徐茂才北遊
180	答韓伯清練溪見寄 1				
181	醉鄉 1				
182	送曹鑑克明浙省員外遷湖廣 1				
183	越僧無涯號栖雲乞賦 1				
184	懷上饒祝蕃蕃遠時爲建康學正 1				
185	送歐陽遜老從謙之湖闈照磨 1				
186	送王季境還揚州兼述所懷 1				

187	汪兗州叔志去思碑 1	江兗州叔志去思碑	江兗州叔志去思碑	江兗州叔志去思碑	江兗州叔志去思碑	
188	臨川留別宜黃樂杞楚材 1	臨川留別宜黃樂杞楚材	臨川留別宜黃樂杞楚材	臨川留別宜黃樂杞楚材	臨川留別宜黃樂杞楚材	
189	寄達張五丈師夔明府 1					
190	寄歸學士彥溫時寓夏縣 1					
191	寄韓文璵與玉 1					
192	春闈和周伯溫韻呈同院 1					
193	寄郯九成即事自述 1					
194	寄成居竹 1					
195	高沙失守哭知府李齊公平 1			高沙失守哭知府李徐公平		
196	潼關失守哭參政述律傑存道 1					
197	寄答翟彬文中時避地慈谿 2					
198	食粥 1					
199	聞歸集賢遠引奉簡一章 1					
200	題馮士啓士可藏書堂 1					
201	分韻瓜步送司執中之江西憲府照磨 1					
202	分題投書渚送沙彥文架閣之江西 1					
203	分題若耶溪送胡一中允文錄事之紹興 1					
204	寄題睢陽張文昭存齋 1			寄題睢陽張文照存齋		
205	題四皓商山圖 1					

206	玉山墨工魏元德名一時贈之以詩1				
207	山友爲金閣山田道士作1				
208	望江1				
209	歲晏奇寒1				
210	寄答莫惟賢景行1				
211	答馬易之編脩病中作1				
212	寄成居竹黃舜臣2				
213	至日微雪家人盡上冢獨坐小酌1				
214	送普顏彥仁都事還蜀兼柬文時可郎中1				
215	題括士朱䌷方火五松1	題括士朱䌷方□五松		題括士朱䌷方□五松	題括士朱䌷方□□五松
216	吾廬1				
217	歡汪希仲罕代自雄新二州警曹話其風土爲賦1				
218	病起偶題1				
219	飲故相園宅1				
220	監中暮歸1				
221	次韻閭僧秀嵓寄竹溪僧2				
222	送監生聶讓省兄山後1				
223	東坡淮口墨跡卷後有黃策詩1				
224	壽許集賢可用1		2首（其中第二首內容爲送崑山強仲賢照磨之南海元帥府）		

225	病瘡少癒睹桃樹含葇少遣春思 1	病創少癒睹桃樹含葇少遣春思			
226	院和御史李起巖明舉韻 2				
227	次韻劉希曾師魯避兵病懷 1				
228	送四明道士陳士元敬止歸玄妙觀 1				
229	崔行之爲求豐道士余剛中作林泉釣艇圖求題 1	崔行之爲永豐道士俞剛中作林泉釣艇圖求題 1			
230	送崑山強仲賢照磨之南海元帥府 1				
231	送貴溪彭伯時教授之高州蒙古學 1				
232	樂平劉復初隱居四詠 4				
233	成居竹有詩見寄因郊九成行用韻答之 1				
234	送燕山楊文周之汾州教授 1				
235	送草窗講師周善京還九江太平宮 1	送草窗講宗周善京還九江太平宮	送草窗講宗周善京還九江太平宮	送草窗講宗周善京還九江太平宮	
236	許編脩克敬歸平水奉寄王祕監先輩 1				
237	九日宴允浮森玉軒醉中感懷 1				
238	故御史王楚嫠元戴爲臨川王伯達三畫求題 3	會試院泰甫兵部既答和拙作且示佳章僕以泪於校文遂稽貂續仍韻	會試院泰甫兵部既答和拙作且示佳章僕以泪於校文遂稽貂續仍韻	會試院泰甫兵部既答和拙作且示佳章僕以泪於校文遂稽貂續仍韻	會試院泰甫兵部既答和拙作且示佳章僕以泪於校文遂稽貂續仍韻見趣所考既就格

		見趣所考既就格輒綴四首錄奉一笑	見趣所考既就格輒綴四首錄奉一笑	見趣所考既就格輒綴四首錄奉一笑	輒綴四首錄奉一笑	
239	送陳景初漕史還平江各賦一詩寄吳下諸友 4	故御史王楚鰲元戴為臨川王伯達三畫求題	故御史王楚鰲元戴為臨川王伯達三畫求題	故御史王楚鰲元戴為臨川王伯達三畫求題	故御史王楚鰲元戴為臨川王伯達三畫求題	
240	雪中梁師孟叔原餉渾酒小絣悶悰偶成二章 1					
241	送偰元魯降香南嶽南海 1					
242	試院泰甫兵部既答和拙作且示佳章僕以汩於校文遂稽貂續仍韻見趣所考既就格輒綴四首錄奉一笑 4	送景初漕史還平江各賦一詩寄吳下諸友	送陳景初漕史還平江各賦一詩寄吳下諸友	送景初漕史還平江各賦一詩寄吳下諸友	送景初漕史還平江各賦一詩寄吳下諸友	會試院泰甫兵部既答和拙作且示佳章僕以汩於校文遂稽貂續仍韻見趣所考既就格輒綴四首錄奉一笑
243	九月二日揭曉僕以朔旦始得聞復成二詩錄奉泰甫侍郎思齊御史本中都事道明敏文伯崇有志諸僚友 2	汶上早行圖上清張道士寫	汶上早行圖上清張道士寫	汶上早行圖上清張道士寫	汶上早行圖上清張道士寫	
244	汶上早行圖上清張道士寫 1	白鷹	白鷹	白鷹	白鷹	
245	白鷹 1	九月二日揭曉僕以朔旦始得聞復成二詩錄奉泰甫侍郎思齊御史本中都事明道敏文伯崇有志諸僚友	九月二日揭曉僕以朔旦始得間復成二詩錄奉泰甫侍郎思齊御史本中都事道明敏文伯崇有志諸僚友	九月二日揭曉僕以朔旦始得聞復成二詩錄奉泰甫侍郎思齊御史本中都事道明敏文伯崇有志諸僚友	九月二日揭曉僕以朔旦始得聞復成二詩錄奉泰甫侍郎思齊御史本中都事明道敏文伯崇有志諸僚友	
246	庚子元日早朝大明殿小飲自述 1					
247	仙興 1					

248	自悼 2					
249	悼亡日 1	病中	病中	病中	病中	
250	病中 1	遣興	遣興	遣興	遣興	
251	遣興 1	至後暴日	至後暴日	至後暴日	至後暴日	
252	至後暴日 1	悼亡日	悼亡日	悼亡日	悼亡日	
253	九日書似北山上人 1	九日			九日	
254	中秋望亭驛對月 1					
255	春日小軒獨坐 1					
256	清明日杏園獨坐 1					
257	長至日偕諸友遊故宮 1					
258	中秋雨明日晴明玩月有作 1					
259	正月九日夜雪甚寒 1					
260	長至後一日小集張氏小軒留題 1			長至後一日小築張氏小軒留題		
261	十月望夜月食既 1	喜雪簡社友	喜雪簡社友	喜雪簡社友	喜雪簡社友	
262	喜雪簡社友 1	十月望夜月食既	十月望夜月食既	十月望夜月食既	十月望夜月食既	
263	清明大風雨 1					清明日大風雨
264	雷火焚故宮白塔 1					
265	中秋樂陵驛玩月 1					
266	清明雨晴遊包山龍華寺過慈雲嶺 1					
267	送春答何高士 1					
268	家居九日 1					
269	喜雪答鶴齋薛逸人 1					
270	七月廿九日書所見 1			七月廿七日書所見		
271	過李陵臺 1					

	272	雪中早朝 1					
	273	夕次楊村 1					
	274	西興渡 1					
	275	辱井欄 1					
	七言絕句 10 題 30 首
卷四	1	送林崇高還武夷山 2					
	2	七月望日徐勉自武林來得兩訃音 2			七月望日徐勉自武林來得兩音訃		
	3	予京居廿稔始置屋靈椿坊衰老畏寒始製青鼠袍且久乏馬始作一車出入皆賦詩自志 3					
	4	讀瀛海喜其絕句清遠因口號數詩示九成皆實意也 10					
	5	大年小景　雪窗二蘭 3					
	6	幻闇宗師以詩招賞海棠文申有詩見約次韻 3			幼闇宗師以詩招賞海棠文申有詩見約次韻	闇宗師以詩招賞海棠文申有詩見約次韻	
	7	廉子祐歸省金陵且就秋試作三絕句贈別 3					
	8	王杲東白墨蘭樵題詩用韻其左並寓所懷 1					
	9	早出北城迎社稷香輿 1					
	10	偶成二絕句簡魯威學士 2					
總計		471 題 594 首	460 題 576 首（其中兩首不全）	470 題 593 首	453 題 570 首（其中兩首不全）	459 題 576 首（其中一首不全）	460 題 582 首

附錄三　《蛻巖詞》各本異文

詞牌（題序）	金本	汪本	曹溶看本	大北藏本	鮑刻本	永樂大典、備註
卷上						
六州歌頭（孤山尋梅）	侵荒蘚			浸		
	獨耐朝寒峭	奈				
	苔枝上		石苔枝上	石苔枝上	又苔枝上	
	喚起春嬌扶醉		郊	郊		
瑞龍吟（癸丑歲多……）	清眞詞韻			調		
	溪山深處	勝	勝	勝		
	聯床夜語	連	連	連	連	
	斷腸歲晚				腸斷	
多麗（為友生書所見）	簾櫳婀娜蓬萊	娜婀				
	霎兒後		時	時		
	玉絲頭導		道	道	道	
	麝香粉	麝	麝	麝	麝	
又（清明上巳……）	參差綠港紅橋				蓋	
	鬧紅芳樹		樹	樹		
	漬羅袂			清		
	隔花偷盼			眄		
又（西湖泛舟……）	空留在		得	得		
	歌姬散盡				聲	
	一片				□一片	
蘭陵王	又歇拍多時		指	指		

（臨川寓舍聞箏）	匆匆前度見略下		忽忽前度見略	忽忽前度見略	匆匆前度見略略	
	分片空格無		有	有	有	
摸魚兒 （送黃任伯歸豐城……）	故及			故及之		
	正匆匆		忽忽	忽忽		
	總付醉鞭詞譜		墜	墜	墜	
又 （臨川春遊……）	賦此止之		上	上		
	淡煙踈雨	輕	輕	輕	輕	
	只泥酒杯陶寫	瀉				
	笑蝶嬴螟蛉	嬴	嬴		嬴	
又 （題熊伯宣藏《梅花卷子》）	水痕冷沁苔枝雪	冰	冰	冰	冰	冰
	清高不入閑紅紫					問
	總賦得招魂					縱
	煙荒雨暗					煙荒雨
	深宮舊事					村往
	伴瘦影		□瘦影	□瘦影		立瘦影
又 （王季境湖亭……）	王季境		黃季景	黃季景		
	季境悵然		景惘	景惘		
又 （賦湘雲）	閒悲浪苦		愁	愁		
	新聲自譜			舊		
又 （元夕，吳門……）	西樓燈火如畫	畫				
	燕嬌鶯姹		婉	婉		
	君試問		看	看		
又 （錢萬戶宜之邀予……）	綠鬢妥墮	俀	倭	倭	俀	
	斕羞倦整	斕□	羞斕	羞斕		
	多情正要人拘管			物		
金縷詞 （送王季境還廣陵）	王季培		境	鏡	境	
	自宜晴雨	暗				
	天上歸來重載酒			天上歸來重賦載酒		

	翻作				□翻作	
	只恐驚鴻花外起		只恐驚花花外起	只恐驚花外起		
	直過滄江去	蒼	蒼	蒼	蒼	
又（送上官子東之崑山州幕官）	底用雪揉雨染		雲	雲	雲	
沁園春（讀白太素《天籟集》……）	勝炎洲出使		州	州	州	
	瘴海征旃	浮	浮	浮	浮	
	得放嬾還須自在些	得放嬾□還自在些				
	金谷豪華		奢	奢	奢	
又（泉南初度，伯時將北歸……）	伯時將北歸	時				
	出時持節				出持使節	
	來駐征驂	往				
	夢覺先家雪滿簪		仙	仙	仙	
	空留意		空留	空留	空留	
又（廣陵，九日……）	劉士幹		子	子		
	隨處蘭舟且暫梢		稍	稍	捎	
	黃花任插		儘	儘		
又（次韻李元之聽董氏雙絃）	李元之		亢	亢		
	誰喚嬌嬈			娘		
	哀何似，似離鸞驚起		哀何似，離鸞驚起	哀何似，離鸞驚起		
	擬編《三臺》		擷	擷	擷	
	任鸞綃纏髻		盡	盡		
蘇武慢（對雪）	對雪			雲		
	朔雲屯地	翔				
	一樣飄零珠解		琳	琳		
	白羽鳴弦		強	強	絃	
	春渚水香挑菜			鄉		

又 （歲晚再雪，仍用前韻）	幻影浮空		生	生	生	
	絆殺英雄			煞		
	一舸吳淞	松	松	松		
風流子 （臨川歲五月禱神，以中末二旬之六、七、八日張燈，遊人特盛。回憶武林元夕）	臨川歲五月禱神					歲五月禱神
	以中末二旬之六、七、八日張燈	以中末二旬之六、七、八日張燈	以中末二旬六、七、八日張燈		以中末二旬之六、七、八日張燈	
	回憶武陵元夕					武林
	炎塵靜				淨	淨
	看珠珞翠繩		絡	絡		絡
	綵棚花架				繃	
	月窺端正			滿		
	雪羅香裏			雲	雲	
	空遣酒懷搖蕩		遣	遣	遣	遣
又 （賞箏妓崔愛）	好請鈿床纖手		倩	倩	倩	
疏影 （王元章《墨梅圖》）	王元章					王冕
	墨梅圖			園		
	更漠漠		想象	想像		
	啼處驚殘					低
	惟有龍煤解染		龍媒	龍媒		
	玉暈冰圍				圈	
	消不管		悄不管	悄不營	悄不管	悄不管
	慢認真花		寒	寒		
望海潮 （丁巳歲清明日……）	丁巳歲				丁巳	
	從今不數鯤桓		鯤桓	鯤桓	鯤桓	
	片帆飛趁暮潮還	邊				
解連環	望鴻雁欲來		塞	塞	雁	

（留別臨川諸友）	江頭楚楓漸赤		風	風	
	離飲淚尊		離尊飲淚	離尊飲淚	離尊飲淚
	眇天末亂山			渺	
春從天上來 （廣陵冬夜，與松雲子論五音、二變、十二調，且品簫以定之清濁高下……）	還相爲宮			迭	
	雅俗之應也	雅俗之			
	倚歌和之，用勝趣		倚歌之，用紀客次勝趣	倚歌之，用紀客次勝趣	因倚歌和之，用紀客次勝趣
	嫋嫋和風		秋	秋	秋
	嬴女飛下		瀛	瀛	
	客情濃		楚客情濃	楚客情濃	楚客情濃
	燭銷紅		消	消	
	誰唱誰工		離	離	離
	寂寞橘樹香中		璃	璃	璃
	把一襟幽怨			愁	
又 （同王……）	殷勤斫綾小草		斫	斫	
南浦 （艤舟南浦，因賦題）	花落楚江流		紅		
	過西山		遇	遇	
	惟有鷗盟相覷	惟有盟鷗相覷	惟有盟相覷	惟有盟相覷	惟有盟鷗相覷
	秋浦鶴汀鳧渚		滿	滿	滿
	絃索夜深船		□□素	□□素	
	淒涼聽		涼聽	涼聽	
	狂鴻去盡		征	征	征
	如此山川無限		如此山川無限恨	如此山川無限恨	如此山川無限恨
花心動 （瓜浦有感）	匆匆禁煙時節		忽忽	忽忽	
	燕子乍來		怎	怎	
	滿樹海棠如雪		梅	梅	
	鵲還惧噪		報	報	報
	一霎夢魂			楚	

	憑誰寄將淚血		啼	啼	
綺羅香 （雨中舟次洹上）	鞦韆院落		冷	冷	冷
	嫩涼消暑	銷	銷	銷	銷
	催雪新詞未穩			雲	
	總是慣曾聽處		經	經	
眉嫵 （七夕感事）	七夕盛事		感	感	感
	重畫眉嫵		畫眉嫵	畫眉嫵	
喜遷鶯 （瓊花）	東風吹盡			畫	
	陰陽難穩	陰晴	陰晴	陰晴	陰晴
	肯許浮沉相近		浮花	浮花	浮花
	玉峰人間	間			
石州慢 （春日雨中）	情意難準				晴
	雙雙銜上金釵鬢	雙鸞	雙鸞		雙鸞
	待得到開時		到盡	到盡	到盡
	堪恨		堪□恨	堪□恨	
	竟日蕾騰如困		夢	夢	
水龍吟 （賦倩雲）	燕罷武夷	羅			
	數聲又趁鴛鴦歇		人	人	
	相看老矣		芳	芳	
	剩須陶寫留連		流	流	
	半餉花陰		晌	晌	
	霎兒月暝		時	時	
	繡幃調護				帷
又 （傅淵道宅上賞紫牡丹）	傅淵道宅上		傅淵道宅	傅淵道宅	
	棟風微動		花	花	
	好與密籠繡幃		就	就	
	綠叢月色		老	老	老
	緩斟低送		歌	歌	歌
	韶華且住		韶華任	韶華任	韶華且任

又 （次韻王本中賦樓子芍藥）	王本中		王本仲	王本仲		
	金槃舞妙		罷	罷	罷	
	畫檻移香					春
	鷺銜信		彩鷺銜信	彩鷺銜信	彩鷺銜信	
	看釵頭疊蕚		蓬	蓬	莛	
又 （西池敗荷）	雨葉敲寒			敵		
	□□□□□ □，□□ □、□□ □。□□ □，□□ □，□□ □。□□ □，□□ □，□□ □。□□□		最愛雙飛白鷺，鎮相依、蓼邊蘋外。舞衫歌扇，有人繡出，水情雲態。西子湖邊，越娘舟上，憶曾同探。甚人今	最愛雙飛白鷺，鎮相依、蓼邊蘋外。舞衫歌扇，有人繡出，水情雲態。西子湖邊，越娘舟上，憶曾同探。甚人今	最愛雙飛白鷺，鎮相依、蓼邊蘋外。舞衫歌扇，有人繡出，水情雲態。西子湖邊，越娘舟上，憶曾同探。甚人今	
又 （廣陵送客……）	瘦蒂黃邊		葦	葦	葦	
	滿汀煙穗	毿	毿	毿	毿	
	竹西歌吹		鹵	颸		
又 （鄭蘭玉賦蠟梅……）	拾其遺意		于	于		
	蘂絲密綴					綠
	乍燕姬未識					吳
又 （聽房氏自然歌……）	求詩					詞
	荳蔲珠簾	朱				朱
	天然書譜		畫	畫		
	獨占三分月色		二	二	二	
	看穠華又老		花	花		
憶舊遊 （重到金陵）	等生存零落		寺	寺		
	但滿耳西風		年	年		
齊天樂 （夜宴楊元誠山樓……）	寶鼎旋培沈火					焙
	劇飲淋浪		淋漓	淋漓		
	萬金良夜莫輕過	虛	萬金夜莫虛過	萬金莫虛過	虛	

又 （臨川，夜飲澄陽李輔之寓所）	驚烏夜深啼落		烏		
	幾度雨飄風泊	漂		漂	
	漸月影斜欹		歌		
	山林舊隱	飲			
桂枝香 （賞桂……）	愛搖璃盃		酒	酒	
木蘭花慢 （次韻陳見心文學孤山問梅）	厭西湖千樹		愛	愛	壓	自此，曹溶看本、北大藏本為下卷。
	荒涼惟有數枝存		村	村		
	但青山隱隱月紛紛		但青山隱隱月紛	但青山隱隱月紛		
又 （題紅犀扇面）	恨水去雲回				冰	
	便鑑湖春色戀微之		微	微		
	扶起曉窗殘醉		妝	妝		
真珠簾 （壽韓伯清提學……）	提學		提舉	提舉	提舉	
	銀蟾半露嬋娟影		蟬	蟬		
	涼透小簾櫳		籠	籠		
	趁西泠載酒		冷	冷		
卷下						
丹鳳吟 （厶鳳）	芳叢有待遣探		時	時		
	庭院深峭		悄	悄		
	信斷羈雌遠			羈佳		
	鎮情縈繞		鎮苑清縈繞	鎮苑清縈繞	鎮情縈繞	
	翠衿近來漸短		衿近來漸短	衿近來漸短		
	縱解收香寄與			興		
高陽臺 （題趙仲穆……）	陳野雲居士		野雲居士	野雲居士		
	啼殘春		鵑	鵑		

百字令 （眉間雁）	眉間雁		問	問	
	一點風流爭 解結		應	應	應
	時侵繡枕		違	違	
	看足官花暝		宮	宮	宮
又 （蕪城晚望）	蕪城晚望		曉	曉	
	碧天向曉		晚	晚	晚
	遠雲開		間	間	
	鳳散臺空		雞	雞	雞
	社鼓神鴉渾 不見	雅			雅
	翩然歸去		翻	翻	
玉蝴蝶 （春夢）	午枕初甜		酣	酣	
	兩兩朱簾		珠	珠	
	斜翎不正		翹	翹	翹
	墮珥慵拈	隨			
	蝶粉寒		蝶寒	蝶寒	
東風第一枝 （憶梅）	淺窺朱箔		殘	殘	
	去訪舊遊東 閣		妝	妝	
陌上花 （使歸閩浙，歲暮 有懷）	（小序無）		使歸閩浙 ，歲暮有 懷	使歸閩浙 ，歲暮有 懷	
	歲華催晚		曉	曉	
	馬影雞聲		鳥	鳥	
定風波 （商角調……）	晼晚年華	婉婉	婉婉	婉婉	婉婉
	怕月明照見		明月	明月	
	便等閑孤負		等閑孤負	等閑孤負	等閑孤負
八聲甘州 （秋月西湖泛舟）	秋月西湖泛 舟		日	日	日	日
	凄涼勝遊稀		凄涼勝 稀	凄涼勝稀	
	但西泠橋外		冷	冷		冷
	時傍人飛				傍人飛
	忍又送將歸				忍別又送 將歸

詞牌	詞句					
聲聲慢 (九日泛湖……)	嫣然因倚脩竹			困	困	
	相思常帶舊恨		尙	尙	尙	
又 (揚州箏工沈生……)	揚州箏工沈生彈		以	以	以	
	金鑾學士			鷥		
	只遣態變魂驚		髻	髻	髻	
掃花遊 (落花)	落花		紅	紅	紅	
	悵香銷塵土	麝	帳香銷麝土	帳香銷麝土	麝	
	淚殷玉井			泊		
	縱補得茜癜		從補得茜癜	從補得茜癜		
	妝環難整		壞	壞	壞	
	一簾晝永		水	水		
水調歌頭 (御河舟中)	重陽近		過重陽	過重陽	過重陽	
又 (乙丑初度……)	己丑		乙丑	乙丑		
	天下誰非健者			夫一		
鳳凰臺上憶吹簫 (聽沈野雲吹簫……)	慣依花敧月		慣依歌花月	慣依歌花月	慣依歌花月	
	同慰飄零	漂	漂		漂	
	吳音朔調			誦		
玉漏遲 (春日有懷)	生衣欲賦				試	
	驀然聞笑		間	間	間	
	虛負了			子		
一枝春 (鬧蛾)	官羅輕剪		宮	宮	宮	
	燈街上元人見			又	又	
	妝樓誤約			納		
滿江紅 (次韻耶律舜中樟亭觀潮)	望入西泠		西泠	西泠		
	吟筆倒瓊魂			瓊瑰	瓊瑰	
	沙草遠,迷煙磧			沙草迷塵煙磧		

		雲樹花，奇宮壁		雲樹老，歌宮壁	雲樹老，歌宮壁	雲樹老，歌宮壁	
		事往空遺亡國恨			遺		
		鳥飛不盡吳天碧		飛鳥	飛鳥		
意難忘		間當時愛愛		間	間		
（妓楊韻卿以善歌求賦）		江東風致別		江梅	江梅	江梅	
		楚蕙雪香清			消		
		酒還醒		生	輕		
		黯此際銷凝		此際黯銷凝	此際黯銷凝		
		江雲數尺		紅雲數盡	紅雲數盡		
露華		別是漢宮妝束		試	試	試	
（玉簪）							
孤鸞		梅花疊		梅初疊	梅初疊	梅初疊	
（題錢舜舉……）		人去彩雲絕		人去彩雲□絕	人去彩雲散絕		
		□□□□□□□□□□		（無標記）	（無標記）		
江城梅花引		玉兒睡起帕蒙頭	怕	怕	怕		怕
（九日，杏梅同開……）		香更絕		又	又		
洞仙歌		自笑萍蹤久無定		歎	歎		
（辛巳歲……）							
最高樓		為山村仇先生賦	壽	壽	壽	壽	
（為山村仇先生壽）							
風入松		勝遊憶偏錢塘夜		偏憶	偏憶		
（廣陵元夜……）		客懷先自病無聊		痛	痛		
		下幃獨擁香篝睡		帷	帷	帷	
又		日斷雲空			目	目	
（清明日海上即事）		淡黃官柳煙蒙			宮		
		杏花明日盧紅		應	應	應	

詞牌	正文				
婆羅門引 (七月望，西湖舟觀水燈……)	西湖舟觀水燈		西湖舟中觀水燈	西湖舟中觀水燈	西湖舟中觀水燈
	蒼天映碧		暮	暮	暮
	玻瓅十頃蕊珠宮		千		
	看光搖星漢		花		
江神子 (吳門席上，羅生求賦)	羅生求賦				裒
	闔門城外綠楊枝	閶闔	閶闔	閶闔	閶闔
	不似少年時				是
	扶醉索新詩	詞	詞		
	明日片帆江水遠	半	半		明月半帆煙水遠
又 (惜花)	爛熳趁晴開	爛爛	爛爛		
	縱使留春春有幾	峀	峀	專	
又 (枕頂)	合歡花樣滿池嬌		地		
	數枝桃	數□挑	數□桃	數鍼挑	
	隱紅綃	憶	憶		
	翠嬌妖	妖嬈	妖嬈	妖饒	
感皇恩 (題趙仲穆畫《淩波仙女圖》)	題趙仲穆畫《淩波仙女圖》	題趙仲穆畫《淩波山水圖》	題趙仲穆題《淩波水仙圖》	題趙仲穆題《淩波水仙圖》	題趙仲穆畫《淩波水仙圖》
	湘水冷涵秋	湖	湖		
	楚楚絔蓮	紺	紺	紺	
行香子 (山水扇面)	山水扇面	便面	便面	便面	
又 (止酒五首)	不飲從它	他	他	他	
	今日空喉		箜篌		
	甕不堪羞	下	下	下	
	婦不須謀	歸	歸		
	盤礡贏	□盤礴	□盤礴	盤礴贏	
	煨芋燃其		芋		
	誰分蜾贏	贏	贏		贏

	擾擾闇浮		間	間		
	有杖支頤		板	板	板	
破陣子 （七夕戲賦）	七夕戲賦	詠	詠	詠	詠	
	鵲駕年年仍 遠渡		度	度		
	蛛合家家長 巧絲		盒	盒		
	迢遰金釵亂 語		私	私	私	
	奔月姮娥推 去路		惟	惟	催	
定風波 （崑山路漕席上）	崑山路渭席 上		崑山路漕 席上	崑山路漕 席上	崑山路漕 席上	崑山露漕 席上
	就中偏是展 家娘		就中偏是 家娘	就中偏是 家娘		
	待道無情還 有思		到	到		
	桃花應自怨 劉郎		是	是		
蝶戀花 （柳絮）	點點飛來和 淚灑		珠	珠		
	細葉青顰		蘋	蘋		
漁家傲 （舟行自西溪至 秦川）	舟行自西溪 至秦川		泰	泰		
	一望百里雲 錦中		無「花一 望百里雲 錦中」	紅白盛開 因而有賦		
	水仙恰試新 梳裏		裏	裏		
	香露墮			香露墮淚		
	樽前自唱無 人和		詠	詠		
臨江仙 （次韻山村先生 賦柳）	多情偏識倡 條倡			唱條		
	空憐燕姹鶯 嬌		婉	婉		
	董妖嬈	董嬌嬈	薰嬌嬈	薰嬌嬈	董嬌嬈	

題名	詞句					
又 （梁山舟中二首）	楓樹晚垂罾		葉	葉		
	搖手不能鷹		鷹			
	羨殺漁村無畔岸	伴				
	雨餘秋漲沒汀沙		水	水		
	浴鳥坐流槎		沉	沉	沉	
	垂髫來賣魚蝦		買	買		
唐多令 （寄意箜篌曲）	樽前《白雪》謳		鷗			
	流不到		留	留		
虞美人 （題臨川葉宋英《千林白雪》……）	臨川葉宋英		林川葉宋吳	林川葉宋英		
	紅樓翠舫西湖路		紅縷	紅縷		
	爲憑宮羽授歌兒		教哥兒	教歌兒	教歌兒	
	不道峰居才子鬢如絲		不道居才子鬢如絲	不道居才子鬢如絲		
南鄉子（驛夫夜唱《孤雁》）	南鄉子		香	香		
又 （秋日湖上……）	一舸載楊瓊			舫		一舸載揚舫
	猶記青鷺和月跨		記得	記得		
鵲橋仙 （丙子歲……）	也趲到		趲	趲		
	從今甘老醉鄉侯		年	年		
	算不似		口不是	口不是	算不是	
又（予生……）	今生偶爾		後	後	後	
鷓鴣天 （爲朱氏小妓繡蓮賦三首）	繡簾		蓮	蓮	蓮	
	一痕頭道分雲綰			雪		
	已妍還慧更嚴嚴			嚴嚴		
摘紅英 （春雨惜花）	柳煙一片梨雲濕		花	花		

戀繡衾 （春晴中酒）	春晴中酒			暗	
	尋芳半		伴	伴	伴
	芳露解醒		花	花	
	滋味較輕			輕輕	
惜分飛 （寫夢）	比去年時較瘦		似	似	似
太常引	數到梨園第幾人		□數到梨園幾人	□數到梨園幾人	曾數到、梨園幾人
朝中措 （湖堤晚歸）	故及之		故及	故及	此詞正文曹溶看本、北大藏本無
憶秦娥	離愁如海		似	似	
又	春風易醉多情客		東	東	東
	休輕拆		折	折	
清平樂 （盛子昭《花下欠伸美人圖》）	花下欠伸美人圖		花下次伸美人	花下次仲美人	
	階前畫永		庭	庭	
	繞石芭蕉影		饒	饒	
	寂寞朝酣乍醒		醒	醒	醒
又 （寄山居道人）	君家楊柳橋東	墻	墻	墻	墻
又 （酒後二首）	萬事不如歸去也		物	物	物
好事近 （寒夜）	雪月滿天如水		霜滿天如冰	霜滿天如冰	霜月滿天如水
謁金門 （寒食……）	曲港落花流滿		曲港花流滿	曲港花流滿	
又 （效前人……）	把酒歌呼相和		詠	詠	
	起舞任教烏帽墮		盡	盡	盡
又 （酒後偶憶）	酒後偶憶	意			
	春幾許		幾春許	幾春許	
	剩與畫教眉嫵		剩與畫眉嫵	剩與畫媚嫵	

菩薩蠻 （贈雁）	人隨雁雁俱 南去			人隨雁俱 南去	
	雁行先到憑 傳語			應	應
	若問錦書無		間	間	
	歸期還定否		信	信	信
又	春雲山外山		暮	暮	
浣溪沙 （廣陵席上賦別）	偶約尊前已 自成				目
	誰知別路太 匆匆		怱怱		
	流水有情傳 錦瑟	聲	聲	聲	聲
又（臨川別席）	醉語低回		徊	徊	
又	一點芳心兩 翠蛾	娥	娥	娥	
	惱人離緒不 勝多		情	情	
	花落鳥鳴春 去也		啼	啼	啼
昭君怨 （昔人賦昭君詞 ……）	隊隊氊車細 馬		擅	檀	
	卻勝漢宮人		那	那	
	身後誰如遺 冢		知	知	
鷓鴣天 （贈泉南琵琶妓）	贈泉琵琶妓	贈泉南琵 琶妓	贈泉南琵 琶妓	贈泉南琵 琶妓	贈泉南琵 琶妓
	從容慢撚復 輕攏		教	教	
踏莎行 （江上送客）	醉來扶上木 蘭舟		欄		
	碧雲紅雨小 樓空		江	江	江
又 （題趙善長……）	楊核		楊垓	楊垓	楊垓

附錄四　張翥詩文存目

詩存目

1. **《書齋詩》**

　　馬臻《霞外詩集》卷十《和張仲舉書齋詩韻》。

2. **《題雲松圖》**

　　顧瑛《玉山璞稿》卷上《金華方道存鍊師以張彥輔所畫雲松圖索題就和卷中張仲舉詩韻》。

3. **《詠花》**

　　張以寧《翠屏集》卷二《次張仲舉祭酒詠花》。

4. **《聽雨堂詩》**

　　徐一夔《始豐稿》卷十一《聽雨堂詩序》：「於是盧陵歐陽公玄爲記其堂，而相臺許公有壬、臨川吳公當、危公素、宣城貢公師泰、河東張公翥、晉安張公以寧、黟南程公文以及一時文學名流，咸爲賦詩，凡得若干首。」

5. **《隸古歌》**

　　《蘇平仲文集》卷十《跋張丞旨贈朱季誠隸古歌》。

6. **《謝左轄韓公》**

　　《草堂雅集》卷十姚文奐《次張仲舉謝左轄韓公韻》。

7. **《天鏡》**

　　《滄游集》卷上《野望》詩附記：「前書曾及《天鏡》詩，換第五六句作『烏巢老樹生雛久，猿下空岩嘯侶遲。』」

8. **《真聖觀蕉花訪仙客題詩處》**

　　《西湖志纂》卷九：「玄妙觀，在石龜巷。……又有蕉花極盛，花時有仙人題詩蕉葉而去。張翥、歐陽玄、揭傒斯皆有《真聖觀蕉花

訪仙客題詩處》詩。」

9.《贈通元觀法師俞行簡詩》

《寰宇訪碑錄》卷十二：「《贈通元觀法師俞行簡詩》，貫雲石、虞集、張翥同作，行書，無年月。浙江錢塘。」

10.《題張伯雨致景山提舉札卷詩》（或）

《穰梨館過眼錄》卷十程敏政跋：「右勝國外史張伯雨遺墨，古律詩五，書簡二，共七幅，俱錢唐沈氏之所藏也。又詩四首，則趙松雪、虞邵菴、張蛻菴三學士，暨雲林倪先生寄贈外史之作。」

11. 不知名詩

《（同治）安仁縣志》卷三十有安仁縣陳經《次張仲舉承旨韻》詩：「野老相逢話息機，遂忘蹤跡到城稀。吟詩賈島騎驢出，遇雨東坡戴笠歸。三尺琴書將石壘，一方雲榻任書圍。清宵無事成危坐，唯有松梢月到屏。」今檢張翥詩，無用此韻者。

文存目

1.《五會語錄序》

《浙江通志》卷二四六：「《五會語錄》，……釋廷俊著。黃溍、杜本、李孝光、張翥、周伯琦皆為敘。」

2.《重修廣福碑紀》

《（嘉靖）仁和縣志》卷十三：「《重修廣福碑紀》，翰林學士承旨晉陵張翥撰。」

3. 釋廷俊《泊川文集序》

《千頃堂書目》卷二十八：「廷俊《泊川文集》五卷。字用章，號嬾庵，鄱陽人，至正末主西淨慈寺，洪武元年示寂於鍾山，葬南屏。危素著塔銘，黃溍、杜本、李孝光、張翥、周伯琦皆為序其集。」

4.《國清禪寺興造記》

《佩文齋書畫譜》卷七十九《元吳志淳隸書國清禪寺興修記》：

「《國清禪寺興造記》，乃勝國時張翥文，周伯琦篆，吳主一書者。」

5.　《跋牧牛圖》

《佩文齋書畫譜》卷九十《牧牛圖》：「張翥跋爲李唐，非也。」

6.　跋北宋人山水

《佩文齋書畫譜》卷九十九：「北宋人山水，一片，無欵，有張翥諸名人跋。」

7.　《韓彦洪傳》

明徐伯齡《蟬精雋》卷六：「蛻巖張仲舉先生作《韓彦洪傳》。闕。」

8.　《省齋記》

劉仁本《羽庭集》卷六《跋省齋記》：「翰林承旨河東張公爲天台董君作《省齋記》，辭嚴義正，綽有箴規。」

9.　《五雲書屋序》

貢師泰《玩齋集》卷八《跋韓致用五雲輯錄卷後》：「今致用，實魏國之十世孫，其築屋讀書，亦名之曰「五雲」，而中書參議危君太朴、翰林學士張君仲舉各爲之記、序，凡所以論次韓氏德澤及歷世藏書之盛，可謂詳且備矣。」

10.　《杜君墓表》

《慈溪文稿》卷二十九《題杜君墓表》：「盱眙縣侯納璘不花，既遷宋僉書，寧海軍節度判官廳公事杜公墓於慶仙山，請於晉寧張翥爲文表之，其用心良厚矣。」

11.　《蔣氏墓誌銘》

《張光弼詩集》卷六《題桃源州知州李尚志母暨陽縣君蔣氏墓誌銘後》：「承旨學士榮祿大夫晉寧張翥撰。」

12.　《桐華詩社紀》

《八閩通志》卷六十八：「元陳成，字公美，晉江人，敦行孝義，不慕利祿，號雲心處士。家居課子孫讀書。鄉閭有事多請質焉。至正間年九十餘，監郡偰玉立重其四世同居，六葉相見，因表其門曰『高

年耆德』，扁其居曰『衍慶』。率桐華詩社諸名人各賦詩以紀之。河東張翥、臨川危素爲之序、記。」

13. 《有政堂紀》

《柘軒集》卷四《莫隱君墓誌銘》：「君大治第西河，扁其堂曰『有政』，請處士法師合家族以居之，同舍晉寧張翥記以先志。」

14. 《陶府君墓誌銘》

15. 《宜人墳記》

《宋學士文集》卷十八《陶府君墓誌銘跋尾》：「右上虞典史《陶府君墓誌銘》一通。翰林學士承旨河東張翥仲舉造、集賢大學士滕國公保定張璪公弁篆題。蓋府君之子、江浙行樞密院管勾漢生之所請，其時則至正二十三年，漢生將南轅，復求嶺北行省左丞臨川危素太朴書。後一年，太朴還中朝承旨翰林，始爲作烏界道，繕謹寫就。會南北道絕，附海舶至江南，以歸漢生。又一年，漢生自江浙行省檢校官陞行樞密院都事，贈府君承事郎，福建、江西等處行樞密院都事，府君之妻趙氏亦贈宜人。漢生既奉命書祭告於墓下，復欲請仲舉補入誌中，而九京不可作矣。乃並仲舉舊撰《宜人墳記》聯爲一卷，傳示子孫，使有所徵焉。府君初除大理路儒學教授，誌中書爲文學掾，用省文法也。漢生兄宗傳，時爲江浙行省掾，未幾，亦轉爲台之臨海尹。陶氏一門父兄子弟，其不墜書詩之業，往往知自奮如此。窟牒之蟬聯，此蓋其權輿哉！前史官金華宋濂題。」

16. 《炳靈王廟碑》

《山左金石志》卷二十一：「炳靈王廟碑　至元二十九年十月立，正書，碑高六尺二寸、廣三尺，在淄川縣。　右碑篆額未拓文二十七行字徑五分。後有銜名十餘行，皆漫滅。撰文者張翥。篆額者□琥。書丹者高□。」

17. 《跋五百羅漢圖》

《秘殿珠林》卷十：「宋劉松年畫《五百羅漢圖》一卷，……陸

行直、鮮于樞、張翥三跋。」

18. 《題良常草堂圖》

繆荃孫《雲自在龕隨筆》卷五：「王若水《良常草堂圖》卷，紙本，水墨畫，趙仲穆篆『良常草堂』四字。有魯鈍生、李孝光、倪瓚、吳克恭、韓友直、張翥、蘇大年、張天水、柯九思、鄭元祐、黃鶴山樵題。」

19. 《跋趙孟頫摹定武蘭亭卷》

《石渠寶笈》卷十三：「元趙孟頫摹定武蘭亭一卷，次等荒一，素箋，本款識云：『王右軍蘭亭帖，古今難臨摹者也，試爲之。』乃信子昂云。前裝墨搨《蘭亭敘》一卷，並原跋。拖尾有張翥、張以寧二跋。」

20. 《跋趙孟頫書國語》

《石渠寶笈》卷三十一：「元趙孟頫書《國語》(晉文請隧)一卷，次等宿一，素絹本，行書。款識云：『仲時雅好作古文，從余有年。皇慶元年三月廿三日，過松雪齋，持佳絹乞書此文。余喜其識見與志，俱非近小也，故樂爲錄一過。子昂。』卷後有張翥跋語。拖尾有金琮跋語，凡三則，錯綜書。

21. 《心事記》

《湧幢小品》卷一：「元順帝時，張翥在翰林，夜夢詩二句云：『羯漠夷疆天暫醉，鳳陽君主日初明。』翥驚異，遂謝職南歸廣陵，作《心事記》記此夢。」

22. 《溪山一覽亭記》

《(康熙)江西通志》卷四十：「溪山一覽亭，張翥《記》：『玉山之半，爲溪山一覽亭。』」

23. 《傅佐墓誌》

清傅山《霜紅龕集》卷二十九《傅史》「傅巖起、傅佐」條：「傅佐與孛羅帖木兒俱罪殺　塗奴自當死，今襄陵有傅巖起及張翥《墓

誌》，以爲古蹟，喜載之，可笑若是人者，安足爲鄉邦重輕也？」

24. 《贈徐茂建序》

胡廣《胡文穆公文集》卷十七《書徐茂建傳》：「右潞國張公贈徐公茂建序，其從子崇憲持來京師出以示余，學士解公爲傳於後，前國子助教聶器之先生哀辭，屬而書之。是三者均足以傳於永久也。而茂建其將不死矣。予觀元季喪亂以來，豪門右族超邁卓越之士泯滅何限，至今孰有能知之者？若茂建雖死猶生，豈不在於此歟？崇憲宜慎藏之，求爲家寶。」

25. 《西原隱居記》

吳師道《禮部集》卷五《題張仲舉爲鄉人作西原隱居記後》詩。

其他著作

《忠義錄》三卷

《浙江通志》卷二四四：「《忠義錄》三卷，《兩浙名賢錄》：張裱著。」

《集倪處士表》

《墨林快事》卷四《倪處士表》：「集王不下數十種，惟此張裱所集，差有典刑，以其正鋒也。然尙有失於嫩及傷於妍美之處。乃右軍之書，則固有妍美一端，藏於端愨之中者，在人善取而用之，如孔子之有溫良，曾子之有廣胖，孟子之有粹盎，不可畏其近華而逃之也。其次則有絳州刻，均可羽翼《聖教記序》，若幼海之摹王，卻知用正鋒，亦得其妍美，然天賦限之，未能宏達。好古者或有可考見焉。萬曆辛卯二月廿七日書於四明。」

附錄五　張翥題畫詩題材、題畫作者一覽 _{〔註8〕}

張翥題畫作品分類

所題畫之題材		題　畫　作　品	
		詩	詞
人物	世俗	《題〈林大用隱居飯牛山〉》、《題〈李白觀泉圖〉》《題〈長孫皇后諫獵圖〉》、《爲古紹先題〈劉平妻胡氏殺虎圖〉》、《陳伯將作〈北山梓公嶽居圖〉余題其上》、《清溪濯足圖》、《題〈四皓商山圖〉》、《劉商〈觀奕圖〉》、《吳興公〈修禊扇頭〉》、《孫康映雪圖》、《許由棄瓢卷》、《朱翁子負薪卷》、《奉題〈睢陽五老畫像〉後》、《題〈汪會語村隱居〉》、《周昉〈按樂圖〉》、《白玉蟾像》	《清平樂》（盛子昭《花下欠伸美人圖》）
	僧道	《題泰東山藏主〈十八開士圖〉》、《〈水墨達磨像〉班惟志筆》	
	仙女		《孤鸞》（題錢舜舉《仙女梅下吹笛圖》）、《感皇恩》（題趙仲穆畫《淩波仙女圖》）
山水		《題〈華山圖〉贈天台陳應榮仁本》、《懶拙道人〈苕溪曉望圖〉》、《劉道權爲李遠子微作〈青山似洛中圖〉爲作歌以係之》、《范寬〈山水〉》、《張師夔爲郭子靜作〈終南山色〉因題》、《題王蔵隱畫〈山水〉》、《華嶽江城秋晚圖》、《高彥敬〈山水〉》、《題林若拙畫〈孤山圖〉》、《題高尚書〈夜山圖〉》、《題太史楊公〈山居圖〉》、《題高彥敬〈山邨隱居圖〉》	《行香子》（山水扇面）
木石	木石	《題趙仲穆〈怪石奇木〉》、《題趙文敏公〈木石〉有先師題於上》、《息齋〈竹石古木〉爲會稽韓季博士題》	

〔註 8〕此外，還有一般的題跋文字：《奉題孝感白華圖後》、《題高彥敬山邨隱居圖》、《題高尚書夜山圖》、《孫微之畫〈達摩像〉跋》。

	竹石	《北山以雪窗〈墨蘭竹石〉求題次韻》、《題高侍郎〈竹石〉》、《金宜孝太子〈墨竹〉》、《〈子昂墨竹〉爲玉山題》、《題吳性存所藏趙仲穆〈竹枝雙蝶圖〉與玉山同賦》、《李息齋〈竹〉爲玉山題》、《題玉山所藏魏國夫人趙管〈墨竹〉》、《題〈竹枝便面〉》	
	梅	《子昂〈蘭梅〉爲玉山題》、《王元章〈紅梅〉》、《王冕〈墨梅〉爲趙麟題》	《摸魚兒》（題熊伯宣藏《梅花卷子》）、《疎影》（王元章《墨梅圖》）、《踏莎行》（題趙善長、王元章爲楊核合寫《三友圖》）
	松	《題栝士朱槀方□〈五松〉》、《三友圖》、《蟠松引》	
	蘭及其他	《王杲東〈白墨蘭樵〉題詩用韻其左並寓所懷》、《題〈蘭〉》、《松雪齋〈墨芷花〉》、《題〈萱草〉》	《滿江紅》（錢舜舉《桃花折枝》）
鳥獸	馬	《題〈鐵石驄馬圖〉》、《題趙文敏公畫〈馬〉》、《題李早〈女眞三馬扇頭〉》、《畫〈馬〉》、《文敏公畫〈馬〉》、《題玉山所藏〈唐人呈馬圖〉》、《舜舉〈二馬〉》、《題任月山〈神駿圖〉》	
	牛	《題〈牧牛圖〉》、《題江參〈百牛圖〉》	
	其他	《徐子英畫〈燕雛〉寓意屬予題之》、《宋徽宗畫〈梔禽〉》、《畫〈犬〉》、《題〈雪竹寒雀〉》、《錢舜舉〈蠟嘴卷子〉》	
小景雜畫		《馮秀才伯學以〈丹青小景山水〉求題》、《〈溪居山水小景〉二首、《〈汶上早行圖〉上清張道士寫》、《題倪雲林〈小景〉》、《題嚴次平畫〈寒林雪霽圖〉》、《〈桃源春晚圖〉爲玉山題》	
宮室		《吳儞仲傑〈橫河精舍圖〉亦道權作》、《崔旭行之〈雲巢圖〉贈道士俞剛中請余賦長歌》、《〈周漢長公主府〉〈臨安故城〉二圖》、《題唐子華畫〈王師魯尚書石田山房〉》	
龍魚		《題陳所翁〈九龍戲珠圖〉》、《題侍郎〈秋江捕魚圖〉》、《題宋陳容〈九龍圖〉》	
果蔬		《林春〈銀瓜圖〉》	

其他	《題〈雪溪待渡圖〉》、《抱素子作〈自適圖〉求題》、《〈仙娥玩月圖〉爲野雲陳氏題》、《東坡〈淮口墨蹟〉卷後有黃策詩》、《故御史王楚鰲元戴爲臨川王伯達三畫求題》、《崔行之爲求豐道士余剛中作〈林泉釣艇圖〉求題》、《邯鄲畫軸》、《題趙仲穆〈江浦歸帆圖〉》、《題〈玉簪〉》、《王士讓御史三畫》、《秋岸行旅卷》、《題〈看雲圖〉》、《題〈洞天清曉圖〉》、《題高房山畫》、《題郭天錫畫卷》、《題趙葵畫〈杜甫詩意圖〉》、《題子善所藏畫》	《石州慢》（題玉笙手卷）、《高陽臺》（題趙仲穆作《陳野雲居士山水便面》）

張翥所題畫之作者一覽

所題畫作者之時代	所題畫作者	題　畫　作　品
元	高克恭	《題侍郎〈秋江捕魚圖〉》
		《高彥敬〈山水〉》
		《題高侍郎〈竹石〉》
		《題高尚書〈夜山圖〉》
		《題高房山畫》
		《題高彥敬〈山邨隱居圖〉》
	趙孟頫	《題趙文敏公畫〈馬〉》
		《題趙文敏公〈木石〉有先師題於上》
		《〈子昂墨竹〉爲玉山題》
		《松雪齋〈墨芷花〉》
		《文敏公畫〈馬〉》
		《題趙仲穆〈江浦歸帆圖〉》
		《子昂〈蘭梅〉爲玉山題》
	管道升	《題玉山所藏魏國夫人趙管〈墨竹〉》
	趙雍	《題趙仲穆〈怪石奇木〉》
		《題吳性存所藏趙仲穆〈竹枝雙蝶圖〉與玉山同賦》
		《高陽臺》（題趙仲穆作《陳野雲居士山水便面》）
		《感皇恩》（題趙仲穆畫《淩波仙女圖》）
	趙元	《踏莎行》（題趙善長、王元章爲楊核合寫《三友圖》）

李衎	《息齋〈竹石古木〉為會稽韓季博士題》
	《李息齋〈竹〉為玉山題》
任仁發	《題任月山〈神駿圖〉》
唐棣	《題唐子華畫〈王師魯尙書石田山房〉》
張舜咨	《張師夔為郭子靜作〈終南山色〉因題》
班惟志	《〈水墨達磨像〉班惟志筆》
錢選	《錢舜舉〈蠟嘴卷子〉》
	《舜舉〈二馬〉》
	《滿江紅》（錢舜舉《桃花折枝》）
	《孤鸞》（題錢舜舉《仙女梅下吹笛圖》）
王迪簡	《題王蔵隱畫〈山水〉》
郭畀	《題郭天錫畫卷》
王冕	《王元章〈紅梅〉》
	《王冕〈墨梅〉為趙麟題》
	《疎影》（王元章《墨梅圖》）
	《踏莎行》（題趙善長、王元章為楊核合寫《三友圖》）
楊瑀	《題太史楊公〈山居圖〉》
雪窗	《北山以雪窗〈墨蘭竹石〉求題次韻》
倪瓚	《題倪雲林〈小景〉》
林士能	《題林若拙畫〈孤山圖〉》
陳肅	《陳伯將作〈北山梓公嶽居圖〉余題其上》
王章	《故御史王楚鰲元戴為臨川王伯達三畫求題》（三首）
劉道權	《劉道權為李遠子微作〈青山似洛中圖〉為作歌以係之》
	《吳儁仲傑〈橫河精舍圖〉亦道權作》
錢霖	《抱素子作〈自適圖〉求題》
崔旭	《崔旭行之〈雲巢圖〉贈道士俞剛中請余賦長歌》
	《崔行之為求豐道士余剛中作〈林泉釣艇圖〉求題》
徐子英	《徐子英畫〈燕雛〉寓意屬予題之》
馮伯學	《馮秀才伯學以〈丹青小景山水〉求題》
王士讓	《王士讓御史三畫》（三首）
陳野雲	《〈仙娥玩月圖〉為野雲陳氏題》

	王杲東	《王杲東〈白墨蘭樵〉題詩用韻其左並寓所懷》
	張道士	《〈汶上早行圖〉上清張道士寫》
唐	劉商	《劉商〈觀奕圖〉》
	周昉	《周昉〈按樂圖〉》
宋	范寬	《范寬〈山水〉》
	米友人	《苕溪曉望圖》
	陳容	《題陳所翁〈九龍戲珠圖〉》
		《題宋陳容〈九龍圖〉》
	趙佶	《宋徽宗畫〈梔禽〉》
	林椿	《林春〈銀瓜圖〉》
	江參	《題江參〈百牛圖〉》
	趙葵	《題趙葵畫〈杜甫詩意圖〉》
金	李早	《題李早〈女眞三馬扇頭〉》
	完顏允恭	《金宣孝太子〈墨竹〉》